读客® 知识小说文库

读小说，学知识

东北往事 I

原名

黑道风云20年

一部由亲历者向您讲述的黑道故事

孔二狗 著

重庆出版集团 重庆出版社

图书在版编目（CIP）数据

东北往事. 1/ 孔二狗著. —重庆：重庆出版社，2009.4

ISBN 978-7-229-00575-7

Ⅰ. 东… Ⅱ. 孔… Ⅲ. 长篇小说—中国—当代 Ⅳ. I247.5

中国版本图书馆 CIP 数据核字（2009）第 053226 号

东北往事. 1
DONGBEIWANGSHI
孔二狗 著

出 版 人：罗小卫
策　　划：华章同人
责任编辑：陈建军 刘玉浦
特约编辑：闫　超 黄嘉锋
封面设计：IP5 Band

重庆出版集团 重庆出版社 出版
（重庆长江二路 205 号）
北京嘉业印刷厂 印刷
重庆出版集团图书发行公司 发行
邮购电话：010-85869375/76/77 转 810
E-MAIL：tougao@alphabooks.com
全国新华书店经销

开本：700mm × 1000mm 1/16 印张：17.75 字数：300 千
2009 年 5 月第 1 版 2013 年 7 月第 6 次印刷
定价：28.00 元

如有印装质量问题，请致电 023-68706683

目录

自序：我想探讨的是社会与人性

曾经看过一篇英国人所写的文章，文章的题目是“中国是由上千个雷同的城市构成”，本人深以为然。的确，由于中国的城市多是新中国成立后在战乱的废墟中建起的一座座新城，在特定的历史条件下及特定的政策影响下，中国不同的城市建设与发展有颇多雷同之处，而与这上千个雷同的城市相匹配的，是这些城市的黑社会发展历程。相信这上千个城市在20世纪80年代都出现过类似“菜刀队”之类的犯罪团伙，也出现过以某个大型国有工厂子弟为主的地痞流氓团伙。到了90年代，则出现了许多背景不明的“讨债公司”。

本人出生在市区人口不足百万的中国北方某市，现在混迹于上海，做个小白领，勉强温饱。虽然从没混过黑社会，但我的家庭却与某位20年来的公认“大哥”有着很深的渊源，二十几年来的风风雨雨我着实见过不少。

写作本书的目的绝对不是为了教唆朋友们学坏，我相信，80%的朋友，看了这本书都会下定决心一辈子不混黑社会！同时，我希望正在混黑社会的或者正在当“大哥”的朋友看到这部小说，能少一些暴戾。可能这部小说会写得很长，甚至上百万字。虽然书里基本上全是二十几年来我家乡之地痞流氓和黑社会的事儿，但是我希望大家看到的并不仅仅是这些。我希望大家看到的是我们的国家、我们的社会在过去二十几年里究竟发生了什么、改变了什么，人们的精神和物质生活又有怎样的变化。

我想探讨的是：社会与人性。

去年春节，在本文主人公家中玩的时候，无意间翻开了他家那本堪称“黑社会形成之活字典”的影集，感慨颇多。

不变的东西有两样：1. 这位大哥一直坐在最中间。2. 拍照片时，这在座的大哥都笑得像朵花，灿烂极了。

改变的东西有三样：1. 照片上每年的人都不一样，擦掉的人或者是因为消失了，或者是因为被正法了，或者是因为跑路了，或者是因为正躺在医院里，或者是因为在服刑，或者是因为残疾了。2. 越往后翻，我觉得里面的人眼神越来越复杂，尽管他们都笑得很开心。3. 从的确良中山装到毛料中山装到白色中山装，然后再从白衬衣大红领带到最后的黑西装黑领带，衣服越来越讲究，简直就是一部我国男性正装的演变史。

相册里大多数的人我都认识，他们的人和事我都了解个大概。看到有些人我想落泪，看到有些人我觉得惋惜，看到有些人我觉得不齿。从那天起，我决定写点东西。

我准备把这部小说分成四部分，依照二十几年的时间推进。第一部分写1990年以前的事情，因为我觉得那时候的流氓很纯真，很古典，他们打架是出于骨气与义气，不求名利。第二部分写1990—1996年之间的事情，因为我觉得从那一阶段，很多流氓的人生观改变了，都成了拜金主义者。第三部分写1997—2000年的事情，这时的流氓已经具备了黑社会性质。第四部分写2000年至今的一些事。

在接下来的文字中，我将以几个20世纪80年代的年轻人为主线讲述这个故事。这个故事中，有欢欣也有哀伤，有相聚亦有分离……但正是因为有这些，才构成了我们的生活，不是吗?

接下来的故事里，二狗就是我，我就是二狗。

引子：一个少年的非正常死亡

讲一件和本文毫不相关的故事作为引子，以祭奠一位12年前离世的同学。

2007年的圣诞节，二狗在去淮海路的时代广场和几个朋友吃饭时，看到门口立着一个足有五层楼高的紫色圣诞树，顿时，二狗的心为之一颤，因为这棵树似曾相识。十几年前，曾有一位憨厚耿直的同学，在送了二狗一张画有与这棵圣诞树颜色和外形极其相似的圣诞贺卡后，闯下了弥天大祸。至今，在二狗的老家里，依然珍藏着这张贺卡。

那年二狗上初三，是班里的学习委员兼英语课代表。

初三上学期刚开学，班里就转来了一个姓氏很奇怪的新同学——同学们都不认识那个姓到底读什么，甚至很多老师都不认识这个姓。所以为了方便起见，都直呼其名叫他光辉。光辉是从农村转来的，刚刚搬到城里，他的父亲在建筑队打工，妈妈则在家里给人干些织毛衣之类的零活，生活很困难；他是家中的独子，年龄比同班同学都大上两三岁，那年有17岁了。为了能让他进市区的中学，他的父母不知道想了多少办法。

光辉为人憨厚、朴实，乐于助人，看到他的长相就不由得想起鲁迅先生笔下的“少年闰土”。由于他刚从农村转学而来，所以衣服比较破旧，也比较邋遢。他学习极为刻苦，但成绩始终在中游，尤其是英语水平更差，他说的英文，基本上只有他自己能听懂。所以，班主任让他与班里英文水平最好的女生同桌，之前那女生是二狗的同桌。但是那个女生嫌光辉邋遢，很不愿意和他说话，打心眼儿里瞧不起这个同桌。所以当有问题时，光辉通常都回过头来请教二狗。由于二狗从小就被父母放到乡下的奶奶家，所以对光辉一点偏见都没有，而且觉得他人很好，很愿意为他解答问题。

一来二去，二狗和光辉就成了好朋友，上学、放学时，二狗经常骑自行车送光辉回家。送他回家的原因是，光辉根本买不起自行车——在 1994 年到 1995 年那会儿，自行车对于一些穷人来说，依然是奢侈品。而二狗由于家庭条件还可以，上初二时家里就给二狗买了一辆“赛车”，说是赛车，其实就是自行车上有了变速之类的功能。现在二狗还记得那辆自行车，红色的，1100 元买的，是初中时全校第一辆“赛车”。

二狗和光辉家顺路，所以总是载光辉一段。由于班里很多同学瞧不起光辉，所以光辉对二狗更是感激不尽。当他知道二狗的父母由于工作忙，没时间给二狗做早饭之后，每天早上都带一张他妈妈烙的饼给二狗吃。

现在二狗还记得光辉妈妈做的烙饼的味道，里面松软外面酥脆，非常好吃。

事情发生在光辉转学来的那个冬天。

冬天的体育活动课一般都是自由活动，而当时最流行的运动是羽毛球。

那天，一个女生把羽毛球打在了体育器械室的房檐上。体育器械室是学校外面的一间小平房，大约 2.5 米左右的高度，同班的男生谁也上不去，当时又只有这一个羽毛球，大家都很着急。

这时光辉站出来了，说：“我试试吧！”乐于助人是光辉的天性。

同学们都很振奋，有人说要帮光辉“打肩”（就是说让光辉站在他的肩膀上），光辉笑着说不用。

只见光辉倒退十几步，然后极快地助跑，第一脚踩上了窗台，然后借助跑之势向上一跃，左手抓住平房顶下面的一个很宽的棱，一用力，右手就搭上了房顶，右手再用力，左手就摘下了落在房顶的羽毛球。摘下以后又按原来的套路稳稳当当下地。

身手太好了！光辉整套动作一气呵成！同学们当时都看呆了。简直像是电影里的飞贼！被惊呆的不仅仅是同学们，还有路过的一个王姓的年级组长和二狗的班主任——一位冯姓女英语老师。

“道行不浅啊。”王姓的年级组长发话了，也不知道是在夸光辉还是在讽刺光辉。

“多危险！以后不许再上去了！”冯老师认为，王组长是在骂光辉。

“再这样上去我要找你家长了！你这孩子怎么这么淘，以前我怎么没发现！”冯老师继续说。

光辉低着头，说：“冯老师，我以后再也不上了。”

冯老师和王组长点点头走了。

事情就发生在冯老师和王组长走后不到5分钟——

班里一位叫韩千的同学又把羽毛球打到了器械室的房顶上。活动课还有十几分钟才结束，韩千还想继续打羽毛球，但他上不去房顶。这个韩千矮矮胖胖，学习成绩不错，但平时在学校里嚣张得很，因为他堂哥韩炳堪称初中的一霸。

这时，韩千想到了光辉。

“光辉，帮我把羽毛球拿下来，谢谢。”韩千笑着说。

“冯老师不让我上，你们也听见了。”光辉说。

“没事儿，冯老师现在也不在。”韩千说。

“不上！上又要挨训。”光辉拒绝了。二狗知道，他太珍惜这来之不易的来市区念书的机会，最怕的就是老师。

“你他妈的上不上？”一向瞧不起光辉的韩千有点火了。

“不上！”光辉再次拒绝了。

“好！你不上，你不上我打死你！”韩千火更大了。

“打死我也不上！”光辉脾气很倔。

话刚落地，韩千冲上去就对着光辉脸上打了一拳。

光辉人很老实，没敢还手。

“你上不上？”韩千见光辉没敢还手，更嚣张了。

“你凭什么打我？我就不上！”光辉更倔。

韩千又朝光辉踹去。这下光辉躲了过去，并且伸手抓住韩千的腿用力向后一拽，韩千摔在了地上。

那天地上全是雪，韩千摔得极狼狈。同学们“哄”地一下笑开了。

韩千恼羞成怒，从地上爬起来就和光辉厮打在一起。光辉也被惹恼了，两人打得不可开交。同学们多数都在看热闹，没几个人劝架，即使有人劝架，也是帮着韩千拉“偏架”。二狗也冲上去拉架，可两人打得火热，根本拉不开。

这时，冯老师冲了过来，扯着她那特有的高八度的嗓门喊：“别打了！”

上初中的孩子都很怕老师，一听见班主任在喊，两人都停下了。

停下来才看清，虽然有人帮韩千拉偏架，但他还是吃了亏，鼻子被打破了，脸上全是血；而光辉看起来没什么大问题。

“都来我的办公室！”冯老师又扯着她那大嗓门喊。

光辉和韩千都低着头跟着冯老师走了。

10分钟后，活动课结束，二狗作为英语课代表去冯老师的办公室拿家庭作业。一进办公室的门，二狗看见只有光辉一个人在办公室里，韩千由于鼻子流血不止，去学校的医务室处置了。“光辉，为什么打架？”冯老师第一句就问。

“韩千打我！”光辉说。

“打你！他为什么不打别人？”冯老师恶狠狠地说。

“……”光辉一向木讷，被冯老师这句泼妇似的怒喝问得说不出话来。

二狗在初中三年里，曾无数次听过该老师如此“断案”，仿佛这句“他为什么不打别人”是她认为最经典、最有道理并且还是最能把学生问得说不出道理的话。在二狗小学、初中、高中的这11年岁月里，经历过多个像冯老师这样蛮不讲理的老师。

如果冯老师能认真地听光辉解释，而不是把光辉和韩千同罪论处的话，那么接下来的事可能就不会发生了。

当天下午，在“葫芦官乱判葫芦案”之后，两人刚出冯老师办公室的门，韩千就对光辉撂下一句：“你等着！”

下午放学，二狗像往常一样骑车载着光辉回家。离开校门还不到200米，他们就被韩千等五个人拦住了，其中有韩千的堂哥韩炳。很明显，韩千是找堂哥替他报仇来了。

“二狗，你下来，没你事儿。”韩千说。

“你要打光辉？都是同班同学，打什么啊？”二狗想打圆场。

“二狗你别管，今天我就是要收拾他。”韩千恶狠狠地说。

“今天我在这里，咱们都是同学，你们谁也别动手！”二狗说。

二狗知道，韩千有欺负光辉的胆子，但绝对没有欺负自己的胆子。虽然二狗很老实从不打架，但是大家都知道，二狗的干哥是赵晓波。赵晓波不但是黑道一哥赵红兵的亲侄子，而且他本人也已经是鼎鼎有名的混子。赵红兵把二狗从小带到大，两人感情至深。借韩千和韩炳几个胆子，他们也不敢动二狗一指头。

“二狗，闪开。今天我非得废了他！”看来韩千是恼了，二狗怎么劝也不起作用。

韩炳先动的手，把光辉从自行车上拽下来就是一脚，紧接着其他人一哄而上，朝着光辉的头部乱踢。他们穿的全是当时流行的军勾皮鞋，踢一下不好受。

二狗扔下自行车冲上去拉架，但是打光辉的至少三个人，凭二狗一人之力根本没办法拉开，他心急如焚。

这时，七八个放学路过的同学赶了过来，其中有几个女生，看见光辉在这边挨打，也放下自行车跑来拉架。韩千他们看见有女生拉架，也不好意思再打，就放开了光辉。

被放开的光辉满脸是血，像一头猛虎一样冲向了韩炳，冲上去就是一拳。这一拳，打掉了韩炳的一颗门牙。

这个憨厚的农村孩子彻底被韩千和韩炳几个人激怒了。

剧痛中的韩炳火冒三丈，又要伸手抓光辉的头发。

这时，二狗和同学们挡在了光辉的身前。

“要打他，先打我吧。要不我把晓波找来评评理？你要是觉得晓波不行，我找红兵给你评评理！”二狗说。虽然二狗极少跟别人提及他与社会青年们的关系，但是同学们都知道赵晓波经常来学校找二狗，赵红兵也开车来学校接过二狗几次。

“这事儿没完！”韩炳捂着嘴，带着韩千等人走了。

光辉是那种脾气倔犟的农村孩子，受了欺负还不敢让家里人知道，于是没敢直接回家，而是在二狗家洗了又洗。

“韩千他们也太狠了，怎么这么打？”二狗说。

“我觉得他们还会找我。”光辉担心地说。

“不会的。实在不行，过几天我带赵晓波去找韩炳他们，没事儿。”二狗没太当回事。

这件事也就成了二狗一生中最大的遗憾。如果二狗当天晚上就去隔壁找赵晓波或者赵红兵，后面的事儿也就不会发生了。

二狗并不是因为懒才没去找，而是因为：1. 二狗认为韩炳不会再去找光辉报复，当时他说那句“这事儿没完”只不过是在吓唬人。2. 虽然赵晓波是他从小到大最好的玩伴，而且还是爸爸的干儿子，但二狗不大愿意和他这样的人过多接触。3. 赵晓波心狠手辣，出手太重。如果把他找了去，他非把韩炳毒打一顿不可。到时候韩炳要是告诉了学校，二狗还要被处分。二狗一向怕事，非常怕事。

挨打的第二天一早，二狗发现光辉身上带了一把水果刀。那把水果刀是黄色的柄，刀刃很长，在阳光下一闪一闪，很是锋利。光辉就把这把刀别在腰间的皮带上。

“你怎么带刀来学校？”在两节课后的课间操时，二狗忍不住问。

“防身。”光辉说完还憨厚地笑着。

“在哪弄的？还是放书包里吧。”二狗说。

“跟家里撒谎要了5块钱，花了两块6买了这把水果刀，还给你买了这个。”光辉说着，递给了二狗一张很大的贺卡。

当时的贺卡都很小，大概只有64开纸那么大，而光辉给二狗的这张，足有16开纸那么大，上面画着一棵紫色的、很大的圣诞树。而且，不同于其他平面贺卡的是，这张贺卡表面贴着很多亮晶晶的小星星，很是高档。二狗当时已经收到了二十几张贺卡，但没一张有这张高档，这张贺卡至少得两块钱。平时连1毛钱买个棉花糖都舍不得的光辉，却给二狗买了这么好的一张贺卡，二狗很激动。至今，二狗还记得贺卡里写的一句话：是鸿鹄总能飞翔，愿你成为搏击长空的鸿鹄。

“谢谢你，光辉。”二狗说。

“呵呵，不客气。”光辉说。

“你去吧，我今天留教室值日，不上操了。”二狗说。

“真幸福，我走了。”光辉说。

这是二狗听光辉说的最后一句话。

由于没有去上操，所以事情的具体经过二狗没看见，以下的内容都是一名目击者的描述：上午的课间操结束后，韩炳和他的几个同学就找到了光辉，把他拉到教学楼的后面一阵拳打脚踢。在他们殴打的过程中，光辉拔出了那把黄柄水果刀。由于头发被抓住并且头被按了下来，弯着腰的光辉根本看不清面前是谁，被打得失去理智的他拔出刀，直接朝面前的人连捅了几刀。

光辉捅到的人就是韩炳。

连捅了6刀，刀刀致命。其他围着光辉殴打的人吓得四散而逃。

随后，光辉被校警带走了。二十分钟后就得到了消息：韩炳在送往医院的途中身亡。

二狗印象最深刻的是韩炳的妈妈，那是个头发花白、看起来年龄远大于实际年龄的中年妇女。她那撕心裂肺的哭声始终萦绕在二狗的耳边。

“还我儿子！”韩炳的妈妈那双满是老茧、被冻裂的双手抓住了刚刚走进教室的冯老师的领口。

“你儿子是学生杀的，又不是我杀的。”冯老师依然是那种泼妇的表情。

“还我儿子！”已经失去理智的韩炳的妈妈依然用嘶哑的嗓音重复着这一句。

“你再抓我，我就找校警了！”冯老师怒气冲冲地说。

“还——我——儿——子！”韩炳的妈妈已经没力气再喊了，身子瘫了下去。

“松开！”冯老师看样子火气很大，拉开韩炳妈妈的双手，气冲冲地走出教室。韩炳的妈妈则趴在讲台上抽泣，班里的几个女生把她扶起来，送了出去。

韩炳的妈妈刚进教室，二狗就认出她是在铁路工人文化宫前卖瓜子的老太太，以前一直以为她至少有50岁，没想到她的儿子才15岁。事后知道，韩炳的爸爸去世得早，韩炳的妈妈又没什么文化，只能在铁路工人文化宫前摆一个卖瓜子的小摊，三毛五毛地赚钱供韩炳读书。韩炳就是她的精神支柱，是她活下去的希望。如今，韩炳死了。

从那以后，二狗再也没有见到韩炳的妈妈在铁路工人文化宫前卖瓜子。直到三年以后的一个端午节，正在上高三的二狗骑自行车路过另一个电影院——东风剧场时又看见了这个老太太：她坐在马路边，头发已经全白了，很凌乱，脸上布满皱纹，虚弱得很，看起来有六十几岁的样子。她手里拿着一根木棍，木棍上挂着几个纸做的葫芦。当地的风俗就是端午节在家中的窗户上挂个葫芦。

"阿姨，多少钱？"二狗停下自行车问。

"一块钱一个。"韩炳的妈妈说话的时候都没有抬起双眼。

"我全买了。"二狗拿出早上妈妈给的 10 块午饭钱买下了 7 个葫芦。

"孩子，找你的钱。"韩炳的妈妈找了 3 块钱给二狗。二狗看见她的嘴角挂着一丝微笑。

二狗拿了葫芦骑上自行车，心里沉沉的、酸酸的。韩炳欺负人的确不对，但他需要付出生命的代价吗？因为这点小事而死在最美好的时光里，值得吗？而光辉呢？这个总是憨笑的农村孩子，由于杀人时已满 16 周岁而成了少年犯，7 个月后被其他犯人打死了。他只比韩炳多活了 7 个月，同样为此事付出了生命的代价。

世界就是这么奇妙，有的流氓打打杀杀一辈子，到了四五十岁还活得好好的。而有的人，一辈子只打了一架却死了。

两个如花的生命就此凋谢，其中的一个就是被下届、下下届的同学们称为"学校建校百年以来最大的流氓"的、"臭名昭著"的光辉，那个憨厚朴实、总是对二狗说"二狗，吃饼吗？我妈妈烙的饼"的光辉。

心酸，泪下。

和本文内容无关的事情到这里就讲完了。二狗之所以讲这个故事是想说：1. 该死的人总是不死，不该死的人却早早死去，这是天意吗？ 2. 人在犯了错以后，受到更大惩罚的可能是他的父母和那些爱他的人。3. 或许善良或曾经善良的人，由于种种原因却成为人们眼中十恶不赦的恶棍。4. 在某些人变为恶棍的过程中，一些看似正派的人士本应该为此承担责任。

接下来的文字中，将出现几个曾在祖国南疆的老山前线上为保卫祖国领土和人民安全而浴血奋战、在潮湿的猫耳洞中度过自己战斗的青春、在越南鬼子的隆隆炮声中奋勇杀敌的退伍兵。在退伍几年后，他们的三棱刮刀和双管猎枪却转向自己曾愿为之付出鲜血和生命保卫的同胞，这又是为什么？

这几个人身上所发生的事情，或许还有光辉的影子。

第一章　复员

上世纪80年代初的流氓，由于刚刚在1983年被全国集中严打了一把，已经基本打光。新生代的流氓，大多是以大工厂的宿舍区、家属院的子弟构成的团伙，严格地说，他们只是小混混，战斗力并不怎么强。直到赵红兵他们横空出世，才改变了这个现状。

一、赵红兵和他的战友们

1985年临近春节的某天，孔二狗终于结束长达3年的“接受贫下中农再教育”的生活，被一辆212小吉普接回了城里。

孔二狗人生第一次记事儿，好像就始自那天。多年以后才知道，由于以前二狗爸爸单位分的房子冬天漏风、夏天漏雨，不适合幼儿成长，所以，二狗在断奶后，就被送到乡下的奶奶家生活。直到1985年底，二狗爸爸的单位科级以上职工分了新房子，每家都是带院子的二层独楼，一共分了七家，由于二狗爸爸刚当上科长，正好分到一套，就把二狗接了回来。正是这里的邻居，让二狗见到了许多像二狗这样本本分分的人可能一辈子闻所未闻、想都不敢想的腥风血雨。

二狗回城后认识的第一个人就是赵爷爷。那天进了城再七拐八拐之后，车终于停到一排小二楼前。二狗爸爸打开第一道门进了院子，兴冲冲地去开第二道门也就是房间的门，却好久都打不开，急得满头是汗。

由于天气太冷再加上想奶奶，孔二狗这时大哭了起来。他刚干号没几声，就听隔壁院子里一句声如洪钟的吼：“小孔！怎么啦？”二狗从来没听过如此中气十足的吼声，直到二十多年后，他依然认为这是他人生中所听见的最爷们儿的一嗓子。二狗顿时就被吓得不敢哭了。这时，二狗爸爸说：“赵局长，我家门锁坏了。”

隔壁院子里又发话了："哈哈哈！我来看看！"连笑都笑得这么中气十足。

门响了，进来一个穿深蓝色毛料中山装的五十几岁的老人。这老人的腰板就像枪杆一样笔直，长着一张坚毅的脸，脸上没什么皱纹，两侧的脸颊上却有两道极深的竖纹，目光炯炯，十分精神，眼睛上面是两道又黑又重的英雄眉。老人进来后没跟二狗爸爸说话，直奔二狗而去，掐住二狗的腮帮子又吼了一句："让你哭！哭巴精！"他脸上没一丝笑意，这六个字说得斩钉截铁。二狗顿时被这个威严的老人吓得呆住了，再也不敢哭了。

（题外话：二狗虽然成年以后老老实实、小心本分，但小时候可不是善茬，其顽皮的主要表现形式是能号。两三年后的某个周末，他在妈妈办公室里和一群小朋友一起看电视，由于妈妈的同事换了一个台，把《黑猫警长》调没了，二狗连号了四声"我——要——看——黑——猫——警——长"——据江湖传言，当时一栋楼里所有的人都听到了这几声怒吼，几乎所有人的心都为之惊悸。而后多年，当天和二狗同时看《黑猫警长》的小朋友在恐吓其父母时，最常说的一句就是："小心我像二狗那样号！"二狗当时之所以没号第五声，是因为他妈妈轻描淡写地说了句："你赵爷爷来了。"二狗当时就吓得呆住了，老实了。）

那个老人接过二狗爸爸手中的钥匙，拧了几下也没拧开，老人拧着眉头没说话，转身走了。5分钟后老人回来了，手里多了一支铅笔、一把小刀和一张纸。只见他拿起小刀开始削铅笔的铅芯，不一会儿铅芯的粉末就在纸上堆成一小堆了；他拿起纸，包着铅芯的粉末开始往锁孔里慢慢倒，倒了一些以后又拿起钥匙，轻轻一转。嘿！锁还真开了！

"哈哈哈！开了！这就是润滑剂！"老人爽朗地大笑着说。

"赵局长，进来坐坐，呵呵。"二狗爸爸说。

"好！"老人爽朗地答应了。

老人进了二狗家，二狗妈妈去烧水，二狗跑来跑去。在这个新家里，二狗感到十分新鲜，楼上楼下跑了好几圈。这天，他第一次见到了楼房，第一次看到了电灯，第一次……

"听说红兵复员回来啦？"二狗爸爸问。

"哈哈，是啊。"老人说。

"听说红兵在战斗中立了个人三等功？"二狗爸爸又问。

“哈哈哈哈，是啊，能活着回来就不错了。”老人又大笑着说。

“好几年没见过红兵了，春节休息时可得好好聊聊。”二狗爸爸说。

“不耽误你们了，我走了。”说完老人转头就走了，行动如风。二狗爸爸居然也没挽留。

在开门时，老人又说了句：“小孔，你家也就三口人，现在咱们又是邻居了，今年春节就在我家过吧！”这句话既像是邀请，又像是命令。

二狗爸爸也没客气：“好！就这样定了。”

在这简短的对话中二狗发现，这个老头爱爽朗地大笑，说话斩钉截铁，废话不多，还有点爱讲粗话，威风得很。一直到他去世，他都是二狗最敬畏的人。

二狗后来才知道，这个老人姓赵，是市里的组织部部长，年底刚刚调动工作，春节以后去新单位。在这之前他是二狗爸爸单位的局长，而二狗爸爸就是他的秘书。单位里有很多“文革”前的大学生，而赵局长最器重二狗的爸爸，两人既是同事又情同父子。二狗爸爸从毕业到现在，一直追随着他。

而他们所说的红兵是赵局长的二儿子，他作为一名侦察兵刚刚从老山前线回来。红兵有三个姐姐和一个哥哥，由于家教颇严，兄弟几个都是安分守己的好市民。而他们的妈妈则由于成分不好死于“文革”之中，赵局长丧妻之后没有再娶，有什么事儿就去妻子的遗像前说说，老两口感情极深。赵红兵已经成年的哥哥姐姐都在市里安家落户，所以，这座小二楼只住着赵红兵和赵局长两个人。

二狗在第二天早上就看见了赵红兵。一大早，他戴着大棉手套，头上戴着棉军帽在扫雪。都说是各扫门前雪，而赵红兵却一早上就把一排七栋的门前雪全扫完了，就剩自家门口的雪没扫。扫得那叫一个干净，就连扫出的雪堆都几乎是一模一样的，几个雪堆的距离也几乎相同。他看见二狗爸爸骑着自行车带二狗出来，愣了一下就扔下大扫把，大喊了一声：“孔哥！”接着冲到二狗爸爸面前就是一个熊抱，把二狗爸爸的自行车差点没撞倒。

然后他摘下一只手套，掐了二狗的脸一把问：“你叫什么名字？”

“二狗！”二狗也扯着嗓门说。

“哈哈，好听。”赵红兵说。

这时二狗仔细地端详了赵红兵：大眼睛，高鼻梁，有着和他爸爸一样的英雄眉，和他爸爸长得很像，但比他爸爸帅许多，他爸爸是国字脸，而赵红兵的脸则较为瘦削。这样介绍还是太抽象，其实他长得比较像黄晓明——如果说黄晓明长得可以打 95 分的话，那他可以打 96 分，因为他比黄晓明的眉宇间多了一股英气。那种英气，仿佛只有上世纪 80 年代的中国年轻人才有。

小孩子总是对长得顺眼的人喜欢一些，二狗觉得，以后跟着这个叔叔玩肯定不错。

“红兵，你壮了。”二狗爸爸说。

“孔哥，你胖了。”赵红兵说。

“这几年挺辛苦吧。”二狗爸爸说。

“为人民服务！”赵红兵吼了一声，并摆了一个正规的军姿，“啪”地一下行了个礼。

“哈哈。”他把二狗爸爸和二狗都逗笑了。

“我带二狗去剃个头。快春节了，正月不能剃头，现在早点去，省得排队。咱们回来聊。”二狗爸爸说。

“好嘞！”赵红兵笑着说。

二狗爸爸带着二狗骑车离开了二三十米，赵红兵在后面喊了一句：“孔哥，我爸说你们家春节来我们家过！热闹！”

“知道啦。”二狗爸爸笑着回答说。

这是二狗第一次见赵红兵，英俊爽朗的赵红兵给二狗留下了很不错的印象——奶奶他们全生产队，乃至全村、全乡，也没一个看着这么精神的小伙子。

大年三十的下午，二狗全家就去了赵局长家过年人多果然热闹，赵爷爷的儿女中除了赵红兵以外都结婚了，而且都有了孩子，孩子基本上都是 1980 或 1981 年出生的，和二狗差不多大。二狗很快就忘了离开奶奶的痛苦，和赵爷爷的孙子、孙女玩成一团。二狗和几个小孩在一楼玩，大人们找到自己的位子挨个坐好：赵爷爷众星捧月似的坐在最里面，外面是他的几个儿女和二狗的爸妈，好热闹的家庭聚会！一向严肃的赵爷爷那天显得十分开心，话也格外多。赵爷爷当领导当习惯了，吃饭前总爱说几句。看见他要说话，儿女们都自觉地肃静了，把筷子放在桌上，几个小孩子也安静了下来。

赵爷爷说：“今年我市粮食大丰收！”“十一届三中全会以来，我市人民生活水平显著提高！”“农民今年能过个好年！”“可喜啊！”现在回想起来，当年赵爷爷的家宴只要超过六个人，一准儿变成“党代会”。老革命就是老革命，不服不行。

说完这些，赵爷爷顿了顿，说：“对于我们家来说也有好消息，那就是红兵光荣复员。来！我们为红兵干杯！红兵，从今天起，爸爸允许你在家里喝酒，因为你是大人了，但除了过年你不许喝多。”大家一起举起酒杯，喝着辛辣的五粮液，场面十分温馨。

不一会儿，大人们喝得都有点多了，小孩子们也开始吃饭了。二狗由于刚从农村回城，不大懂规矩，坐在妈妈的身上就伸手去抓桌子上的点心吃。还没等抓到东西，随着一声脆响，就感觉手背一阵火辣辣的剧痛，二狗的手被赵爷爷用筷子狠狠地抽了一下。

从那天起二狗知道，吃饭必须用筷子，千万不能用手，尤其是在人多的时候。这也让二狗养成了一个习惯，甚至是恶习，那就是：无论任何东西，都必须用筷子塞到嘴里才敢吃，用手抓的不敢吃。上大学时被同学嘲笑吃馒头用筷子夹却不用手抓，上班以后被同事嘲笑吃手抓小龙虾的时候非跟服务员要筷子。当年那一筷子的功效长达22年之久，可能赵爷爷也没想到。

大人们的酒越喝越热闹，舌头也慢慢短了。赵红兵酒量不行，没喝多少就已经醉了，兴奋地讲着和越南人打仗的事儿，边说边伸出双手比画。

这时二狗爸爸和二狗同时发现，赵红兵的右手有三根手指都只剩下最后一节指节，其他的全没了，而断的指节已经长好了肉，显然是老伤。

“红兵，你的手……”二狗爸爸惊问。

“在战场上被溅起的石头砸的。”赵红兵故作轻松地回答。

屋子里的空气顿时凝固了。事后才知道，赵红兵复员以后，很不愿意让人提起他的残手。冬天的时候，他总带着一副大棉手套；回到家里就把手攥起来，由于断的三根手指还剩下最长的那一节，所以攥起来还真看不出来；更多的时候，他把右手放在衣服口袋里。虽然手指头已经断了5个月，但他还很难接受右手残疾这个事实，他是个自尊心极强的人，希望这个世界上所有人都不知道这件事。

这个年轻英俊的小伙子，聪明能干并且心地善良。从他十六七岁起，几乎全市同龄人都认识他。他篮球和乒乓球打得都很好，他家又可以算是高干家庭（赵爷爷是副厅级干部），所以，赵红兵是十足的少女偶像。退伍以后，军旅的磨炼让他又平添了几分英气，这更让全城的待嫁少女为之着迷。

就是这样的一个青年，如今却成了半个残疾！他才22岁啊！

或许，上帝真的是嫉妒世界上有这样的男孩子存在。

他那极强的自尊心和断指给他带来的自卑心理，注定了他悲惨的后半生。

二狗在成年后的某次春节聚会时听到他说："二狗，二叔我后悔选择了这条路。"

二狗说："二叔，你复员以后的状态和你的性格注定了你要走这条路。"

他说："或许还可以不走。"

二狗问："为什么？"

他缓缓地说："医疗条件只要稍微好一点点，或者医生只要用心一点点，我的手指根本不需要截。"

二狗无语。那天也是大年三十的下午，距前面提到的那次聚会，已经整整20年。窗外，同样飘着鹅毛大雪。这20年，二狗从一个刚记事儿的傻孩子变成了一个精壮的小伙子；赵红兵由一个身背战功与荣誉的退伍军人变成了全市最恶名昭著的黑道大哥。如今的二狗，应该和20年前的赵红兵同岁。不同的是，二狗在22岁时对人生充满了憧憬与希望，而赵红兵当年则因为断指，心里满是悲观和绝望。

这年的大年初一，赵红兵介绍二狗认识了和自己同时复员的三个战友——费四、小纪和李四。说是战友，并不是在同一个连队的战友，而是在这座城市同一年入伍，然后在同一个集团军里参军。由于市区里当兵的名额有限，所以即使不在同一个连队也倍感亲切，而且，这几个人在高中时就是同学，来往一直比较多。

李四和赵红兵一样是侦察兵，费四和小纪都是炮兵，虽然这四个人都不在同一个连队，但是都参与了老山的轮战。

费四高大强壮，个头足有一米八五，长得虽然不帅气但非常有男人味。他嗓门极大，浑身上下似乎有用不完的力气，一看就是忠厚朴实的人。他复员后分配在工商局开车，春节前已上班。

李四转业后在市政府做勤务员。他黑黑瘦瘦，高鼻梁，有点儿驼背，眼皮比正常人长很多，一双眼睛总像是睡不醒似的耷拉着，有几分像大烟鬼，没事儿总打哈欠。李四话不是很多，但每句话都能切中要害。

小纪复员后被安置到离市区近30公里的一个小镇上工作。他不愿意去，就在离赵红兵家不远的地方开了个废品回收站，不仅收废铜烂铁，也收一些从工厂机器上偷下来的零部件和文物什么的。此人总是一脸坏笑，嘴角斜着，让人觉得他总是不怀好意。

说实话，二狗虽然从小和他们一起玩，但基本都是只知道昵称。他们的大名，二狗还是多年以后看到市法院门口贴出的“XXX因为XX罪被判有期徒刑XX年”的告示才知道的。

正所谓观一叶落而知天下秋，春节时，二狗终于见识了赵红兵的这几个战友究竟有多能折腾。

大年初一那天，费四和小纪先到赵红兵家拜年。赵爷爷由于是领导干部，大清早就去市宾馆参加团拜去了，家里就剩赵红兵自己。上世纪80年代中期，能玩的东西并不是很多，不像今天这样令人眼花缭乱，所以，春节时的烟花炮仗是当时最受年轻人欢迎的东西。二狗所在的城市大年初一讲究“迎财神”，就是一早上放鞭炮和双响。费四、小纪和李四的到来，让二狗所在的家属院里的所有人都大开眼界。

说到这里，必须说说费四是怎么放“双响”的。平时大家放双响，是把双响立在地上，点燃引线，转头就跑。但二狗所在的这座城市，民风自古以来都比较彪悍，大人小孩都把双响拿在手里，轻轻捏住双响的上方，点燃引线，在手里炸响一次后，双响自动弹上天，在天上炸响第二次——这也是火箭的原理。这样干虽然安全系数不高，但是一般情况没什么大问题，除非双响炸底。

可姓费的这位爷怎么放双响呢？他右手牢牢攥住双响，左手点燃引线，双响第一响在手里爆炸，他依然不让双响飞出去，还是用力牢牢地攥住，直到第二响的前两秒左右，才像扔手榴弹一样把剩下的半截双响扔出去，基本上每次都会在他5米之内爆炸，响声极大。别人吓得看都不敢看，费四却哈哈大笑，仿佛只有这样玩才算过瘾。可能在费四这样的炮兵眼里，那根细细短短的双响实在不足为惧。

二狗爸爸给了他一句简短的评语：牲口。

费四这样干顶多就是胆子大、不遵循规律，而小纪的做法则异常血腥。那时赵红兵家新养了一只黑背狼狗，小纪一进门就对这只狼狗产生了兴趣，只等赵红兵说了句“放鞭炮去”，小纪便一个箭步蹿过去，把一挂500响的大地红钢鞭，牢牢地系在狼狗的尾巴上。还没等狼狗明白是怎么回事，小纪已经把这挂鞭给点燃了。那挂钢鞭特别响，狼狗受了惊，开始狂吠乱窜，先在院子里跑了大概十几秒，然后慌不择路地上了墙，接着从墙上又跳上了二楼的楼顶，继续在二楼的楼顶上惊吠着狂奔。这只可怜的狼狗无论怎么跑，也脱离不了绑在尾巴后的那挂500响的钢鞭。狼狗足足在二楼的楼顶上来回逃窜了两三圈，鞭炮总算炸完了。鞭炮虽然停了，狼狗却依然吓得两腿哆嗦。

鞭炮的巨响、狼狗在房顶上狂奔的凄惨号叫、小纪的狂笑，这组镜头给二狗留下了极其深刻的印象。

正在这时，参加完团拜的赵爷爷回来了。推开门时，他正好看见自己的爱犬尾巴上绑着一挂鞭炮在楼顶狂奔的那一幕，当时就气不打一处来，直接朝小纪走了过去，上去就是一脚。二狗不得不佩服赵爷爷，因为他根本没看见是谁系的鞭炮，但他准确无误地踢了小纪一脚。看来赵爷爷对赵红兵这几个朋友是了如指掌。

在那天来拜年的赵红兵的三个战友中，只有李四一人没在鞭炮上玩什么花活儿。二狗当时认为这个叔叔比较老实，没那么多花花肠子，但是没过五天，二狗就彻底改变了印象。

那天是初六，赵红兵带二狗和晓波去李四的单位玩。按当地的风俗，秧歌队该出来了，先是在大街上吹吹打打，然后挨个单位去拜年，说是拜年，其实就是变相地要钱。那年好像有五六支秧歌队，他们挨个要钱，的确能烦死人。而当时，李四则负责给这些秧歌队发钱。

李四也特烦这些简直是逼着人家给钱的秧歌队，虽然领导给了李四钱让他打发这些秧歌队，但李四就是不想给。不给怎么办呢？人家当然有高招。他先拿出一个装复写纸的圆桶，这个圆桶大概有七八十厘米长，直径30厘米左右。他用这个做芯，外面用牛皮纸糊了一层又一层，糊成直径、长度的比例大概和普通双响差不多的样子；外面用春节写对联剩下的红纸包着，又在这个东西下面钻了个孔，塞上了用废牛皮纸做的假引线。这样，一个人类历史上最大号的双响诞生了，但这是伪造的，怎么点都不会响。

就是这个假双响，起到了至关重要的作用。大年初六上午十一点半左右，也就是李四刚把这个特大号的假双响做完的时候，一支秧歌队进了市政府大院，进来就敲锣打鼓地开始扭秧歌，扭个没完，看样子是要一直扭到这个单位出来给钱为止。可是这次，他们等来的根本不是钱，而是一个特大号的伪造双响。

只见李四搂着这个半人高的大双响，从单位的楼门里冲出来后直接撞向了秧歌队，冲的姿势极其像是尖刀班在突击，而抱着那个特大号假双响的姿势则像是英雄王成抱着爆破筒。那时候刚刚改革开放，几乎每天都有新生的事物，秧歌队里的人看见这个特大号双响都很好奇，边扭秧歌边盯着这个双响看。

哪知李四一直冲进了他们的秧歌队里，把这个假双响戳在队伍当中，扯出引线，然后点燃自己嘴里的那根香烟，作势要拿香烟点这个双响。

试问：谁见到一个半人高、比人的大腿还粗的双响会不害怕？

李四作势要点的一刹那，秧歌队的队员们发出齐声的惊呼和哀号，队伍马上乱了。由于秧歌队里人人都踩着“高跷”，走路十分不便，于是有的摔倒，有的往院外冲，一时间人仰马翻。而李四则始终扶着那个特大号的假双响，一次又一次地作势要点，而且每次都做出点了但是没点着的架势。李四眯着他那特有的睡眼，咧着嘴猫着腰点双响的架势，的确够逼真的，也够吓人的。

等他第七次作势要点这个双响的时候，秧歌队全体队员已经冲出院外，而且看起来还是心悸不已，个个捂着耳朵，惊恐地看着院内，再没一个人敢进去了。因为，他们都知道院里有个大号炸药包。

这招屡试不爽，初六那天，市政府一分钱都没付给任何一支秧歌队。

二狗现在分析：赵红兵、费四、李四和小纪这群衣食无忧、游手好闲、一个比一个鬼点子多的退伍兵成天聚在一起，不惹事那才是怪事儿呢。但二狗没想到的是，他们会犯下如此之多震惊全市的罪行，这之中活下来的人，都成了拥有独立“码头”的黑道大佬。

二、你别侮辱军人

春节过后不久，赵红兵就被安排转业了。赵爷爷全家和二狗家都为这件事高兴，唯独二狗和侄子赵晓波高兴不起来，因为成天带着他俩到处拿弹弓打麻雀和堆雪人的叔叔要去上班了，只能周末陪二狗和晓波玩了。赵红兵的弹弓准极了，用土制的弹弓打麻雀，三发必有一只麻雀落地。小时候玩过弹弓的应该知道，这个成功率相当高了，因为有很多麻雀被弹弓打中以后不一定落地，落地以后再飞走也极有可能，只有打麻雀的头才可以一击落地。二狗玩了 9 年弹弓，玻璃不知道打碎了多少，但是一只麻雀都没打下来过。

赵红兵被分配到某银行的办公室工作。所谓办公室就是负责招待客人，帮领导安排安排活动的地方，是个肥差。赵红兵长得精神，穿得利索，虽然当了几年的大头兵，但看起来还是温文尔雅，身上没有经历过战火之后特有的匪气。银行的行长一眼就看中了他，心想：把这小伙子放在办公室，肯定提高银行的形象啊！

可接下来的事情可能是任何人都没想到的。

发生在赵红兵身上的这件事，放在现在肯定不算什么，如果有人现在去纪检委或反贪局去说谁谁谁因为这事儿腐败，那大家肯定会说这告状的人有病。

赵红兵就是这么个“有病”的人。

赵红兵所在的办公室，经常需要招待一下其他银行来的客人。几天下来，赵红兵已经十分看不过眼了。这些人号称视察工作，其实来这里就是吃吃喝喝，烧鸡什么的人家根本不愿意动，只爱吃当时流行的“焦熘里脊”、“糖醋鱼”之类的，喝酒只喝茅台和五粮液。上午来视察工作，中午就喝得烂醉，下午连班都不上，直接睡在银行的招待所里。但是到了晚上，又生龙活虎地大吃大喝，一桌子十几个菜基本没人动，90% 都是废品。

这个叫赵红兵的“病人”有点受不了，他心疼了，心疼国家的粮食和肉。

这个“病人”开始琢磨：我才当兵出去几年？走的时候很多人连饭都吃不上，才这几年，咱们国家啥时候富到这地步了——整盘子整盘子的肉都倒掉？一个领导下来就要十几个人陪？这个生在红旗下、长在春风里的“病人”可能没想到，他去当兵这几年，国家是比以前富裕了，但是也没富裕多少。他所看到的现象，不是富裕所致，而是因为腐败了。

赵红兵上班第12天的中午，又一个省里的领导下来开会。半小时后便开始山吃海喝，他们喝了3个小时，一直折腾到下午3点赵红兵才回到办公室。主要负责接待的办公室主任姓李，他是赵红兵的直接上司，回到办公室时醉意正浓；而赵红兵作为办公室的工作人员，也去陪着喝了点，没喝多。当然，据赵红兵自己说没喝多，但根据二狗对他的了解，二狗认为他那天肯定喝多了，因为他这人不喝酒还好，一喝就多，二十几年来无一例外。没人知道他的酒量究竟有多少，有人说是8两，有人说是一斤，还有人说是两斤。因为他很少和外人喝酒，但只要喝酒就只喝白的，少则一斤，多则三斤，唯一不变的是他每次都喝多。

赵红兵这个自称没喝多的"病人"踉跄地走进办公室，一进办公室，他就看见办公室的李主任正在拿着"绕把子"打电话。当时咱们国家还没有普及程控电话，所有电话都是"绕把子"，先接邮电局话房，告诉它转哪里，然后人家再给转。赵红兵一听，李主任正在跟话务员说转市宾馆，赵红兵心想：这才刚吃完回来又要订桌了？晚上又要腐败了？又要浪费国家的钱和粮食了？

他借着点酒劲抓住李主任的手，挂掉了电话。

李主任笑嘻嘻地喷着酒气说："小赵，别闹，李叔办事呢，给领导晚上订桌呢。"

赵红兵说："没跟你闹。怎么，中午刚吃完，菜都剩下了，这晚上又要吃？"

李主任说："是啊，怎么？不吃怎么办？"

赵红兵说："你们就这么糟践国家的钱？"

李主任终于从赵红兵的语气中听出来这不是在跟他开玩笑了，说："小赵，你今天中午就没去喝酒吗？难道你就没糟践国家的钱吗？"

赵红兵一时有点语塞，说："中午我是去了，但我下次不会去。"

"你爱去不去，别挡着我打电话。"李主任拨开赵红兵的手，终于不耐烦了。

被拨开手的赵红兵火气上来了，操着他们赵家独有的大嗓门吼了一嗓子："你们这帮蛀虫，你们这帮蛆！"请注意，他喊的是"你们这帮蛆"，而不是“你这个蛆”，他这是连行长一起骂了。

“去你妈的，你算个什么玩意儿，你说谁呢！”李主任也不是善茬。

“我们在老山前线流血，就是为了保护你们这帮蛆吗？”

“你个臭当兵的，别以为当了几天兵就可以来教训我了，谁他妈的用你保护！”

“你别侮辱军人！”

“你这个残废不就是靠你爹才……”

这句话李主任没能说完，这也是李主任在之后的半个月里最后的半句话。这半句话之后，整层楼都听到了山崩地裂的一声巨响，然后又听见“哗啦”一声。

在医院里，医生问李主任的银行同事：“他这是被什么重物砸的胸部，肋骨折了这么多根？”

“被人打的。”

“被多少人打的打成这样？”

“一个人打的。”

“用什么打的？”

“用脚踹的。”

“踹了多少脚？”

“一脚。”

“被什么人踹的？”

“……”

据说，医生听完以后愣了半天。这可能是他所接诊过的病人中被踢得最惨的一脚，以至他在警察来问话的时候，坚信这不是一个人打的，更不相信只踹了一脚。医生可能不知道，在这一脚里，有着赵红兵对社会现状的惊诧与愤怒，有着赵红兵对断指造成的自卑的发泄，有着赵红兵对那些无耻嘴脸的愤懑，更有着他对现实巨大落差的恐慌。

12年后，赵红兵口中的这只蛆终于被“公正”了。那年二狗上高三，放学时赶上公审大会，看见旁边有一张告示，第5行写着：原工商银行副行长李XX在担任市工商银行副行长期间，挪用公款XXXX万元用于赌博，现一审判决有期徒刑11年。

二狗回家后兴高采烈地告诉了赵红兵，没想到，当时已经是黑道大哥的赵红兵听后只是淡淡地说："二狗，他只是一只蛆。你记住，那天我说的是'你们这帮蛆'。"

是啊，一只蛆可以被正法，可全中国那么多只蛆能正法得完吗？二狗直到那天才明白，赵红兵那一脚踹的不止是一个人。

在这之后的14年里，不知道为什么，赵红兵再也没在任何场合中主动提到自己曾经是个当兵的，起码二狗再也没听说过。即使战友聚会，在一起回忆当年一起当兵的事，赵红兵也避而不言，从不参与讨论。

直到1999年夏天，已经在外面读大学的二狗回家后，听到一个高中同学讲了一个自认为好笑的笑话。虽然已经过去了8年多，但当时的对话二狗一句都没敢忘，以下是原文实录：

"二狗啊，炸大使馆的时候你们去游行了吗？"

"游了，我嗓子都喊哑了。"

"我们也游了，不过特搞笑。"

"被炸大使馆又不是什么好事，有什么搞笑的？"

"游行那天基本上全是市里几个高校和中专的学生，可是你知道不，那天游行在最前面、口号喊得最响、别人只游半天他却游行了一整天的是谁？"

"谁？"

"红兵，哈哈！知道不？红兵大哥！他在最前面，身后带着费四等几个大流氓，还扯着一面条幅。游得真欢，从城南走到城北，从城北走到河西，然后又走到棉纺厂。一路上，那些小流氓、地癞子一看红兵在游行，全他妈的加入了，从早上走到晚上，身前身后聚集了二百多号流氓，染着黄毛的、剃着光头的、文着身的、光膀子穿拖鞋的什么都有。走到中午，我们这些学生就都不行了，走到学校附近，人全散了，冲食堂去了。红兵领着那群流氓战斗力倒是真强，走了大半天，水都没喝一口。红兵还跟学生说，他当过兵，费四也当过兵，小纪也当过兵，都打过仗，现在国家有难，只要需要他们，他们还去当兵，他们不怕死。太他妈的搞笑了，他们这群奔40的老流氓，居然还想当兵？谁要啊？即使去了也都是大兵痞，靠他们打仗国家早完了。同学都说，现在才知道黑社会也爱国啊。二狗你说他们这是出哪门子洋相，平时少犯点事少砍俩人什么都有了。”

“你他妈的说话真操蛋，不知道怎么回事你别瞎说！”

“二狗，你怎么了，你这是怎么说话呢？”

“滚！”

“……”

看来，赵红兵还是没忘了自己曾经是个“臭当兵的”。

三、流氓世家

一向与人为善的二狗，之所以罕见地对高中同学说出了“滚”字，是因为，在他的言语中，二狗没有听出一点点对美国炸我驻南联盟大使馆的愤慨，从他的眼神中，二狗也没有读到一丝对客死他乡的三名同胞的同情，更没有从他手舞足蹈的谈吐中，看出哪怕一分一厘对此事的悲哀。

就这样的一个人，他凭什么举着国旗去游行？或许，他只是想去凑热闹吧。

6年以后的2005年，在上海人民广场临近延安东路的天桥上，加了一宿夜班准备回家的二狗，又亲眼所见一群嬉皮笑脸地举着“抵制日货”的大横幅游街的学生。看到他们洋溢着兴奋与激动的脸庞上那空洞的眼睛，听着他们喊着仿佛中国已经征服了全世界一样欢快的“抵制日货”的口号声，二狗实在无法跟着兴奋起来，反而心中感到一阵又一阵的凄凉。

当时二狗还拉住一个笑得最欢、喊得最响的男孩子问：“同学，这次是因为什么游行啊？是因为有人又去参拜靖国神社了还是……”该同学支吾半天，竟无法回答二狗的问题。二狗的心沉到了谷底。二狗相信游行的人群中有许多爱国且有思想的同学，并且钦佩他们。但从心底，二狗鄙视那些在游行队伍中打着爱国的旗号以参加这盛大的集会为目的的人。或许，他们只是想“赶集”而已。

赵红兵去游行却被嘲笑，那是因为他是流氓，他是黑道大佬，他是几进几出监狱的人。但二狗相信，经历过战火并为此付出了三根手指的赵红兵，爱国程度未必比那些在街上游行的人低。

人一旦被定义为流氓，连爱国都变成了笑料。

由于重伤办公室李主任，赵红兵蹲了半个月的小号。这位李主任在床上躺了三个多月后又去上班了，不过气焰相比以前差了很多。

从小号出来后，赵红兵像是变了个人，成天沉默不语，谁也不知道他在想什么。其实凭着他爸爸的关系，他完全可以再去银行上班，但他没有，姐姐们怎么劝，他都不去。他在床上足足躺了一个多月，偶尔出门转转。一向严肃的赵爷爷，这次也没有过多地批评赵红兵，因为赵爷爷虽然严肃得很，却个讲道理的人。他明白，除了踢那一脚外，儿子做得都没错，说得都有道理；而踢出那一脚，更多的是因为被那句“你这个残废”戳到了痛处，一时冲动才做出傻事。

其实，赵红兵在想失去工作以后究竟要做些什么，他想了很多。比如想过和小纪一起去经营废品回收站，也想过承包一辆大巴跑运输，还想过自己经营一个小杂货店。总之，只要当时能够想到的职业，赵红兵基本上全考虑了，唯独没有考虑混黑社会。

二狗的爸爸和妈妈无论是从情感上还是从道义上，都站在赵红兵这一边，他们在愤怒的同时也替赵红兵出谋划策。当时，二狗爸爸建议赵红兵在火车站前承包一家旅馆，二狗爸爸和这家国营旅馆的负责人以及上面的领导都很熟，希望赵红兵能在1987年年初把这家旅馆承包下来。经过不怎么艰难的谈判，基本敲定了这件事。在确定未来的发展方向以后，赵红兵明显开朗了很多。

在两三个月后，春暖花开的一天，赵红兵骑着自行车，前面带着二狗，后面带着侄子晓波去买自行车的辐条，准备帮姐夫修自行车。正骑着，忽然后面有人大喊：“红兵！红兵！”

赵红兵回头一看，惊喜地喊：“张岳！”

张岳下了自行车：“红兵，什么时候复员的？怎么不去我家找我。”

“唉，别提了。你呢？毕业了？”赵红兵说。

“是啊，分配回来了，在粮食局上班。”张岳说。

“怎么这么快就回来了？大学不是要四年吗？我还以为你现在没毕业呢，所以没去找你。”赵红兵说。

“我只上了专科线，3 年就毕业了。”张岳笑着说。

说着两个人到了跟前，两只手紧紧地握在了一起。

谁都不会想到，这次久别重逢的握手彻底改变了这两个年轻人的命运。

两人紧接着好一通叙旧。听了聊天二狗才知道，他俩是高中同学，也是最好的朋友。张岳是个清瘦秀气、白白净净的年轻人，谈吐文雅且举止斯文，一双大眼睛透着一股精明劲，一双手细细长长，像是个弹钢琴的。几个月后二狗就知道了，这个浑身透着书卷气的年轻人的斯文外表全是假象，他发起狠来恐怕十头牛也拦不住。

后来二狗又知道，张岳家堪称“流氓世家”。张岳的爷爷在 20 世纪三、四十年代，是纵横当地及周边几市的著名土匪，匪号“镇东洋”，意思就是压住小日本。当年他打着抗日救国的旗号到处抢夺，手下常年百十来号人，见到日本鬼子就抢日本鬼子，见到地主就抢地主，见到土匪就抢土匪，完全没规矩没章法。虽然见谁抢谁，但还是有特别对待的——对同胞他们基本是只抢不杀，对日本鬼子是抢完再杀，之后还把鬼子的头割下来示众。当时，我们这里属于伪满洲国的地盘，每个乡镇都会有几个日本兵把守，但通常不会超过 10 个，几个日本鬼子怎么会是百十来号如狼似虎的土匪的对手？日本鬼子是真怕他，“镇东洋”这绰号来得一点都不含糊。“镇东洋”行踪飘忽不定，谁也奈何不了他。

二狗听过他的一个确切事迹。有一年，他勇闯伪满警察公署，并且打死打残了三个持枪警察。据说，他当年去警察公署要人，要一个月前被抓的两个兄弟。进了警察公署大院以后，他站在门口大喊一声：“我就是镇东洋，赶紧把我兄弟放了，否则我烧了你们警署。”

这时警署值班的只有三名警察，一听见他这声吼，全拿着枪出门了。出门一看，镇东洋正站在警署的院子门口耀武扬威，这三个警察上去就要抓他。镇东洋以为凭自己的匪号完全可以震住这三个小警察，哪知道这三个警察胆子也不小。镇东洋手里拿着两把匣子炮，先是鸣枪示警，目的是让警察别过来。当时还没有电视机，有了电视机，镇东洋多看看电视剧就应该知道，鸣枪示警应该朝天上打，而不是朝地上打。

镇东洋当时鸣枪示警就朝地上打了一枪，结果不知道是因为喝多了还是枪管没矫正，他这一枪竟然打在自己脚上了！

这三个警察一愣：嗬！敢情这镇东洋到我们警署自残来了！

“抓！”

镇东洋一枪打在自己脚上，气正没地方撒，拿起匣子炮就和警察开打，这几个警察也开枪还击。他们四个人互射了十几枪，结果，三个警察两死一重伤，镇东洋除了“自残”那一枪外居然毫发无损。

据说，在四个人对射的时候，那三个警察全是边开枪边躲，而镇东洋则站着纹丝不动，只管开枪，根本不躲。这股狠劲，天生就是土匪头子的气质！不躲的人毫发无损，东躲西藏的三个警察却两死一伤，这不是传奇是什么？

枪战过后，镇东洋从容地救出那两个兄弟，扬长而去。

按理说，既然你镇东洋是抗日救国，日本鬼子投降以后你也该收山了不是？他不收山，没日本鬼子那就抢地主。后来人们都说，镇东洋这人好啊，不但杀日本鬼子，还杀富济贫。二狗爸爸却不这么认为，他说：镇东洋杀富的确是杀富，因为他杀穷人也抢不到什么。他的确也济贫，那就是他们土匪在谁家留宿，看谁家实在揭不开锅了就扔几块大洋，算是住宿费和伙食费。他眼中就一个字——钱。没传说中那么高尚的精神。

镇东洋就是这么个传奇，日本鬼子、伪满政府、国民政府拿他都没什么辙。但是 1947 年，他便折在中国人民解放军的手里了。不久，镇东洋就被押到一条波涛汹涌的大河边上，和其他几个土匪一起执行枪决。结果，在马上就要开枪执行死刑的时候，镇东洋突然跳进大河中。从此，他是死是活无人知晓。但可以确定的是，没人看到过他的尸体，他也再没出现过。

镇东洋没挨这一枪，但他可能做梦也想不到，四十几年后，他的孙子却挨了这一枪。

镇东洋留下了一个儿子，也就是张岳的爸爸。

人们都夸镇东洋的儿子仁义、明白事理，一点也不野蛮。直到 1966 年红卫兵去抄家时大家才知道，镇东洋的儿子的确仁义，但是疯劲上来恐怕镇东洋也比不了。

张岳家是土匪出身，红卫兵自然要去抄他们家。一大早，十几个红卫兵闯入张岳的家准备抄家。但是，还没等这群红卫兵进屋，张岳的爸爸就冲了出来。

根据当年闯入他家的一名红卫兵，也就是赵红兵的表姐回忆说：当时看见一个瘦骨嶙峋的汉子手持一根扁担冲了出来，只见这汉子浑身赤条条，只穿一条红色的三角裤衩，这个三角裤衩根本遮不住他那胯下之物，十分性感。

据说，当时很多女红卫兵第一次看见那东西，都羞愧地转过头去。看样子，他还没起床，不知道是不是正晨勃呢。二狗不禁感叹他真是聪明啊，几乎全裸地跑出来，基本上就消灭了对方的一半有生力量——在那个年代，女红卫兵看见这阵势，谁还好意思上？

“你要干什么？我们是来抄家的。”红卫兵喊道。

“操你妈！小逼崽子们，谁上前一步我就打死谁！”张岳的爸爸吼道。

赤手空拳的红卫兵们已经在没有任何抵抗的情况下抄了太多的家，他们哪知道，这次遇上硬茬子了。

“打！”领头的红卫兵解下腰上的武装带抽了过来。

只见张岳的爸爸不慌不忙，武装带抽下来他根本不躲，而是迎武装带而上，同时挥起了手中的扁担。

“啪！”武装带的铁头结结实实地抽在了张岳爸爸的头上，鲜血顿时流了下来。

同时，张岳爸爸的扁担也砸在了那个红卫兵的头上，红卫兵顿时倒地。

满脸是血的张岳爸爸嘶吼着继续挥舞扁担，有如下山猛虎一般，在他家狭小的院子里把这群连武装带都来不及解的红卫兵打得狼哭鬼嚎。但是，女红卫兵他一个都没打。

头上的那一武装带，也是张岳爸爸唯一挨的一下。

“滚！”张岳爸爸吼。

“你等着。”那个领头的红卫兵被人扶着爬起来，晃晃悠悠地说。

一个小时后，一百多个红卫兵骑着自行车，风尘滚滚地冲进张岳家的胡同，气势汹汹，各自手里都拿着家伙。这次，一个女红卫兵都没来。

而张岳的爸爸正坐在自家院子前的门房顶上等他们。身上，穿的还是那条红色三角战裤；手里，拿的是一把锋利的砍柴刀。他的身后站着14岁的大儿子张飞，手里拿的同样是把砍柴刀，只不过穿得要比他老爸整齐多了。看来，那时候老一辈的人更加开放。

当地 50 岁以上的人，全知道这一仗。那年，张岳的爸爸一定是本命年，否则一个大男人穿什么红色三角裤衩？

这一百多号红卫兵见此场景，愣了一愣，没想到张家父子已经在这里等他们了。

“崽子们，怎么来的怎么滚回去！”张岳爸爸在屋顶上说。

“今天就是要抄你的家！”这回领头的红卫兵年龄更大，气势也更盛。

说着，领头的红卫兵解下了腰上的武装带，身后的红卫兵们也下了自行车，举起手中的角钢、板凳腿、菜刀。

“操你妈！”张家父子先后跳下房，和这群红卫兵相距不到一米。

这时，红卫兵们才发现，张岳的爸爸连鞋都没穿。

“让开！”领头的红卫兵喊。

“儿子，他那条武装带不错，给我抢过来。”张岳的爸爸没答话，淡淡地跟他儿子说了一句。

张飞一刀砍向领头的红卫兵，然后只听见“啊”的一声，武装带落在地上，张飞顺手捡了起来。

红卫兵们呆住了，他们 100 多号人本来是来抄家的，居然在一瞬间变成了弱者，领头的竟在转眼间被人缴了械。半分钟过去了，没一个人敢动手。

“儿子，给我砍！”张岳的爸爸吼道。

只见这父子二人杀入红卫兵中，如入无人之境。红卫兵们什么时候见过这阵势，个个都手软，拼命想往后退，但胡同比较窄，在前面的想往后跑是跑不掉了。这父子二人冲向红卫兵后，红卫兵们没一个人敢还手，全被这气势和杀气所压倒。

三分钟后，胡同里的角钢和板凳腿满地都是。人，只剩下毫发无损的张家父子。

朝阳升起，一缕阳光照在张岳爸爸那只穿着一条红色三角裤衩的瘦骨嶙峋的身体上，暖暖的。

人的尊严和家的尊严，在张岳爸爸的心中可能远比生命重要。

据事后不完全统计，起码有四十多个红卫兵在这仗中受到了不同程度的伤害，但致命的没有。从那以后，当地的抄家和武斗少了很多。有人说，这是红卫兵们被张家吓破胆了。

在那个荒唐的年代，或许只有真正的斗士，才能抵挡那群根本不知道“革命”为何物却被“革命”冲昏了头脑的红卫兵小将。

四、国庆节闹灯会

张岳和赵红兵见面以后，相谈甚欢，约定了再见面的日子。

1986 年，城里的幼儿园正在重建，因此二狗回城以后一直没上幼儿园。到 1987 年初，幼儿园重建完成时，二狗直接上了大班，而且只上了半年就上育红班（学前班）了，小班和中班都没上过。所以，二狗的童年不是跟着漂亮的幼儿园阿姨度过的，而是和一群成天打架斗殴的社会流氓一起度过的。因为父母工作忙，城里的亲戚又少，父母就把二狗交给赵红兵去哄，反正赵红兵无业在家，要哄同样没幼儿园可上的侄子晓波。“一只羊是赶，两只羊也是放，俩孩子一起哄吧。”二狗妈妈说。

所以，哄孩子成了赵红兵在 1986 年初到 1987 年的最主要的任务，虽然后来成了副业。但不可否认的是，赵红兵喜欢哄孩子，这是他的爱好，而他的那些兄弟显然也有这爱好。当时，二狗的爸爸被省里调用一段时间搞统计，而二狗妈妈则由于当时搞全国土地普查，结束后又去管理另一个城市的化验室，所以也不在市里。二狗就吃在赵爷爷家，住在赵爷爷家，俨然是其中的一员。

在赵红兵和张岳那次在街上见面的一个礼拜后，张岳带着他的邻居孙大伟，到赵爷爷家找赵红兵玩。

孙大伟高高胖胖，面皮白净，梳个大分头，是个无业游民。他平时话特别多，大家都叫他孙大嘴巴。孙大伟显然十分怕张岳，张岳只要眼睛一瞪，孙大伟就不敢说话了。

二狗记得那天孙大伟还带了一把吉他，从那以后，赵红兵就彻底爱上了吉他。赵红兵有着极高的音乐天赋，从完全不会弹奏到熟练掌握各种和弦，顶多只用了一个月的时间。在以后的十几年里，他还收了俩徒弟——二狗和晓波。他这俩徒弟都完全不爱音乐尤其不爱吉他，但没办法，被强行收了。他这俩徒弟弹琴还都有个缺陷，那就是只会用拨片弹奏，因为赵红兵右手是残疾，只能用两个手指拿着拨片弹奏。

由于吉他的原因，赵红兵和孙大伟越走越近，借吉他玩一个礼拜，刚还回去一天就又去借，直到几个月后，赵红兵跟他几个姐姐要钱自己买了一把吉他，才不再去借了。在这个过程中，赵红兵和孙大伟、张岳三个人几乎每个周末都在一起。

由于赵红兵的关系，孙大伟和张岳也与赵红兵的战友费四、小纪、李四熟悉了起来，这六个年轻人经常在赵爷爷家的二楼说说闹闹，有时候也凑钱去饭店喝顿酒。三四个月的时间，他们已经打成帮连成块了。孙大伟的话痨，小纪的鬼点子，赵红兵的沉稳，张岳的博学多才，费四的实在，李四的厚道，都给二狗留下了很不错的印象。

1986 年 9 月，赵红兵的一个北京战友来找他玩，赵红兵跟赵爷爷要了 200 元钱，在当时市里最有名的紫月亮饭店吃饭。当天吃饭的共 10 个人，除了平时总在一起玩的赵红兵和他的三个战友以及张岳和孙大伟外，还有张岳带来的邻居李武，以及赵红兵的北京战友、二狗和晓波。

赵红兵的北京战友虽然很瘦，但看起来很结实的样子。高鼻梁，大眼睛，腰板特直，总是一副玩世不恭的表情，举手投足间完全是一副北京顽主的范儿。

张岳的邻居李武烫了卷发，穿着20世纪80年代流行的喇叭裤、白皮鞋，这在当时挺时尚。但是当年市里以此装束示人的基本上全是小混子，李武当然也不例外。

席间主要聊的是他们当兵时的一些事儿，没当过兵的几个人也饶有兴味地听着。他们越聊越开心，越喝越激动，好几个人醉得哭了起来。最后，一桌人全喝多了，只剩下俩明白人——二狗和晓波还在抢酱牛肉吃。

孙大伟提议，八人结拜兄弟。正处于感情汹涌澎湃、勃发状态中的其他七人全部同意，当场跪地拜了把子。其中赵红兵年龄最大，小纪第二，张岳第三，费四第四，孙大伟第五，李武第六，赵红兵的北京战友第七，李四第八。结义拜把子，上世纪 80 年代的时候就流行这个。

这顿极其偶然的聚会，把这八个人的一生全部改变了。

从此，当地有史以来危害社会时间最长、名气最响亮的黑社会团伙诞生了。这个团伙的组织并不严密，比较松散。在这八个人中没有真正意义上的大哥，都只是朋友、兄弟而已。赵红兵之所以后来被其他人认为是这个团伙的领袖，是因为他沉着稳重、思路清晰，很少主动生事，兄弟们都愿意听他的话。但他并不是这八个人里面绝对的老大、绝对的权威。

正是这样的组织形式，使他们这些人几乎同时成名，而松散的结构又便于每个人拉拢一大批小弟开展自己的“事业”。成名以后，这些人虽然来往密切而且互相帮助，但所涉足的行业并没什么相关性。

当然，后来演变成流氓团伙，在他们结拜之初肯定任何人都没有想到。那天，他们还用赵红兵的北京战友带来的相机拍了一张黑白照片，晓波按的快门，拍得歪歪斜斜，赵红兵坐在最中间。这是这个组织的第一张相片。

赵红兵的北京战友在他家一住就是半个月，他俩关系相当密切，在当兵的时候就是最好的朋友。为了方便起见，下面我们就把赵红兵的北京战友叫“小北京”吧，大家都这么叫他。

1986 年 10 月 1 日，刚刚拜了把子的八个人决定一起去广场看花灯、猜灯谜。国庆后小北京就要回北京了，所以，在去广场之前大家先到饭店喝了一顿酒，喝得都很兴奋，但没一个人喝多。晚上七八点钟，他们带上二狗和晓波一起去看灯。上世纪 80 年代初，国庆节十分热闹，几乎每个单位都要放鞭炮。当时全市在两个地方放花灯，一处是体委前面的体育广场，一处是红旗公园。赵红兵等兄弟八人去的是离家比较近的体育广场。

国庆放灯三天，10 月 1 号是第一天。几乎全市的人都出来了，老人、妇女、小孩和成群的学生，好不热闹。人多拥挤，磕磕碰碰是难免的。

“你他妈的踩我脚了，长眼睛了没？”一个长头发、长着一脸横肉的年轻人朝赵红兵喊。

“对不起，我不是故意的。”赵红兵赔礼说。

“你他妈的以后看着点！”那个长头发年轻人看见赵红兵挺老实，也没再怎么说，骂了一句转头要走。

“你丫说话干净点，别出口就是脏话！”小北京一口浓重的北京口音骂了一句。

“我就骂了，怎么着？”本来转身要走的长头发年轻人又回来了，气势汹汹。

“怎么着，想开练不是？你毛长齐了吗？你长了多少个牙，够让小爷敲吗……”（后面还说了很多，连着十几个疑问句，二狗实在是记不起来了，反正二狗从此对北京人的贫嘴功夫彻底叹服。此人语速极快，连着说了十几句却一点都没停顿而且一点没重复，骂得极具趣味性，听的人全都乐不可支。在二狗那幼小的心灵中，小北京骂人的境界是一座不可逾越的山峰，是珠穆朗玛。直到十几年后，二狗读大学时不小心骑车撞倒了小北京的一个同乡大妈，才知道什么是人外有人天外有天，这是后话。）

这个长发年轻人终于被激怒了，冲上去就是一拳。小北京不愧是侦察兵，嘴上功夫过人，手底下也不含糊，只见他伸手抓住这个长发年轻人的手腕顺势一扭，脚下再一绊，就把这年轻人摔在了地上，然后朝他头上就是一脚。

小纪和费四也冲了上来，开始朝这个长发年轻人头上、身上乱踩。听说参过战的退伍兵都有个共同点——打架有瘾。但赵红兵一直没动手，动手的是小北京、费四和小纪。三个打一个，够了。

这时，倒在地上的年轻人捂着脸狂喊：“二虎，二虎！二哥，我挨打了，二哥！快过来！”

听他喊出这几句话后二狗就发现，除了小北京外，其他七个人的脸色全变了。他们都知道，二虎是东边毛纺厂一带有名的大流氓，弟兄几十个，基本全是毛纺厂职工的子弟，从小玩到大的。由于他们住的地方属于郊区，所以这些人只要来市区，一出来就是三四十个，从不落单。当时全国的严打刚刚结束不久，全市成名的流氓大都还没放出来，敢惹他们的也只有铁南的路伟一帮和张大嘎子一帮。他们之间成天掐架，谁都不服谁。

“哗”一声，围观的人全散开了，冲过来二十几个年轻人，发型全和躺在地上的年轻人一样，领头的正是二虎。二狗记得很清楚，当时二虎留着长发，而且烫过，男不男女不女。去年春节，二狗在家时又老远看到了二虎，当时这爷们儿坐在轮椅上正要过红绿灯，留的发型还是烫过的长发，和20年前完全一样，真是念旧。

“谁打我兄弟？操你妈的！”二虎拔出了一把军匕。他身后也有几个人拔出了军匕和三棱刮刀，其他十几个人看样子没带刀。

“我打的。”赵红兵也没含糊，笑嘻嘻地看着他。在这些经历过炮火的退伍兵面前，这几把军匕和三棱刮刀跟玩具差不多。

“你知道我是谁吗？”二虎挺横地问。

“知道！”小北京假装很胆怯地低头小声接话说。

二虎挺受用。

“当然知道，你是长毛大傻逼啊！”小北京突然提高嗓门，来了这么一嗓子。

围观的人们顿时笑炸了！

二虎气疯了，拿刀就冲小北京捅去。

此后，二狗见到了有生以来见过的最生猛的一幕……

还没等小北京动手，赵红兵身后的费四就蹿了出来，出手极快，伸手就抓住了二虎手中军匕的刀刃。费四用空手握住了二虎手中的刀刃！是刀刃！血当时就顺着费四手腕淌了下来，但费四毫无惧色，抓住刀刃的手还要夺刀，用力一掰，“啪”，军匕断了。费四手里抓着刀刃，二虎手里拿着刀把。

当时二虎也愣住了，估计他拿了这么多年刀，第一次见有如此猛人直接上来用手抓刀刃。费四拿起手中的刀刃照着二虎头上就是一下，小北京飞起一脚踢在二虎的下巴上，二虎粗壮的身躯被这一脚踢得轰然倒地。

二虎身后的兄弟们一愣神，也拿刀冲了上来。赵红兵这边，冲在最前面的是费四、赵红兵和小北京三个人。这两群人马上混战在了一起，双方战斗力都极强。一方是以训练有素的退伍兵为主体的赵家军，一方是在东郊称霸多年的流氓团伙；一方 8 个人，另一方二十几个人而且六七个人手里有刀。

虽然对方有刀，但是赵红兵他们毫无惧色，除了孙大伟看样子有点胆怯外，其他的几个全是谁有刀冲谁去，极生猛。

在这场混战中，二狗的记忆中留下了几个片段：

1. 打架打得最漂亮的是赵红兵和小北京两个人，基本上是对方没近身就已经被他们打倒在地。换句话说，看他俩打架更像是看武打片，就是那种好人打坏人像打木头一样，而好人则是一拳一刀也挨不着的那种。打架结束后，赵红兵手中多了一把军匕，小北京手中多了一把大号三棱刮刀。

2. 打架最生猛的当属张岳、小纪和李武。他们三个看样子手上没什么功夫，打得鲜血淋淋。如果说赵红兵和小北京打架像武打片的话，那么他们三个打架就是黑市拳里的生死搏击。

3. 费四不知道追着谁打，开战不久就追人去了，没影了。

4. 李四也是侦察兵出身，动作虽然不是很漂亮，但出手极为凶狠。挨了他一下很少有还能站着的，基本上是一下一个。

5. 孙大伟上来腿上就被捅了一刀，躺在地上起不来，也没人去打他。真是奇怪，那些不怕刀的冲上去没一个挨刀的，最怕刀这个上来就被捅了。

由于赵红兵阵中有三个高手，还有三个不要命的，大概五分钟左右，胜负已经分出来了。二虎他们的人开始逃窜，赵红兵他们也没追。

这架打得酣畅淋漓，虽然孙大伟受了伤，李武和小纪整得比较狼狈，但是毫无疑问，这是次胜仗。而且是在上万只眼睛之下把东郊这群流氓打跑的，很是露脸。这哥儿八个挺兴奋。

结束后，赵红兵决定带孙大伟和费四去医院包扎，让张岳和李四先把二狗和晓波送回去，主要是他俩身上、脸上没伤，送我们不会被赵爷爷骂。

他们根本没想到，还有更惨烈的一架在那里等着他们。二狗当天回去就睡着了，睡了不到一个小时又醒了，蒙眬着睡眼看见身边又多了六个浑身是血的人。

在他们的讨论中，二狗知道了事情的经过。

赵红兵他们六个到了医院之后，由于费四和孙大伟伤得都不重，在一楼很快就包扎好了。刚出急诊室的门，他们迎头遇上了二虎一帮，原来对方伤得更惨，也来市第三人民医院包扎。不是冤家不聚头，两帮人马又在医院碰上了。

这次两帮人都没废话，上来就开打。

狭窄的医院走廊成了双方的战场。局势对赵红兵等六人不利，因为对方到医院的起码有三十几个人，比刚才还多了十几个。堵在走廊外面他们根本没法跑，只能硬突。

据说是李武第一个动的手，冲在最前面打了二虎一拳。二虎还了一拳，把李武打倒，李武再也没机会站起来，一直被人踩在脚下。赵红兵开始往前冲，但狭小的空间里，即使有点功夫也施展不出来。赵红兵他们都知道，只要从这狭小的空间里冲出去，鹿死谁手就难说了，但在这里打，他们必死无疑。半分钟的时间里，赵红兵已经挨了不少拳脚，但他身体素质好，没被打倒。

正在混战阶段，改变他们命运、让他们突围的人出现了，这个人就是小北京。

在混战开始时，小北京和费四正在急诊室门口，看见开战他就冲回急诊室拿了两个灌满开水的暖壶——相信大家还记得上世纪80年代的暖壶是什么样子的，铁皮带花的那种。费四则拿了个输液用的架子。

小北京从急诊室出来后，把这两个暖壶像扔手榴弹一样重重地向墙侧面摔去，两边各摔一个。暖壶破碎，开水全淋了下来，直烫得混战中的人狼嚎鬼叫，当然了，把赵红兵和孙大伟也给烫了。趁着混乱，费四拿着输液的架子朝二虎戳去。二虎一退，后面的人就散了，赵红兵趁势拉起李武，六个人杀出重围，冲出了医院的楼门。

六个人边打边跑，后面就小北京一个人断后，其他的全往医院的院门外跑。因为大家都了解小北京的身手，只要空间拉开了，他肯定不会被抓住。

这五个人跑出很远，见没人追上，才想起小北京还在后面。赵红兵回头就去找，结果发现这时候警车来了，把二虎他们一帮按住好几个。赵红兵赶紧往回跑，不一会儿小北京也追上来了，还笑嘻嘻的。

原来，小北京边战边退，一直打到街对面，这时他看见有个通宵营业的殡仪馆，便钻了进去，在里面把铁门一插，从后窗户就跳了出去，完美脱逃。而在殡仪馆前砸门的二虎他们，却被警察逮个正着。

到家才发现，六个人里五个人都挂了彩，但伤得都不重；唯一没挂彩的是小北京，但他也浑身是血，别人的血。

那天赵爷爷不在家，他们八个人当晚居然还开了个非正式的“群殴总结会”，不知道这是不是他们退伍兵的习惯，好事儿坏事儿都总结总结。虽然会议没有记录员，但还是挺像回事儿的。

会议由赵红兵主持，参战的其他七个人发言都很踊跃。会议先是成功地预测出本次打架绝对不算完，日后二虎他们放出来肯定要复仇；并且总结出此战的几大成功之处和败笔。二狗记得总结的成功之处有：

1. 费四骁勇善战，一下把军匕掰断，极大地挫伤了对方的士气。夫战，勇气也。（张岳说）

2. 小北京擒贼擒王，一脚踢倒二虎，使对方群龙无首。（小纪说）

3. 小纪、李四等人战斗勇猛，不畏强敌。(大家互相吹捧)

4. 赵红兵在医院走廊里以一当十，给小北京换来了拿暖壶的时间。

5. 小北京战术不拘一格，使用的武器有新意、有创意，就地取材，值得赞赏。同时费四拿输液架子打人，以长击短也属于战术创新。(孙大伟说)

失败之处有：

1. 孙大伟身体有点虚胖，身手一般，上来就被打倒，战斗力差，再打群架他必须带家伙。

2. 费四打架有组织无纪律，一时打得兴起就去追别人，这样容易落单，以后再打架不能散开队形。

3. 张岳招数、套路过于简单，容易被人识破，以后必须打出花样。

4. 李武过于莽撞，所以才会在医院走廊里被二虎打倒。如果换作赵红兵打第一拳，则肯定不会被打倒。

最后得出的结论可以用四句话概括：以后打架要团结一致，绝不散开队形；继续发扬本次体育广场之战中骁勇善战的精神；勤练武艺，出门最好带家伙；以后打架要充分发挥就地取材的战术思想。

二狗认为，这帮人之所以在后来的两三年里打遍全市无敌手，主要与他们善于总结归纳、善于批评和自我批评有关。

会后，赵红兵把抢来的那把军匕交给了小纪，三棱刮刀给了张岳。

五、血战市六中

话说回来，虽然赵红兵等人召开了“群殴总结会”，但这个“群殴总结会”的目的绝对不是为了再与别人斗殴，而是为了防备二虎报仇。因为二虎一帮是出了名的死缠烂打，1983 年严打风刚过去他们就开始在东郊“戳”出去了，由于人多势众，从来没吃过什么亏。这次在市区里他们人丢大了，报仇那是肯定的事儿。

孙大伟在“群殴总结会”中捂着受伤的大腿，提了无数次要和二虎等人和谈，又无数次被大家驳回。

“他们吃了大亏，还有人进了局子，和谈肯定不可能。”李武说。出身市井的无业游民李武，天生就是个地癞子，在加入这个团伙前就已经是老江湖了，尽管没混出什么名气。

“大伟啊，人吧，尽量别惹事，但惹了事就别怕事。”费四说。费四那抓过刀刃的手还在不断往外渗血。

“都别说了，该回家的回家。一人一条命，谁怕谁呢？呵呵。”赵红兵说话总是那么和和气气，无论发生什么事儿都很平静，很少看见他激动。

相信很多混过社会的朋友都能感觉到，一个由朋友构成的小团伙，如果总在街头惹事却一直不怎么吃亏，那么这个团伙就一定具备以下几类人：

1. 爱挑事儿的人。有些人无论加入哪个团伙，那么这个团伙打架就格外多，因为这类人特能滋事。赵红兵团伙中就有三个这样的人：小北京、张岳和费四。小北京是嘴损，张岳和费四是脾气暴躁。比如在体育广场看花灯的时候，如果小北京不站出来骂那几句的话，那么以赵红兵的性格也就算了，但是由于小北京的存在就演变成了一场群殴。

2. 喜欢先动手的人。先动手的总能在气势上和战术上占有一些先机，被动还手的多数要吃亏。可以说赵红兵的这个团伙，除了赵红兵和孙大伟，其他人都喜欢先动手。

3. 打架不要命，无论对方有多少人都敢打的人。如果说打架时胆子最大，从不怕对方人多的话，那么除了孙大伟以外基本上都有这胆子。尤其是赵红兵、张岳、小北京三个人，就算是对方千军万马冲过来，他们也能大气不喘、手不哆嗦地迎头而上。二狗记得上高中时看过一部《古惑仔》，其中有一部结尾的时候，男主角陈浩南说：“是不是要比人多啊？”然后一声口哨，从四面八方冲出来数百人。对方看到这数百人就怕了，服软了。事实上，真正的狠角绝对不怕人多，对方人越多他就越兴奋。但这样的狠角毕竟是少数。

4. 有实战经验的高手。练过功夫的人，反应速度、出手力度与精确度，和普通人绝对不同。赵红兵、李四和小北京三个退伍侦察兵在之后的无数次斗殴中，几乎从来没被人抓住过头发、领口、手腕等，这不得不归结于他们出色的身手。而且，他们在打架时显然手下留情，在部队里他们练的可都是一击毙命。

5. 能谈判的人。上世纪 80 年代，当地的流氓通常很少打完一架就完事，而且很少有人主动报官。通常情况下要打三五次乃至更多次，直到一方伤残惨重开始服软，然后再谈和。谈和的结果通常是：输的一方拿点医药费，然后把输的一方中的主要肇事人抓出来扇两个耳光，打完、谈完以后就是朋友。这边的谈判专家就是孙大伟，这是他的爱好。尤其是，他总代表胜利的一方去谈判，怎一个“爽”字了得。

虽然跟二虎大干了一架，但毕竟在这八个人中有三个人还有公职，还得正经八百地上班，和二虎他们那群职业流氓可没法比。从那以后，只要是晚上出去，这几个人从来都在一起，极少有人单独行动，因为怕二虎复仇；而且，他们也不敢去东边，怕被二虎他们抓住。

唯一总单独行动的就是孙大伟，因为孙大伟在追市六中高三年级的一个女孩子。说起追女孩子，二狗认为追女孩子要分几种品，而孙大伟追女孩子的方式和方法绝对是下品中的下品。孙大伟和这个女孩子是街坊邻居，据孙大伟说，他从六七岁时就开始喜欢这个女孩子，已经喜欢十几年了，而且也已经死缠烂打人家十几年了，同时这个女孩子也已经拒绝他十几年了。

二狗现在已经忘了这个女孩子究竟长什么样，虽然当年这个小姑娘还抱过二狗。二狗只记得，小北京国庆后回北京，在火车站对孙大伟说了一句：“大伟，你丫脑袋是不是被驴踢过，怎么抓住一个猪八戒的二姨不放手。”

“我喜欢猪八戒的二姨，只要是猪八戒家的亲戚我全喜欢。”孙大伟笑笑说。

孙大伟追的那个小姑娘学习成绩很好，孙大伟每到放学时间都会在六中校门口接她，但她很少和孙大伟说话。孙大伟也不在乎，依然不管风吹日晒，每天到放学的时候就去学校门口接她。国庆节后不久，孙大伟又找到了机会接近她。原来，这个小姑娘的母亲得阑尾炎进了医院，正好被去医院换腿药的孙大伟发现。这被孙大伟认为是个赢得“丈母娘”赏识的好机会，便拿着水果和罐头去医院看望“丈母娘”；“丈母娘”从小就认识孙大伟，觉得这孩子嘴甜、会说话，对他并不反感。而孙大伟的这一举动，却让当时在场的这个小姑娘十分不爽，非要把他赶出去，让他别打扰“丈母娘”的休息。孙大伟的赖皮劲上来了：“你要我出去可以，但是今天你们上第二节晚自习时，必须来学校的操场听我给你弹吉他。”这是孙大伟的“丈母娘”战略。

“只要你现在出去，说什么我都答应你。”小姑娘烦得不行，只能答应他了。

二狗当年还没有形成正确的世界观和人生观，幼稚地认为孙大伟真行——只要脸皮厚，就能追到女孩子。在这件事发生后几个月，幼儿园重建完毕，二狗在幼儿园里认识了一个张姓女同学，该女生非常漂亮，是幼儿园的园花。二狗当时吸取了孙大伟的成功经验，脸皮比谁都厚。

二狗清楚地记得，当天在幼儿园里，老师排了一圈绿色的小椅子，让同学们说出自己未来的理想。当这位张姓女同学站起来说自己的理想是当护士时，她的橡皮泥掉在了地上，二狗看见了，就钻到椅子底下帮她捡；她回答完这个问题也钻到椅子底下捡橡皮泥，却发现同在椅子底下的二狗正拿着这块黄色橡皮泥。

“二狗，给我橡皮泥。”张姓女同学可怜巴巴地看看二狗。

“张XX，我爱你！”二狗深情地看着张姓女同学，眼神坚定而温柔。

“二狗你说什么？快给我橡皮泥！”张姓女同学似乎不知道什么是“爱”，没理会二狗的深情表白，只想快点要回橡皮泥。

“你说你爱我，我就把橡皮泥给你。”二狗这一套完全是跟孙大伟学的。

“哇……”张姓女同学在椅子底下放声大哭起来。

接下去的事情可想而知，这件事轰动了整个幼儿园，全幼儿园大、中、小班上千号学生和他们的家长都知道了这件事，二狗被罚站三天。从此，在老师和家长面前，二狗成了一个早恋的代名词。好事不出门，坏事传千里，这件事在二狗以后的小学、初中乃至高中一直广为流传，每每被同学拿出来揶揄二狗。更加让人痛心的是，这位张姓女同学从小学到高中都和二狗在同一个学校，她一见到二狗就脸红，二狗一见她更加脸红。此事在二狗心中留下了极其严重的阴影，在以后的20年里，二狗再没敢跟任何一个女孩子说过“我爱你”，哪怕再喜欢对方也绝口不提。

话说孙大伟当天终于约到了那个小姑娘，十分开心，和所有的兄弟都显摆了一番，然后带着赵红兵等兄弟六个浩浩荡荡地去了六中的操场，准备一起开个“吉他演奏会”。在上世纪80年代，晚上通常没什么娱乐，而年轻人又爱凑热闹，所以兄弟七个当天晚上全去了六中的操场，还带着二狗和晓波两个孩子去看热闹。六中这所学校很有意思，操场和教学楼是分开的，操场在马路的西面，教学楼在马路的东面。操场上还有看台，比较空旷，周围没什么人。

到第二个晚自习结束时，孙大伟追的小姑娘果然来赴约了，而且还带了她的同桌，一个非常漂亮的女孩子，这个女孩子叫高欢。二狗当时就认为高欢是天仙下凡，直到后来在电影《喜剧之王》中看到张柏芝，才觉得原来不是天仙也可以长成这样——张柏芝和高欢像是孪生姐妹。

兄弟几个边弹吉他边唱歌，声音不小。有心上人在侧，孙大伟弹唱极为卖力。但说实话，孙大伟的琴弹得还没二狗好，感觉总是手比嘴慢半拍，切换和弦显得很生硬。倒是坐在看台最高处的李四比较出彩，那天李四带了个口琴，他的口琴吹得悠扬、清亮，还有些哀伤，和他本人那昏昏欲睡的感觉完全不同。在以后的20年里，二狗没听过谁比李四的口琴吹得更好。当然了，口琴这东西在民间可能已经绝迹了。

上世纪80年代的混子和现在只会去迪厅的小流氓不同，前者多少都会点乐器。

这天，看台的对面也有一群人，也在唱歌，不仅有吉他，还有人吹笛子。

由于距离不到100米，周围又很寂静，双方开始比谁的嗓门大，越喊越起劲。喊着喊着不对劲了，对面开始有人骂了。

“牛逼什么，给我肃静！”

“操你妈，有种给我过来！”张岳喊。有女孩子在旁边，尤其是有高欢那么漂亮的女孩子在旁边，张岳的脾气更加控制不住。

对面没答话，黑暗中只看见黑压压的一群人走了过来，起码十几个。

“下来！”对面的那群人走到这边看台底下，朝赵红兵他们喊。

“呵呵，还怕你们？”赵红兵带着几个兄弟走了下来，把吉他交给了高欢。高欢和二狗等四个人留在看台上，没下去。

双方剑拔弩张，对峙着。

“刚才你们这里哪个兄弟骂我们来着，还让我们过来？”黑暗中看不大清说话这人，但听得出来说话的声音沉稳有力。

“我骂的，呵呵。”赵红兵说。

“哦，你骂的，你叫什么名字？”对面的这个人说话还是不紧不慢，好像是在谈事情，而不是要打架。

“赵—红—兵。”赵红兵一字一顿地说。

“哦，我认识你。我弟弟和你是同学，我叫路伟。”对面的声音还是客客气气的。

这个名字报出来，这边哥儿几个心里一沉，都琢磨：靠，我们真是霉，一个月不到，刚惹完东郊的二虎，事情还没结，这下又惹上另一尊瘟神——路伟！这尊瘟神的凶悍程度比二虎有过之而无不及。

路伟在上世纪80年代是出名的混子，他不是本地人，家里都是铁路上的。他的爸爸是军人，妈妈是文工团的，市里有名的一枝花，吹拉弹唱样样行。他的妈妈漂亮且温柔，他爸爸却粗鲁得可以，他妈妈也是组织上“安排”给他爸爸的。路伟这个人继承了她妈妈在文艺上的天赋，吹得一手好笛子——长笛，据说水准相当不一般。在继承了他妈妈音乐细胞的同时，他也继承了他爸爸的凶悍残暴。

路伟这帮人基本上全是从小玩到大的，从铁路子弟小学、铁路子弟中学一起走向社会。从小学一年级起，路伟就是这群孩子的大哥，长大以后，这群铁路职工的子弟要么被安排在铁路上班，要么就跟着路伟混社会。在20世纪80年代初，流氓所能涉及的领域比较狭窄，基本上以偷为主，而路伟他们这些铁路职工的子弟便靠山吃山，专偷铁路沿线——铁路上从乘务员到乘警他们全认识，偷起来格外方便。路伟这帮人有两个特点：一是相对来讲比较有钱；二是穿得比较好，尤其是上衣和鞋子，这些衣服和鞋子基本上全是在火车上“干活儿”时不小心“穿错”的。打架对于他们来讲纯属业余爱好，不是主营业务。但是这群人打起架来心狠手辣，从不服软，而且人多势众、凝聚力较强。

“路伟大哥，久仰久仰。”赵红兵看见对方比较客气，也跟着客气了一句。

“兄弟，听声音刚才骂人的不是你。你告诉是谁，我不为难你。”路伟依然客客气气，好像是在谈生意。

“路伟大哥，那我要是不告诉你是谁呢？”赵红兵笑着说。

事后在开“群殴总结会”的时候，大家都对赵红兵赞赏有加，一致认为赵红兵身上有一种特殊的气质，那就是无论遇到多么凶悍的敌人和多么可怕的场面，赵红兵从来都是镇定自若，绝对有着高人一等的气质。这气质与其家庭背景和从军经历有关，家庭背景让他见到什么人都不打怵，从军的经历让他见到什么场面都不哆嗦。如果换了别人和路伟谈，即使他根本不怕路伟，但也很难表现出那种高人一等的气质。有了赵红兵这样的气质，在气势上自然就更胜一筹，也让身后的兄弟平添几分胆色。

“告诉我吧，没事，我不会把他怎么样，我只想把他门牙掰下两个来。”路伟的语气依然那么平缓。

“姓赵的！别给你脸你不要，再你妈的装逼连你一起干了！”路伟身后的那个显然脾气比路伟大很多，按捺不住骂了起来。

这么一来，这架就打定了。

果不其然，只听见“砰砰”几声，紧接着路伟那边好几个人疼得叫了起来。赵红兵左右一看，自己这边没人动手啊，这是怎么了？他再一细看，原来，身后的费四和小纪不知道什么时候，站在了离他们大概十几米远的一个砖头堆旁，正守着那砖头堆拼命地往这边扔砖头。小纪他俩是炮兵出身，臂力极大。看来，上次的“群殴总结会”开得十分及时，当时确定的“发扬就地取材的战术风格”马上就付诸了实践。而且这战术队形和解放军陆军阵形的战术差不多，侦察兵在最前、炮兵在后面发炮掩护。这俩炮兵的砖头功夫看样子是继承了中国炮兵的优良传统，又狠又准，一个砖头也不浪费，而且频率非常高。

路伟那边也不含糊，看见这边动了手，他们马上拥了上来，打头的正是刚才在路伟身后骂赵红兵的那个。这小子刚冲上来，就被一把冰凉的三棱刮刀抵住了脖子，拿刀的正是张岳，他手里拿的是小北京从二虎他们那里抢来的那把大号三棱刮刀。看来，上次会议中确定的“出门最好带家伙”也起到了很好的效果。

“谁再上来我扎了他！”张岳吼道。

“兄弟别冲动，放了他。”路伟的语气有点急，同时示意身后的兄弟们都别动。

“去你妈的，刚才就你要掰我牙是吗？今天我要捅的就是你！”张岳怒了，他已经强忍半天了。

“呵呵，兄弟，你要捅就捅。来，朝这儿捅！”说着路伟就把脑袋伸了过来，想将张岳一军。

路伟以为眼前这个小子没胆子拿刮刀捅人，更别说敢捅他路伟。他这辈子势必要为他当时的“勇敢”后悔，如果他知道张岳的爷爷是谁，爸爸和哥哥又是谁，可能借他100个胆子他也不敢干这“虎”事。

“我操你妈！”张岳放开刚才手中抓的那个小子，一刀扎向路伟。路伟本能地向侧面一躲，这刀扎在了右脸！

这刀应该把路伟吓破胆了，他清楚地知道这一刀力量有多大——他要是不躲，非被扎死不可，这刀就是要他命来的。虽然路伟这群人平时打架也动刀，但很少用三棱刮刀，而且即使动了，也就是往对方大腿、胳膊等地方扎。像张岳这样一上来就拿三棱刮刀往脖子上扎的亡命徒，他还真没见过。

张岳没有就此罢手，而是又一刀扎来。但是这刀没等扎下，他就被赵红兵抓住了胳膊。

赵红兵一只手抓住张岳那条拿着三棱刮刀的胳膊，顺势踹出一脚，踢中路伟的膝盖，一脚把他放倒。

路伟倒下之后，赵红兵和李四开始冲向路伟身后这帮兄弟开打。这也是吸取上次李武冲在前面被人一拳打倒的经验教训，这次是身手最好的赵红兵和李四冲锋在前。路伟这帮虽然人多，但没体现出丝毫的优势，尤其是张岳那把三棱刮刀所到之处，众人纷纷散开。

这时路伟站了起来，捂着脸托着下巴含糊地大喊一声：“别他妈的打了，都住手！”原来路伟也会扯着大嗓门喊。赵红兵这边也打够了，停下了。

“赵红兵，明天晚上8点，我在南山顶上挖好坑等你。”路伟忍着剧痛，捂着脸含糊不清地说。他话已经说不清了——三棱刮刀扎到哪里，哪里就是个血窟窿。

“呵呵，你挖坑还是自己留着用吧，我到时候会去找你的。”赵红兵说。刚打完架，运动量这么大，赵红兵说话居然气都不喘。

二狗知道，可能赵红兵等几个人没怎么害怕，但是看台上那两个女孩子是真被吓坏了。二狗感觉高欢搂着自己的胳膊不停地颤抖，也不知道是吓得还是冻得。这两个女孩子只知道孙大伟不务正业，哪知道他有这么多亡命徒朋友，又什么时候见过这样惨烈的群殴！

上世纪80年代初的流氓就是这样，打架完全是为了面子，为了斗狠，为了立威，单纯得很。这次南山之约，用他们流氓的话来说就是“会一会”，颇有点中国古代侠客的意思。

二狗清楚，赵红兵是真的不怕路伟，因为他知道路伟没有杀人的胆子。

第二天一早，赵爷爷上班走了之后，“群殴总结会暨南山之战动员会”在赵红兵家如期召开。最初参与会议的只有小纪和李武等几个无业游民，中午之后，张岳等下了班也赶了过来。会议严厉批评了张岳出手就要杀人的莽撞作风，高度赞扬了小纪、费四二人就地取材的灵活多变战术风格。

会议的核心问题在于当晚如何面对路伟团伙。

“路伟已经被张岳扎得吓破胆了。”李四说。

“路伟没有杀人的胆子，但他有把人打残的胆子。”赵红兵沉吟着说。

“今天晚上每个人都带上家伙。”张岳说。

“把跟路伟他们会会的消息说给更多的人听，这样他们便不敢对我们下狠手。”孙大伟说。

“只要他们不下死手，我们必胜。”费四说。

“要不咱们还是和他们谈谈吧，任何问题，都可以通过谈判解决。”孙大伟说。

“别磨叽了，都准备家伙去。”赵红兵一声令下，人全散去找家伙了。

10月底的中国北方，已经寒风刺骨。荒凉的南山上，枯黄的荒草在寒风中摇曳，一片肃杀之气。

赵红兵和他的六个兄弟先上的山，19点45分就到了，人人手里不止一把刀。其中李四的武器最特别，一根暖气钢管被斜着锯开，头是尖的，既可以捅人，也可以打人，李四把这东西叫管叉。平时打架最懦弱的孙大伟今天的武器是最先进的——一把沙喷子。这把喷子究竟从何而来没人知道，反正从这天之后，孙大伟基本上是枪不离手，直到两年后换了一把双管猎枪，才把这把沙喷子换掉。

山上没有人，更没有路伟所说的坑。

张岳爬上人民英雄纪念碑的第一级，手里还攥着那把大号三棱刮刀。寒风中，张岳喊：“路伟，你他妈的人呢？今天晚上老子一定剁了你！”

空旷的山上，没有回音。

深秋的夜格外寒冷，尤其是在这个周围以平原为主的城市。

20点15分，路伟他们的人还没有来。赵红兵他们哥儿七个已经冻得哆哆嗦嗦了。

这时，一个高中生模样的男孩子来到了山顶。

“我是路伟的邻居。”那个男孩子在黑暗中看不清人，但他应该能感觉到对方的杀气，声音有点颤抖地说。

“哦，路伟呢？呵呵。”赵红兵永远那么镇静，那么温文尔雅。

“在医院里。脸上被扎了一刀，下巴被打断了。下巴打断了要封闭，把嘴封了起来，从昨天到现在还没吃饭；嘴封着也不能说话，今天不能来了。”男孩子声音颤抖地说。

“嗯，不来就算了，后会有期。反正我知道他是谁，我会去找他的。”赵红兵说。

二狗不得不佩服赵红兵的胆略。虽然二狗没有跟着他们上山，却听到了他们“开会”，二狗知道，其实赵红兵也不愿意打这一架，对于上山来打这一架，赵红兵多半是为了面子。如今对方没来，他正好有了个台阶下，但他没有马上就着这个台阶，而是说还要去找路伟算账。

“这里有个纸条，路伟让我给你。”说着，那个男孩子递过一张纸条。

“嗯，你走吧，要么我们一起下去吧。”赵红兵说。

“谢谢了，大哥，我自己先下去。”男孩子转过身，赶紧远离了这帮他眼中的凶神恶煞。

纸条上写着“此仇不报非君子”。

好像当时特别流行这句话和这样的形式，真不知道他路伟算哪门子君子。

“路伟他们全被张岳那两刀吓破胆了，他们再也不敢找咱们麻烦了。”赵红兵说。

事实再一次证明，赵红兵的判断是绝对正确的。

从此以后，路伟很少在市区露面，更很少打架，这一下他算是栽了。但他也没有报案，遵守着江湖规矩。有人栽了就有人崛起，赵红兵这群人以寡敌众、以弱胜强，率先上了山而路伟却没敢来，很快就传遍了“黑道”——之所以把“黑道”二字加了引号，是因为在20世纪80年代，正像是葛优在《大腕》里说的：“中国根本就没有黑社会。”

上世纪80年代初的流氓，由于刚刚在1983年被全国集中严打了一把，已经基本打光。新生代的流氓，大多是以大工厂的宿舍区、家属院的子弟构成的团伙，严格地说，他们只是小混混，战斗力并不怎么强。直到赵红兵他们横空出世，才改变了这个现状。

路伟也是第一次栽得这么惨，不仅他认了栽，他手下的兄弟也认了栽。他们都怕死，都怕张岳这个出手就要杀人的活阎王。赵红兵团伙一战成名，成名就成在张岳那要置人于死地的两刀上。路伟这群以小偷为主体的流氓团伙注定是当地黑道上的流星，注定不是赵红兵他们的对手，无论他们有多少人。

人多有什么用？只能欺负弱者，在弱者面前要要威风。而赵红兵他们只欺负强者，欺负成名已久的老流氓。欺负强者，是他们选择并且坚持的一贯路线。事实证明，在江湖中混，这样干是捷径。

15年后，已经成了铁南餐饮娱乐业大老板的路伟，在一次生意场合和赵红兵邂逅，两人握手一笑泯恩仇。几杯酒下肚，眼花耳热之际，两人话多了起来。

“红兵，我想知道当年捅我的究竟是谁。黑暗中我实在没看清楚，到现在我也不知道。”

“为什么这么想知道？”

“我路伟活了40年，没说过熊话，但是那次，我是真的怕了。他是想要我的命。”

“你想报仇？”

“不想报仇，你也知道，从那以后我已经很少参与社会上的事儿了，专心做生意。”

“想报仇你也报不了了。”

“为什么？”

“前年折进去了，去年春天执行的枪决，是张岳。”

“是他！我真的要感谢他。”

“为什么？”

“没有他，或许我这一辈子都是小混混。他那一刀扎下来，我才知道我根本不适合混社会，我没那胆子。”

在二狗看来，塞翁失马这句成语适用于任何人、任何事。

路伟确实没有杀人的胆子，但是这不代表当时的流氓都没有这胆子。有这胆子的，二虎就是一个。

六、东郊流氓们的复仇

自从那天从南山上下来，二狗忽然发现，赵红兵开始特别注意自己的形象了，每天不停地照他家的那个大衣柜镜子，拿着一个自制的“拔胡子器”不停地拔自己本来就不多的胡子。虽然赵红兵一向干净利索，但是从不自恋，最近他这是怎么了？而且他把赵爷爷的深蓝色的毛料中山装穿上了脱下来，再穿上再脱下来，每天照着镜子反复这么几次，好像总觉得不满意。最后，他拿了一支他当兵时姐姐送的钢笔，插在中山装上衣的右侧口袋里，才对着镜子点了点头。

几个月后二狗才知道，赵红兵喜欢上了在六中操场认识的那个看起来像是不食人间烟火的仙子——高欢。但赵红兵可没孙大伟那么厚的脸皮，他想找机会接触高欢，又不好意思说。那几天，不知道孙大伟怎么软磨硬泡，又约好了周日到六中他追的小姑娘班级继续弹吉他唱歌，而且确定高欢也会去。赵红兵因此很兴奋，每天不停地练吉他。

赵红兵练的第一首歌就是《年轻的朋友来相会》，至于他练了多少遍，二狗不记得了。总之，二狗在后来十几年一听见这首歌就赶紧逃，胃里还一阵一阵地抽搐。主要原因是赵红兵不爱唱歌，只爱哼哼，总让二狗或者晓波唱，他来伴奏。

赵红兵练了这一首之后，怕是不够表演，便让孙大伟带着他家的录音机来一起练。毫不夸张地说，孙大伟家的单卡录音机，可能全市上百万人口都知道。因为孙大伟从来都引领当地“二流子界”的潮流。

1986 年，孙大伟总骑着张岳那辆崭新的飞鸽牌自行车，车把上挂着他那银色方盒的单卡录音机。装着干电池的录音机从来都放到最大的音量，录音机里主要放两首歌：一首是《上海滩》；另外一首是《陈真》的主题曲，具体叫什么名字二狗忘了，只记得歌词好像是“好小子，这是你的家，庭院高雅……把鲜血洒”。他还穿着一件跟费四要的旧军棉袄，背着他那把破吉他，后头跟着赵红兵家的狼狗，每天在市里的主要干道上骑着自行车呼啸而过。上到老头老太太，下到三岁顽童，基本上没人不认识这个“热爱音乐”的大胖子。当时孙大伟的那辆 85 款飞鸽自行车加上那个单卡录音机，比十几年后的踏板摩托车可牛多了。

孙大伟的这套装束，很快就为其他待业青年所争相模仿。“飞鸽自行车”、“黑背狼狗”、“单卡录音机”、“旧军棉袄”、“吉他”这几大件是当年青年们最时髦的行头。到了1987年，已经满大街都是“孙大伟”了。

孙大伟和李武来到赵红兵家时，赵红兵正穿着赵爷爷那件深蓝色毛料中山装照镜子。孙大伟走上前去，哀求赵红兵说：“红兵哥哥，别照了，镜子都要被照碎了。”

“别磨叽，《军港之夜》的磁带带来了没？”

“带来了……”

这时，响起了急促的敲门声。

“二狗，去开门。”孙大伟总是欺负二狗。

二狗无奈地跑出去开门。

门口站着的，是一个血人。二狗胆子一向很大，但是见到一个浑身都在淌血的人，也不禁吓得喊了起来。二狗定下神来一看，是小纪，军棉袄上全是血。

“二叔（二狗一直管赵红兵叫二叔）、李叔快出来！纪叔受伤啦！”二狗哭着喊。

赵红兵、李武等三个人冲了出来。

“谁干的?!”赵红兵的眼睛在冒火。

“快去医院！”孙大伟说。

“二虎！操他妈的！”被捅了这么多刀，小纪居然还中气十足。

孙大伟出门拦了一个倒骑驴的三轮板车，把小纪送到了医院。这个胸口和腹部被捅了七刀的人为什么看起来还活蹦乱跳，医生们十分费解，都认为要么是个奇迹，要么就是回光返照。在后来的治疗中，医生才知道为什么小纪没死，因为小纪身上的七处刀口，没有一刀伤及内脏，真是奇迹。

原来，小纪在他的废品回收站收废品时，遇见了国庆节在体育广场和他打在一起的那个人去卖刚偷来的钢管，虽然他没认出对方，但对方认出了他。下午二虎一帮人就来了，他们伤了小纪之后扬长而去。小纪的废品回收站离赵红兵家很近，也就是六七十米的距离，他开始以为自己肯定死了，结果躺了两分钟觉得好像没什么事，他怕对方再回来，就瘸着腿跑到了赵红兵家。

晚上 8 点左右，赵红兵的兄弟们都得到消息到了医院。医院里，赵红兵又开了一次会。和以往的两次遭遇战不同，这次是要复仇，是要主动出击。

“晚上，我们要抄二虎的家。谁知道他的家在哪里？”赵红兵说要抄家时的语气依然平静，好像是要给谁家送礼一样。

“不知道，我可以去打听。”孙大伟说。

“他把小纪弄什么样，我就要他今晚变成什么样。”和小纪关系最好的费四说。

“大伟，你去查一下他的地址，其他的兄弟准备家伙。”

21 点左右，人已经都带着家伙在医院楼下集合了，各自带上了自己擅用的武器。孙大伟却没有查到二虎家的地址。

“没找到那就到了再找。”赵红兵说。

“上车！”费四开来了单位的白色面包车。

六个人上了车，直奔东郊毛纺厂宿舍而去。到地点之后，遇见的第一个人就明确地指出了二虎家所在的位置，看来，二虎在该地区的确出名得很。

二虎家的门是铁门，没有门铃。费四上去就开始砸门，砸得震天响。

“谁呀？”二虎的声音。

“你大爷！”费四回道。

里面没了动静。费四继续砸门，5 分钟后，里面的门闩“哗”地一下打开了，但门还是没有开。费四一脚把门踢开了，门是开了，但还没等往里冲，他就停住了。

因为，一把冰冷的双管猎枪顶住了他的脑门。

“你还想活吗？”拿枪的是二虎的一个兄弟，他恶狠狠地问。看来二虎早有防备，那天在二虎家起码有十几个人。

“有种你现在开枪打死我！”费四挺硬。

“别以为我不敢！”二虎的兄弟说。

“打呀，你打呀！”费四喊。

这时赵红兵飞起一脚踢到拿枪那人的手腕上，同时猎枪打响，这枪打到了天上。赵红兵上去就想夺枪，手刚抓到枪管，另一把猎枪顶在了他的头上！这次拿枪的是二虎。

“别动，动一动就打死你！”二虎吼道。

“你敢吗？”赵红兵没动，语气还是挺平缓。

“你叫什么名字？”二虎问。

“赵—红—兵！”赵红兵每次报自己名字的时候都是缓慢而有力，一字一顿，无论在什么情况下。

“哦，你就是 zao 红兵啊！”二虎是绝对的土流氓，连普通话都说不好，他发音不准，把“赵”读成了“zao”。

这时，第三把猎枪出现了，顶在了李四的头上。二虎他们居然有三把枪！

“兄弟们，给我砍，有一个还手的就把他们三个都打死！”二虎说。

混过社会的朋友应该知道，砍人这东西其实是吓唬人的，砍人只能伤人却不能杀人，如果说谁被砍死了，要么是挨的刀太多了，要么就是倒霉到家了。砍人，更多的是一种精神上的震慑。

六个人挨了一些刀后闷声转头走了，肉体上的伤痛远不如精神上的挫败更令他们难过。他们挫败铁南路伟一伙时的豪气，如今全被二虎打消了。这是他们出道以来的第一次挫折，而且是一败涂地。

上门准备抄家，结果自己却被人灭了，一向心高气傲的赵红兵火大得很，一路上沉默不语。他那套赵爷爷的深蓝色毛料中山装也被砍开了几个口子，去见高欢时肯定是没法穿了。

他们又回到了医院，这回是包扎他们自己。由于赵爷爷家没人，二狗也在医院里，于是第一次看到他们集体受伤。冬天他们穿得比较多，有棉袄和皮夹克等，因此，虽然都挨了几刀，但是伤得都不重，只是皮肉之伤。尤其是孙大伟，挨的那几刀连他那件旧军棉袄都没砍破。

二狗从他们的沉默中已经读出：他们必定受挫了。与以往不同的是，这次受挫以后，他们没有开会。

“这事儿不算完！”沉默中赵红兵来了一句。这句话说得恶狠狠的，完全不是他平时说话的风格。

“我不信抓不到二虎落单的时候！”费四说。

“没想到二虎他妈的有那么多枪。”孙大伟说。

“枪，没打响以前就是一块废铁，但打响一声以后，拿枪的人就会有杀人的胆子。”赵红兵说。

“我踢了他手腕以后他的枪走火了，这一枪过后绝对有人敢开第二枪。

这枪如果没响，他们的枪就是废铁。”赵红兵继续说。

当天晚上，赵红兵和孙大伟留下来陪床，李武由于刀伤稍重，留在了医院的观察室。而张岳也被赵红兵安排留下来陪李武。为什么留下张岳在医院，二狗很清楚。赵红兵知道张岳今天这亏吃大了，以张岳的胆子和脾气，他今天晚上肯定还会再去二虎家玩命，因此将他留下了。

赵红兵让李四和费四回家，明天早上过来替他们陪床。

赵红兵万万没想到，他再也没在医院里等到这二位爷，再见到这二位的时候，已经是两个月以后了。

其实，费四和李四的脾气和胆量不在张岳之下，尤其在今天受此奇耻大辱之后。李四和费四从医院出去后根本就没回家，而是直接去了毛纺厂宿舍二虎的家。李四拿的是他那把惯用的头被削尖的钢管，而费四拿的是一把剔骨钢刀。

李四和费四两人与张岳最大的区别就是：如果张岳去找二虎，肯定是直接去敲门，门敲开了就直接上去拼命。而他俩则不同，足足在二虎家胡同外面的柴垛旁守了一夜。他们在等，在等二虎落单的时候动手，这就是李四这样的老侦察兵和亡命徒的区别。据说，等到最后动手的时候，他们俩的手已经全冻肿了，手指都不听使唤了。

那天的夜空格外晴朗，星星微弱的光芒洒在柴堆旁那两个快冻僵了的退伍军人身上。这两个人一根接一根地抽烟，眼睛死死地盯着二虎家的门口。

“今晚‘做’了二虎，我们以后怎么办？”费四小声问。

“亡命天涯。”李四回答。

“我们要亡命天涯一辈子吗？那我们的家人怎么办？”费四虽然极其莽撞，但他格外孝顺，很惦记家中的老爸老妈。

“也许不用亡命天涯一辈子。”李四说。

“怎么……”费四问。

“被公安抓住就不用逃了。”李四说。

“这……”费四可能从来没有想过自己会沦为阶下囚。

“你挨的刀能白挨吗？你不想废了二虎吗？”李四问。

“嘘，小点声，今天咱们一定废了他。”费四说。

据费四后来说，是李四的那句“你挨的刀能白挨吗”，把他心中的火彻底点燃了，才铸成后来的血案。

凌晨4点多，天完全还是黑的，二虎带着十四五个人从家里出去了。他们没有发现胡同口紧紧盯着他们的那两双狼一样的眼睛，径直去了东郊每日营业最早的“抻面大骨头馆”喝酒，庆祝前夜的完胜。费四看他们人多，忍住没动手。约一个半小时后，二虎回来了，只带着一个人回来的，就是在前天晚上第一个拿着枪顶住费四的那个——事后知道，那是二虎的亲弟弟，大家都叫他三虎子。

当二虎和三虎子走到胡同口时，天刚蒙蒙亮。二人显然刚喝完酒，走路摇摇晃晃，再次忽视了在胡同口柴堆前的费四和李四。当二虎和三虎子要去开门的时候，已经在冰天雪地中足足等了五个小时的李四和费四从他们背后冲上去，将三虎子扎倒……

接着，费四废了二虎的手和脚。后来，二虎的手筋在医院里接上了，脚却变成了踮脚。10年后，又有人把二虎的两个膝盖骨砸碎，他便彻底成了个残废，每天以轮椅为伴。

李四和费四事后都没有回家，而是直接登上了南下的火车。

第二章　恋爱

一首优美的《军港之夜》唱完，浪漫满屋。高三（四）班的教室里静悄悄的，大家甚至都忘了鼓掌。在那个纯真的年代，男女间的感情没有过多世俗杂事的干扰，合作一首歌就可以捕获一颗芳心，让这颗心牢牢地拴在自己身边直到现在。

七、才女的梦想都是压寨夫人

“我昨天梦见二虎拿着一把条刀到处走，说要找李四。这一晚上梦做得，哎，看把我吓得。”这是孙大伟在医院陪床醒来后，对赵红兵说的第一句话。

这也是大家第一次觉得孙大伟这人真的很邪，因为他的话在一个月后就神奇应验了。一个月后，胳膊上打着绷带的三虎子，真的每天提着一把条刀带着十几个人满市乱转，就找李四和费四两个人。后来实在找不到了，又去找了赵红兵。孙大伟虽然把找人的三虎子说成了二虎，但使用的武器和要找的人他全说准了。

而李四和费四这哥俩，总共带着100多块钱就跑路了。由于这两个人战友多，而且和战友在炮火中建立起的感情比较牢固，所以，这哥俩乘火车一路南下，开始了“探访战友喝酒之旅”，从东北一直喝到广东，又从广东喝到四川，最后从四川又喝到了北京。每天山吃海喝、大鱼大肉，无论走到哪里都受到热情款待，等到后来“跑路”回来时，这哥俩均容光焕发，胖了很多。在这期间，他们饱览了祖国的大好河山，基本忘了这边兄弟的死活。张岳在火车站接到神采奕奕的“跑路者”时，气得朝他俩每人屁股都踢了一脚。因为，在他俩“跑路”期间，又发生了多起恶战，而且他俩也因为这莫名的“跑路”失去了公职。

在李四和费四废了二虎后的第二天，赵红兵就听说，躺在病床上的二虎放出话来说，迟早要杀了费四。赵红兵倒没太在意，因为这在他的意料之中，像二虎这样的人，吃了亏肯定不会善罢甘休。赵红兵虽然相信二虎有杀人的胆子，但也知道他未必真的会去杀了费四。

“我真希望二虎伤好了以后能来找我，呵呵。”赵红兵说。

“为什么啊？”孙大伟问。

“那天在他家门前那口恶气还没出呢！”赵红兵和张岳几乎异口同声地说出这句话。

“费四和李四不是收拾过二虎了吗？”孙大伟不解。

“我还是想再收拾二虎一顿！”张岳说。

在这个团伙中，张岳只听赵红兵一个人的话，也只有赵红兵敢骂张岳。张岳自恃勇猛，文化程度也比较高，一向比较狂妄，但他一直佩服赵红兵。赵红兵沉稳、思路清晰、讲义气，从不欺软怕硬，是个天生的领袖，而且文化程度也不比张岳低多少。以前他俩高中同学时学习成绩也都差不多，高中时代张岳就听赵红兵的话。

万事万物都是相生相克的，莽撞的土匪后代遇上沉稳的赵红兵，总是不由自主地对后者言听计从，奇怪得很。看来，流氓也要看出身。后来，张岳是这个团伙里第一个拉出去单干的，在上世纪80年代末到90年代中期干了很多震惊全市的大事，当时名头已经盖过了赵红兵。当有人说：“张岳，你是我们市里无可争议的老大。”这时，张岳每次都会回一句：“不能这样讲，红兵是我大哥。”张岳把事儿惹大了，还总是习惯性地找赵红兵商量或由赵红兵出面帮他解决。

赵红兵其实不爱出风头，甚至有点腼腆，但他总是干一些让自己迅速出名的事儿。复员以后近一年的时间，他只打了两架，却是跟全市最有名的两伙流氓火并，而且还都取得了胜利，这让他在当地流氓的圈子里迅速蹿红。这还不算完，紧接着，他又干了一件当地妇孺皆知的悍事，那就是他的传奇恋爱故事。

在费四和李四跑路后没几天，孙大伟在六中高三（四）班的吉他演奏会还是如期举行了。连还在每天挂吊瓶的小纪也一瘸一拐地去参加了，心中惦记着高欢的赵红兵就更不用提了。

星期天一大早，天还没亮赵红兵就骑自行车带着二狗去了他哥哥家，也就是晓波家。赵红兵去他哥哥家，名义上说是接晓波去六中玩，实际上是想去向哥哥借毛料中山装。他那天穿的那件赵爷爷的毛料中山装被二虎他们砍坏了，虽然瞒住了赵爷爷，但是今天去见高欢却没有好衣服穿了。这时，他想起了他哥哥也有一套毛料中山装，于是星期天早上天还没亮他就去接晓波玩儿。

赵红兵比较仁义而且沉稳，但他哥哥赵红军是出了名的脾气暴躁，当时在市北郊的玻璃厂当一个不大不小的领导，绰号赵疯子。赵疯子平时和正常人无异，但疯起来着实了得。二狗妈妈和赵疯子是高中同学，据她说，有一次赵疯子正在上课时和同学打起来了，然后踩着桌子追着这个同学打，踩翻了无数个桌子后终于抓到了这个同学，一位女老师去拉架，结果他把这位老师也顺便打了。从此，赵疯子声名远播。但他成年后明显节制了很多，基本上再没发过什么疯。二狗妈妈每次见到他，都跟他开玩笑说："赵疯子，干吗呢？"赵红军听到这个绰号后总是特不好意思地挠挠头，好像很为小时候干过的事儿后悔。几年后大家都发现，赵晓波和他爸爸小时候的性格几乎完全一样。青出于蓝的是，他爸爸只混出了疯的名气，而赵晓波则混出了混子的名气。

"红兵，你还让人睡觉吗？你再敲门我出去敲你！"赵疯子在里面吼。

"哥，开门！我要接晓波出去玩。"赵红兵挨了骂也不走，继续敲门。

"这么早玩什么玩？红兵啊，我以后管你叫哥，你别敲了。"赵疯子几乎是在哀求。北方的冬天天寒地冻，谁愿意天不亮就从暖和的被窝里爬起来啊。

"哥，我找你也有事，开门啊！"赵红兵继续猛敲。以赵红兵的性格，平时绝对不会这么赖皮，但今天为了能在见意中人时穿件像样的衣服，只能豁出去耍无赖了。

"真服你了。"赵疯子看样子是无奈了，只好出来开门。

过了大概三分钟，赵疯子把门打开了，怒气冲冲地朝赵红兵的后脑就是一巴掌。赵红兵讪笑着带着二狗进了他家。

"找我有什么事儿，快说！"赵疯子看样子气还没消。

"我、我想跟你借中山装。"赵红兵好像有点不好意思。

"嗯？借中山装干吗？你要相亲啊！"赵疯子问。

“……嗯，就算是吧！”赵红兵吭哧了半天，终于憋出这么一句，说完脸都红了。

“哈哈，你小子！自己去拿，在大衣柜里，我去睡觉了。”赵疯子回头又走回卧室里了。

二狗看得出，借到了衣服的赵红兵格外兴奋，他拉起迷迷糊糊的晓波，然后带着二狗和晓波骑车径直回家换衣服。在回家的路上，赵红兵一直美滋滋地哼哼着：年轻的朋友们，今天来相会……到了家以后，他又是对着镜子照了又照。二狗还学着孙大伟的口吻说：“哗！镜子被照碎了！”

上午10点钟，赵红兵和二狗、晓波三人背着吉他准时到了六中高三（四）班，进去的时候发现人已经到齐了。男孩子有五个，分别是赵红兵、张岳、孙大伟、李武、缠着绷带的小纪，女孩子有孙大伟的“女友”、高欢和另外一个叫李洋的同学，一共八个人外加俩孩子。由于是周日，教室里也没有其他人，这八个人玩得十分开心。在这八个人中，男孩子里就数赵红兵最帅，而且那天他穿得也格外精神。女孩子则肯定是高欢最漂亮。二狗还记得，那天她穿了一件黄色的高领毛衣，留着《上海滩》里冯程程那样的长发，青春逼人。

脸皮最厚的孙大伟，上来就弹唱了《铁血丹心》和《霍元甲》两首歌，实在唱得不怎么样，不但唱歌走调而且咬字不准，刚唱完就被轰了下去。

“赶快通知郊区的农民伯伯，让他们把猪圈门都关上，否则听见孙大伟在这里狼嚎，猪非冲过来不可！”孙大伟的“女友”挖苦他说。

“不用怕，听见我的狼嚎，南山上的猎人也会拿着枪过来的，不要怕嘛。”孙大伟嘴上一向不吃亏。

“别贫了，听赵红兵的。”孙大伟的“女友”说。

接着赵红兵边弹边唱了《年轻的朋友来相会》，由于歌曲比较欢快，大家也跟着唱了起来。二狗这时发现，在赵红兵弹唱的过程中，高欢一直手托着下巴痴痴地盯着他看，直到赵红兵唱完，她才大声地鼓起掌来。当年只有六岁但情商颇高的二狗当时就认定：赵红兵费尽心思去借衣服和辛苦地练琴绝对没白忙活——高欢爱上赵红兵了。

大家都让赵红兵继续，赵红兵就又来了个《军港之夜》。这个歌是女声的，大家建议让赵红兵伴奏，由高欢唱。

高欢唱歌很是好听，高亢清脆又充满柔情。

高欢边唱边看着赵红兵，两人四目相对，露出会心的微笑。

一首优美的《军港之夜》唱完，浪漫满屋。高三（四）班的教室里静悄悄的，大家甚至都忘了鼓掌。在那个纯真的年代，男女间的感情没有过多世俗杂事的干扰，合作一首歌就可以捕获一颗芳心，让这颗心牢牢地拴在自己身边直到现在。虽然这期间两个人经历了无数次的生死离别、无数白眼与嘲笑，更有近十年的时间是天各一方，但始终情比金坚、无怨无悔、至死不渝。

正在这时，教室的门忽然被推开了，进来了一个男孩子。这个男孩子个子很高，气宇轩昂，颇有几分吕良伟版的丁力的风采。他是回教室拿书的，正好撞见大家在开“演奏会”。“高欢，他们是？”这个男孩子问。

“我们的朋友，今天来咱们教室里玩玩琴。”高欢回答说。

“哦，呵呵。你们好。”这个男孩子彬彬有礼地跟赵红兵几个人打着招呼。

“你好。”赵红兵也微笑着跟他打了个招呼。

这个男孩子拿完书没在教室逗留，打完招呼就出去了。

他叫严春秋，是公安局政委的儿子，同学们都知道他一直喜欢高欢。赵红兵等人万万没想到，眼前这个彬彬有礼的男孩子，在未来的20年里，成了他们无法摆脱的噩梦。

在这次“演奏会”之后，赵红兵和高欢基本上确立了恋爱关系。原来，高欢在六中操场第一次见到赵红兵时就喜欢他了，那段和路伟斗殴前的对话，使高欢认定这个帅气的男孩子是个讲义气、沉着稳重的男子汉，一定是个可以托付终生的人。所以听孙大伟说要在教室里继续开“演奏会”，她就认定赵红兵一定会来，所以特地打扮得漂漂亮亮地来见他。

高欢这样的一个美女加才女，为什么会喜欢赵红兵这样没有正当职业、总在街头打架斗殴的混子呢？二狗一直困惑不解。直到有一天，二狗的一个朋友说了一句：“才女一生最大的梦想就是成为一名压寨夫人。”二狗认真体会了一下，得出结论：1. 山大王肯定是男人中的男人，所以很受女人欢迎。2. 正所谓缺啥补啥，才女一定极为细腻温柔，而山大王则多数粗鲁且刚强，两者能在一定程度上互相弥补。3. 女人总希望能改变男人，所以，自以为是的才女就会去挑战极限，试图去把山大王改变成遵纪守法的好公民。

因为才女的梦想都是成为压寨夫人，所以高欢喜欢赵红兵。

而且，喜欢得死去活来。

八、医院遭遇三虎子

二狗不大同意老祖宗的“人之初，性本善”的看法，二狗更同意“人之初，性本恶”的主张。不过，随着年龄的增长和家长、老师的教育，人性里的戾气会逐渐减少，而戾气减少的程度则完全取决于受教育的环境。

有很多暴戾的人正是因为没有受到更好的教育，才对社会产生了极大的危害，二虎和三虎子都是其中的代表人物。三虎子的暴戾程度与二虎相比，有过之而无不及。

二狗知道三虎子干过的一件事就是“三虎子杀牛”事件。三虎子家在东郊，属于城乡结合部。那里不但有毛纺厂、啤酒厂等大型工厂，还有一些零零散散的农户。这些农户有一些还养了耕牛，但是到了上世纪80年代，农业机械化开始普及，耕牛显得不那么重要了，于是，一些农户开始宰杀自家的耕牛。

据说那年三虎子还不到15岁，正在上初中。他路过一家农户时，看见有很多人在围观，便走上前去凑热闹。原来，一家农户在宰杀自家的老黄牛。那个农户用的是一把杀猪刀，这把杀猪刀又窄又长，宽度大概只有三四厘米，而长度则有近30厘米。老黄牛已经被绑在了院子前面的树下，但老黄牛的主人——一个粗壮的中年男人拿着刀却迟迟下不了手。因为，他面前的这头老黄牛还没等蒙上黑布，就已经知道，为其辛苦耕耘十几年的主人，今天是要拿着刀杀自己，老黄牛默默地跪在地上，浑浊的双眼里全是泪水。

围观的人无不不为之动容，这个中年男人眼眶也有点红了，他对他的老伙计下不去手。随着老黄牛泪水的涌出，围观的村民多数都劝这个中年男人不要杀这头老黄牛了，毕竟自从建村以来，还没有人宰过自己家的耕牛，都是让耕牛自然死亡。中年男人也心软了，想去给老黄牛解开绳子。

三虎子觉得挺没劲，他是来看杀牛的，结果却什么都没看到。三虎子认识这个中年男人，他走上前去“雷锋”了一把，说：“叔，你把刀给我，我帮你杀！”中年男人看着还是个半大孩子的三虎子，半信半疑地把刀交给了他。三虎子接过刀根本没废话，径直冲到老黄牛的面前，抓住短小的牛角，对着脖子就捅了一刀。老黄牛被捅了一刀后并没有立刻咽气，于是三虎子又连续捅了十几刀，直到老黄牛气绝身亡……

李四用钢管把三虎子捅了的时候，三虎子已经20岁了。在东郊，二虎之所以能成为老大，自然也有三虎子的功劳。这哥俩是纯粹的混世魔王，在外面和别人打，回家哥俩也打。在被赵红兵一伙收拾的前三四天，三虎子还刚刚和二虎在家闲着没事打了一架，二虎居然徒手把三虎子的耳朵撕下来一半！

1986年，敢主动招惹这俩混世魔王的，恐怕也只有赵红兵一伙了。

在六中高三（四）班的“吉他演奏会”过后的三四天，伤得不怎么重的三虎子肩膀上缠着绷带来到了市区。他带着大概十几个人每天在街上转，为的就是找那天把二虎和他都收拾了的李四和费四。三虎子刀不离手，手里总提着那把杀猪条刀，这把刀外面用报纸包着。三虎子这群人虽然在东郊名头甚响，但是在市区他们并不认识几个人。他们只知道那天到他家的那伙人其中一个叫赵红兵，还有一个在离红旗公园不远的地方开了个废品回收站。但三虎子再去小纪的废品回收站的时候，小纪还在医院里住院，所以门是关着的。他们只好专心找赵红兵。

其实三虎子这人思想简单得很，谁把他伤了他找谁。他最恨的根本就不是赵红兵也不是小纪，而是那天出手伤他俩的李四和费四。他找赵红兵的目的，就是想知道那天伤他哥俩的人到底是谁。

据说三虎子打听到了赵红兵是谁，还知道了赵红兵的家在哪里，但同时他也知道了赵红兵的爸爸是市委常委、市组织部部长。三虎子敢在路上截住赵红兵开战，但他肯定不敢去市委常委家中找碴。

费四和二虎、李四和三虎子是两对前世的冤家，他们在之后的十几年里打打停停、停停打打，一直到上世纪90年代末二虎双腿残疾、三虎子横尸街头为止。而他们之所以打打停停而不是打个不停，正是因为赵红兵的存在。

如果说混世魔王三虎子在这个世界上还怕一个人的话，那这个人就是赵红兵。

那天已接近元旦，三虎子他们十几个人在多次寻找费四和李四未果之后，提着刀漫无目的地在市区闲逛，准备抓赵红兵。由于找赵红兵主要是以问话为目的，所以他们没带刮刀和双管猎枪。一直到了中午，这群东郊流氓饿了，看见有一家饺子馆，就走了进去。那家饺子馆规模不小，是老字号，起码有三十几张桌子。

赵红兵还没找到，三虎子却遇上了另一个冤家——张大嘎子。

据说三虎子一进门，就看见了张大嘎子正在饺子馆里，三虎子还朝后者龇牙一笑："嘎子，请你三哥喝酒！"

三虎子这帮东郊流氓和张大嘎子率领的混混以前没少掐架，一直打到1986年的夏天，张大嘎子这帮算是勉强服软了，摆了几桌和气酒算是停战。

"呵呵，小三子，没钱喝酒了？"张大嘎子不怀好意地笑着说。

"你三哥我钱多了，今天就是想让你请喝酒！"三虎子的嘴又臭又硬。

"小三子，今天张哥请你，坐下来喝吧！"张大嘎子并不想因为吃顿饭再起争端，过去的事儿毕竟已经过去了，过去再怎么打，如今总归勉强算是半个朋友。

张大嘎子那边大概有六七个人，三虎子这边大概十几个人，坐了两桌开始吃饭。

刚开始喝酒的时候气氛还不错，互相开着玩笑并且频频碰杯，但是几杯酒一下肚，这两帮混混的本色便显露了出来。三虎子开始大话连篇了。

"嘎子，这几天我来市区是找个人。你看我这肩膀。"三虎子火气挺大。

"听说是赵红兵他们干的？我前几天看见你们在市区转，问卫东你们干吗呢，他说你们在找赵红兵。"张大嘎子说。

"你认识赵红兵？"三虎子问。

"知道有这么个人，前段时间不是把铁南的傻伟（就是路伟）给捅了嘛。"张大嘎子说。

"他们还捅了路伟？"三虎子问。

"你没看现在路伟不来市区了吗？现在下巴还缝着呢。赵红兵这帮够狠的。"张大嘎子说。

"其实我和我二哥倒不是赵红兵给伤的，是他们里面另外两个小子干的。"三虎子说。

“你和你哥也真他妈的衰，在自己家门口让人家给干了。”张大嘎子也有点喝多了，口不择言。

“嘎子，你他妈的怎么说话呢？我们是被暗算的！”看样子，三虎子那疯劲要上来。

“操，要不怎么说你俩衰呢！两个打两个被人打成这操行。”张大嘎子嘴更损。

“去你妈的！不他妈的跟你喝了，以后你他妈的说话注意点！”三虎子站起身来就要叫兄弟们走。

“你骂谁呢？”张大嘎子绝对不是什么善茬。

“老板，今天我把这里盘子和碗都砸了啊！张大嘎子付钱！”三虎子说完，把桌上的盘子全摔在了地上。

“三虎子我操你妈！”张大嘎子虽然之前向二虎、三虎子一伙服软了，但他总归是这一片混混的头目，手头硬得很。

两伙人随后就混战在了一起，两张桌子掀翻了，饭店里的其他客人也吓得跑了出去。刚才还在呼着酒气、搂着脖子像亲兄弟一样说“知心话”的两帮人，转眼就成了死对头。

三虎子明显喝多了，他那把被报纸包着的刀还没抽出来就被张大嘎子夺了去，他胳膊有伤又行动不便，被张大嘎子摁在地上狠狠地踢了几脚。坐在三虎子旁边的一个兄弟拔出一把枪刺，一下就扎在了张大嘎子的腿上。张大嘎子倒地后，在剧痛之下随手拿起摆在地上的花盆砸在了三虎子的头上。

这时，饺子馆的几个厨师拿着擀面杖和菜刀也冲出来帮张大嘎子。虽然张大嘎子他们六七个人本来没带刀，但有了冲出来的厨师相助，很快占得了上风。

打了大概两三分钟后，饺子馆的几位老服务员终于把架拉开了。流氓毕竟也是人，有五六十岁的老阿姨苦口婆心地拉架，也不好意思再动手了。张大嘎子这边有三个人腿上和胳膊被扎了，而三虎子那边则是三虎子头上挨了一花盆，另外一个人后脑挨了厨师一擀面杖。

挨擀面杖的那个被打晕了，三虎子他们骂骂咧咧地搀着他出了饺子馆，叫了车直奔市第三人民医院。第三人民医院正是小纪住院的地方，当三虎子他们在饺子馆开战的时候，赵红兵正在给小纪办出院手续。全市大大小小二十几家医院，真不知道这群人为什么都爱去第三人民医院。

挨了擀面杖的那小子被打得不轻，到了医院还是神智不清。三虎子等十几个人把他送到急诊室，出来时正赶上一个三十几岁的女人在电梯口指着赵红兵骂。被骂的赵红兵低头不语，身边还站着一个很漂亮的小姑娘。

赵红兵认出了三虎子，三虎子却没认出赵红兵。

赵红兵被骂，是因为赵红兵和高欢两个人大白天在医院"见鬼"了。

那天临近元旦节，作为班里文艺委员的高欢借口上街买纸花和瓜子准备班里的元旦晚会，那天下午就没去上课，而是出来找赵红兵玩，这也是他们的第一次约会。赵红兵本来想把小纪出院的手续办好就和高欢去东风剧场看马戏，结果，他们在医院的三楼遇见"鬼"了。

赵红兵和高欢约好一点半在住院部的三楼见，可是高欢不知道市三医院有两栋楼，前面的那幢楼是各个科室的门诊和手术室，而后面的那栋楼才是住院部——她去了前面那幢手术室的三楼去等赵红兵。

左等右等不见高欢来，赵红兵想到可能高欢是去了前面那幢楼，于是他急匆匆地冲上了手术楼的三楼，出了电梯，正看见高欢在那里焦急地等待。

"不好意思，我来晚了，我以为你知道住院部的楼呢。"赵红兵气喘吁吁地说。

"没事，没事，都怪我，是我没听清楚。"高欢一向善解人意。

"那咱们走吧，去找小纪。"赵红兵说。

"好的。"高欢微笑着说。

正在这时，电梯的门开了，几个穿白大褂的医生推着一个看上去三十几岁、身穿红色大衣的女人冲向手术室。这个女人出了车祸，被撞得面目全非，已经看不清楚长什么样，满脸是血，眼见是活不成了。

"是不是已经停止了呼吸了？"

"嗯，可能已经死亡了。"那几个医生边走边讨论着。

"啊……"高欢看见这个女人的惨状，吓得惊叫起来。

"别怕，没事儿，咱们下楼。"赵红兵边摁电梯边安慰高欢。

很快，电梯从四楼上下来了。受了惊吓的高欢想赶紧离开这个鬼地方，电梯门一开，她就冲了进去。赵红兵随后也跟了进去。

进了电梯，他们俩几乎同时发现：刚才那个死于车祸的穿红大衣的女人，正背对着他们蹲在电梯的角落里！

由于电梯要盛放一些担架之类的紧急大型用具，所以第三医院的电梯空间极大，是普通电梯的好几倍。这个“鬼”在角落里蹲着，头也不回，极为恐怖！当他俩想从这个电梯里退出去时，电梯门已经再次关上了。

“啊！”高欢吓得肝胆俱裂，一下扑到了赵红兵怀里。这也是赵红兵生平第一次抱女孩子。

赵红兵的确胆力过人，高欢的惨叫还没结束，他一手抱着高欢，一脚踹向了“鬼”。

“啊……”这下是那个红衣女“鬼”惨叫了。

赵红兵看着有效果，放开高欢，冲上去又是一脚。刚才那一脚只是试探性的，第二脚是真狠，一脚把这个刚才还蹲着的女“鬼”踢倒在地。

“你打我干吗？”这个女“鬼”哭着喊。

赵红兵随后说出了他一生中最经典的一句话，也是被高欢讽刺至今的一句话——

“你是鬼你牛逼啥？我他妈的死了以后也是鬼！别他妈的以为你是鬼我就怕你！”赵红兵吼道。

“你才是鬼呢！你凭什么打我！”红衣女鬼被赵红兵这凶悍绝伦的两脚踢得快要断气了。

“你还装人！”赵红兵上去又要踢。

“红兵，她可能真的不是鬼，她好像是人！”缓过神来的高欢拉住了赵红兵。

赵红兵也回过神来——他刚才那两脚下去，踢到的的确是人的感觉，可能对方真的不是鬼。

这时，电梯门开了，赵红兵和高欢走了出去。

“小王八蛋，你凭什么打我！你站住！”三十多岁的红衣女“鬼”挣扎着站起来，跌跌撞撞地追出了电梯。

“不好意思，我以为你是鬼。”赵红兵终于认识到，这个“鬼”只是和死于车祸的女人穿着同样的红色大衣，她是个实实在在的女人，绝对不是女鬼。他愧疚万分。

“你才是鬼呢！走，跟我去派出所！给我治病！”

二狗从那天才知道，原来“撞衫”可以造成如此严重的后果。

“不好意思，如果刚才把你打坏了，我一定负责。”赵红兵小声说。赵红兵有个优点，那就是他绅士得很。

这个穿红大衣的女人不依不饶，骂起了一套又一套全市最难听的脏话。自知理亏的赵红兵低头不语。高欢是个女孩子，脸上挂不住，小声抽泣了起来。

围观的人越来越多，赵红兵的脸也越来越红，他憋了一肚子火没地方发，无意间一抬头，正好看见了在人丛中看热闹的满头是血的三虎子。

一场血战在所难免。

九、以二敌十三

赵红兵看到了三虎子，三虎子也正在看赵红兵。四目相对，赵红兵的大眼睛透着机灵与睿智，三虎子的小三角眼透着无知与奸诈。赵红兵记忆力显然比三虎子好，他一眼就认出，眼前这个满头是血的人，正是那天在二虎家门口拿着双管猎枪顶在费四头上的那个人。而三虎子只是觉得眼前这个正被骂得狗血喷头的帅哥比较眼熟，却想不起来究竟是谁——尽管他正在满大街地找赵红兵，但赵红兵真正站在他面前的时候，他却认不出来了。

“我来解决这个女人的问题，你先去东风剧场等我，我 20 分钟以后到。你快走。”赵红兵小声对高欢说。

其实赵红兵是想把高欢支开，自己好去揍三虎子，他怕高欢知道他又惹事，只好跟她撒了个谎。尴尬中的高欢巴不得早点离开这里，听到赵红兵让她走，忙不迭地出了医院。

“你等一下，我跟你的问题一会儿再说。”赵红兵对红衣女人说完，走向了三虎子。

“兄弟，你认识二虎吗？”赵红兵压住火，笑吟吟地问三虎子。赵红兵绝对不是爱主动生事的人，但今天他胸中有两团怒火：一是见到了让他在二虎家门口遭遇奇耻大辱的三虎子；二是被眼前这个泼妇骂了五六分钟还没法还口。他赵红兵总不至于去打女人，吵架也不在行，而且，“踢鬼”这件事，也的确是他不对。所以，赵红兵只好把怒火全都撒到三虎子身上。

“二虎是我哥啊，你是？”估计是因为上次见到赵红兵的时候是晚上，没看清楚，三虎子的确没认出来。据说，那天三虎子在赵红兵揍他之前已经惨不忍睹了，不但被张大嘎子用花盆砸得满头是血，而且之前被李四用钢管扎的肩膀也在淌血，身上不但全是土，还沾满了菜汤，老远就能闻到一股牛肉大葱味。

“赵—红—兵。”赵红兵像那天在二虎家门口一样，缓慢而有力地报出了自己的名字。

“我正找你呢，操你妈！”三虎子一听这名字就想了起来，但他没有冲上去打。因为他手里的刀已经被张大嘎子抢了去，而且他的兄弟也全在急诊室门口，这边只有他一个人。

“呵呵，你还敢骂我？”赵红兵家教很好，极少说脏话，刚才在电梯里骂女“鬼”完全是一时激动。

“骂你？我还要打你呢！”三虎子说着就向前冲。

赵红兵正盼着三虎子先动手呢。二狗了解赵红兵，这个人聪明得很，他打架基本上全是后动手，因为他知道，一旦进了局子，先动手的总是理亏。而且，他即使后动手，也有必胜的把握，参加过实战的中国侦察兵的拳脚功夫毋庸置疑。

三虎子这人也真是没记性，忘了赵红兵长什么样不要紧，难道他连赵红兵当时一脚踢到他手腕上，差点把他手中的枪踢飞的事都忘了？那一脚的精度、速度与力度是普通人能踢得出来的吗？他一个赤手空拳的土流氓，怎么可能会是赵红兵的对手？

三虎子冲上来就是一拳。赵红兵躲都没躲，身子向后微微一退，迅速出左手抓住了拳头，然后出右拳结结实实地打在三虎子的胳膊上，接着又一脚踢在三虎子的膝盖上。三虎子当场倒地。

这两招是赵红兵惯用的套路，打架他总是抓拳头、抓手腕、踢关节。他很少用拳去打人，总是出左手去抓住对方身体的某个部分，然后用脚狠踹对方的膝关节或脚腕，一击之下对方必然倒地。二狗后来发现，小北京的套路和赵红兵完全一样，只不过小北京总是用右手抓，赵红兵则由于右手残疾，只用左手抓。赵红兵抓住对方拳头后出另外一只拳头痛击胳膊这一招，二狗后来在电影《霍元甲》中看到李连杰也用了。

三虎子倒地之后，赵红兵上去就用脚踹他。三虎子在地上打着滚，刚要起来就又被一脚踢倒。

这时，三虎子在急诊室的兄弟看到这边三虎子被打，都冲了过来，大概有三四个人。领头的拿着一把枪刺扎向赵红兵，被赵红兵向后躲过。这次又是在医院走廊里，赵红兵边退边打，胳膊上被枪刺划了一个口子。

赵红兵总是命不该绝，这时，三虎子他们身后出现了小纪！他左手又拿着一个暖壶！小纪从三虎子他们身后上来，一暖壶砸在了手持枪刺的那个人的头上。拿枪刺那小子被这开水烫得一声惨叫，眼睛都睁不开了。赵红兵抓住战机，一脚把他手中的枪刺踢飞，紧接着一个箭步捡起枪刺，作势就要扎三虎子。三虎子他们转身就跑，小纪侧身让开，放他们跑回了急诊室。

原来，小纪在住院部等得不耐烦了就下楼来找，刚进走廊，就看见赵红兵在和三虎子他们恶战。小纪一看右手边儿科门诊室门口放着一个暖壶，想起上次在医院恶战时，小北京就用这个击退了二虎他们，他灵机一动，拿起暖壶冲上来，一下砸在拿枪刺的人的头上，解了赵红兵之围。

赵红兵虽然手里有了枪刺，而且还作势要捅三虎子，但也只是作势而已，他只是想毒打三虎子一顿解解恨，并不想打得太惨。

赵红兵追到了急诊室，小纪则在医院一楼的长椅子上拆下了一块足有两米长的厚木板子，跟着追了过去。

赵红兵追到急诊室门口却不进去，只在门口站着，后面站着小纪。赵红兵不进去自然有他的原因：急诊室门口狭窄，大概只能过两个人，他站在这里是一夫当关，万夫莫开，有人想跟他打只能一对一，而一对一很显然谁也不是他的对手，更何况他手里还拿着一把枪刺。如果他进了急诊室或者在走廊外面，则十分容易陷入围攻，赵红兵聪明得很。

小纪和赵红兵这二人组合牢牢地站在门口，像“谷子地”一样死守阵地，一步也不向前，一步也不后退。由于小纪手中拥有此战中最长的武器，再加上赵红兵出脚极为凶狠，对方虽然有 13 个人，却结结实实地吃了大亏。一个大长木板被小纪抡得虎虎生风，一直没被对方夺去。

总开“群殴总结会”的退伍兵，战术素养自然和这群土流氓不可同日而语，两人组合就打得对方 13 个人落花流水。

混战了大约三分钟，三虎子那边顶不住了。他们打了这么多年的架，从没见过两个人可以打 13 个人的，更没见过赵红兵这么好的身手，也没见过打架配合得如此默契的组合。

“砰！”急诊室的门被关上了，接着又被锁上了。看来，三虎子他们的确顶不住了。

“姓赵的，你他妈的打够了没？”三虎子是真被赵红兵打怕了。赵红兵虽然没想杀了他，但是出手极重，三虎子从头到脚都被赵红兵乱踢乱踩过，疼得撕心裂肺。

“我今天非打死你！”赵红兵吓唬三虎子。

说完，赵红兵后退几步，飞起一脚踹在了急诊室的门上。没想到，急诊室的门是用空心双层三合板做的，非常不结实，赵红兵这一脚没把门踹开，却把门踹了个窟窿，他的脚卡在了里面。赵红兵急忙缩脚，脚是拔出来了，大头皮鞋却掉在了急诊室里。

“把鞋还我！我今天不打你了。”赵红兵气出得差不多了，乐了。

“扯淡，一开门你肯定还他妈的动手。”里面有人说。

“我说不动手就不动手，当然你们愿意动手我肯定奉陪。”赵红兵说。

“不打了不打了，今天我们有人住院，改天再找你算账！”三虎子说。

“别介，还是今天把账算完吧。你开门，咱们继续打。”赵红兵单腿在走廊里蹦蹦跶跶地说。

“行了，不打了，把鞋给你！”门开了个小缝，扔出来赵红兵的鞋，又迅速地关上了。

赵红兵穿上鞋，和小纪准备走出医院，在医院门口正好遇见那个“红衣女鬼”。赵红兵说：“姐，无论怎么说，是我不对。如果你需要治病或住院，费用我肯定承担，但是你不应该那样骂我。”赵红兵说得挺诚恳。

“误会，小兄弟。姐没事，不用住院，你忙你的去吧。”刚才还凶悍无比的泼妇，看到这场真刀真枪的恶战后被吓坏了。

随后赵红兵去东风剧场找高欢，并且让小纪通知张岳、孙大伟和李武，晚上一起去“万鹤来”吃饭，提前庆祝他几天后就要当老板了。因为当时已经接近元旦，过了元旦，赵红兵就是火车站前一个三层旅店的老板了。

看完马戏，送高欢回学校后天已经黑了。赵红兵来到“万鹤来”饭店的时候，发现小纪、孙大伟和张岳已经到了，当然二狗和晓波也到了，这两个馋孩子绝对不会缺席这样的场合。只有李武还没到。

四个人的小型“第三届群殴总结会”胜利召开了，会议照例由赵红兵主持，与会代表积极发言。会议明确指出了最近这几场群殴中的三项不足，并提出了五个注意事项。

三项不足有：

1. 由于轻敌导致在二虎家门口惨败。“在战略上要藐视敌人，在战术上要重视敌人。”赵红兵说。

2. 信息来源渠道少，不明白对手的动向和实力，二虎的人明明在满街找赵红兵，这边却没人知道。“不打无把握之仗！不打无准备之仗。”小纪说。

3. 费四和李四过于莽撞，主动找上门去跟人家死磕，直接导致现在跑路。如此硬拼不可取，是前车之鉴。“上兵伐谋，应不战而屈人之兵。”最有文化的张岳说。

五个注意事项有（基本上全是赵红兵总结的）：

1. 必须随身带家伙，以防备三虎子的复仇。

2. 张岳随身带的三棱刮刀太危险，杀伤力太大，而张岳出手又没轻没重，所以张岳应该和小纪换一下武器。

3. 晚上不要单独出来，以免被二虎的人撞上。

4. 小纪的废品回收站还是要经营下去，但必须有人去陪着他，好有个照应，以免再次被二虎的人袭击。建议待业在家的李武和孙大伟没事就待在小纪那里。

5. 随时注意敌人的动向，多收集二虎等人的消息，同时也要防一防铁南的路伟，因为路伟快出院了。

会议快结束时，李武风风火火地冲进来说：“三虎子他们被公安抓起来了，估计一年半载是出不来了。”

“三虎子是谁？”赵红兵问。

“就是你今天下午揍的那个，二虎的弟弟。”李武说。这时候大家才知道，原来那个人叫三虎子。

“怎么被抓起来了？因为和我们打架？”小纪问。

“不是因为你们，是张大嘎子。”李武说。

原来，当时三虎子一伙从饺子馆出来的时候，由于他们有一人处在半昏迷状态，张大嘎子认定他们一定会去医院，就纠集了二十几号人挨家医院去搜。赵红兵和小纪前脚刚从市三院出去，混混们就找到了三虎子，用行话说就是“去医院补刀了”。

刚刚被赵红兵毒打了的三虎子，刚打开急诊室的门就被张大嘎子一伙看见了，他们一哄而上，进了急诊室。混战中，三虎子自己被扎伤了，另外还有三人被扎伤，三虎子也亲手拿军匕捅了一个，而且把对方捅成了重伤。

随后公安局赶到，鸣了枪他们才停手，这群人一起被逮进了派出所。后来才知道，本来公安局是接到报案前去抓赵红兵和三虎子的，结果赶到的时候正看见张大嘎子一伙和三虎子恶战，就把这两帮给抓住了。

二狗认为，在同一个地点面对同一帮悍匪，张大嘎子一伙去了几十人却还有人挨了刀，而赵红兵和小纪两个人竟毫发无损，这足以证明，赵红兵和小纪的智商和战术素养明显高于其他混混。张大嘎子一群混混没头没脑地一哄而上，虽然足够勇猛但欠缺理智；而赵红兵和小纪则根据地形判断该如何因地制宜地进行攻防，在敌众我寡的情况下以弱胜强。

智商，在任何领域、任何行业、任何年代都是第一硬件。

“这个三虎子今天够背的，我见到他的时候他已经被打得不成人样了，我又毒打了他一顿。再被张大嘎子他们捅两刀，他还能活吗？呵呵。”赵红兵说。

“不说了，喝酒！”赵红兵又说。

就这样，“第三届群殴总结会”圆满地落下了帷幕。

赵红兵他们没想到的是，1986 年的霉运，他们还没走完。

十、张岳其人其事

在市三院痛打三虎子之后不久，也就是 1986 年 12 月 31 日晚 6 点左右，赵爷爷去省里开会不在家，孙大伟和小纪、李武三人又凑在了赵红兵二楼的卧室里。

六中在元旦结束后，整晚教学楼不熄灯，允许全校的同学在夜间 12 点新年联欢过后继续打扑克、下象棋。赵红兵已经和高欢约好，12 点以后去六中高三（四）班一起打扑克。孙大伟也惦记他的“女友”，要跟着去，小纪、李武和张岳也起哄非要去，没办法，赵红兵只能答应了。那天张岳下乡收国库粮还没回来，大家边聊天边等张岳。

赵红兵听着他们聊天，不怎么搭话，美滋滋地玩着吉他，看样子，他晚上去六中玩扑克的时候还想带着吉他。

“红兵啊，你去了以后只能下象棋，不能玩扑克。”孙大伟表情凝重地说。

“我凭什么不能玩扑克？”赵红兵不解。

“你看看你那手指头，如果和高欢的同学一起玩牌，你的右手肯定要摸牌，人家看到你手指头肯定想：哎，大美女高欢怎么找了个残废呐！”孙大伟又故做替赵红兵着想的样子说。

“嗯……”赵红兵停了下来，沉思着，“嗯，那晚上我就只用左手下象棋，不用右手。如果没人下象棋我就看热闹。”赵红兵说。孙大伟这句玩笑话赵红兵还当真了，他总是为高欢着想，唯恐心上人为他受哪怕一丁点委屈。

这时，门响了，狗却没叫。大家都知道，这肯定是张岳来了。如果不是张岳，这狼狗一定得叫。这狼狗最怕张岳，只要张岳一出现，它立马钻到狗窝里不出来，并且吓得浑身哆嗦。

起因是 1986 年 11 月的一天，张岳来赵红兵家时，这狼狗冲了上去，狂吠着要咬张岳。张岳一见狗冲上来，怒不可遏，顺手抄起架在院子里花池旁的一把铁锨，直接拿铁锨砸向狗的脑袋。这狼狗一向被赵爷爷惯得威风得很，还没被人打过，被这一铁锨打翻在地，马上爬起来又冲上去，这下咬到了张岳。但张岳那天衣服穿得比较厚，还没被狗咬透，他又一铁锨砸在了狼狗的头上。狼狗这下怕了，转身就跑。张岳不肯善罢甘休，拿着铁锨紧追不舍，打得狼狗满院子乱窜。最后，狼狗钻进了狗窝。张岳没辙，站在狗窝前开始用铁锨戳狼狗，狼狗痛得发出一阵阵的哀号。

张岳与狼狗的激战，被赵红兵和当时还没跑路的李四全程看在了眼里。

“你说张岳和狼狗谁厉害？”赵红兵问李四。

“肯定是张岳厉害。狼狗才一半狼的血统，张岳却完全是个狼崽子。”李四说。二狗认为，李四对张岳的这句评价极为中肯。

“咱们别拦着，看看张岳今天能不能把狗给打死。”赵红兵说。赵红兵最烦他家这条狼狗，因为赵爷爷总不在家，这狗总是由他来喂。一个大男人成天喂狗，换了谁不烦？赵红兵天天盼着狼狗死，这下张岳可算为他报仇了。

“狗的命大了，张岳这几铁锨没什么效果，肯定打不死。”李四遗憾地说。

“完了，狗进洞了。狗洞修得太小了，大一点的话，张岳肯定扔了铁锨钻进去，和狼狗贴身肉搏。”赵红兵后悔没把狗洞修得大一点。二狗认为，最了解张岳的永远是赵红兵。张岳眼睛一红什么事儿都干得出来，不管是人是狗，把他惹恼了他都去玩命，这个人最大的特点就是不计后果。如果狗洞修得大一点，张岳肯定钻进去跟狗对掐。

“我操，你看张岳在干吗？”李四惊叫。原来，张岳见狗进了洞他打不到了，就开始动手拆狗窝。

“张岳，你住手！你拆了狗窝，等我爸回来还得让我修！”看了半天热闹的赵红兵看见张岳要拆狗窝，实在忍不住了。

张岳正在跟狼狗玩命，听到赵红兵喊只好停下了。真不知道，这个狼崽子为什么就那么听赵红兵的话。

从那天开始，那只狼狗一见张岳就哆嗦，只要听张岳一敲门，这狗立马钻回狗窝。

且说12月31日那天，二狗跑下去给张岳开门以后，发现张岳怒气冲冲，一把把二狗抱起架在脖子上，话也不多说就上了二楼。

上了二楼二狗才发现，张岳脸上和脖子上的几处血印子，显然是被人挠的。

“呦！张岳，你强奸谁了？被人挠成这德行。”孙大伟笑问。

“我他妈的被人强奸了！”张岳怒气冲冲。

“张叔叔你被谁强奸了？”二狗当时还不懂强奸是怎么回事，以为强奸和殴打差不多，便问了张岳这么一句。

“一个败家老娘们儿！”张岳说。

原来，张岳那天下乡到了一个村里，村长招待他，在村委会宰了一只鸡请张岳吃午饭。结果张岳刚坐下来，该村常年在外盲流的无赖陈益就进了村委会。看见村长在请张岳吃饭，陈益根本没客气，也坐在了炕上准备开吃。

“他是谁？”张岳问村长。

“哎，陈益，市里的领导问你是谁呢。”村长见到县城里来的干部都叫领导，更何况张岳是从市里来的。

“哦，我叫陈益，今年 32 岁，兄弟有事儿吗？”陈益的流氓相露了出来。

“你为什么坐在这里吃？”张岳有点烦了。

“我凭什么不能坐在这里吃？这是我们村，又不是你们村。”陈益要开了无赖，看样子他是真不知道面前的这位是个活阎王。

“你他妈的给我下去，我不打你。”张岳怒了。

“你敢打我？你哥哥我也是走过南闯过北的，什么世面没见过？你敢打我，我他妈的讹死你！”陈益说。

“我操你妈！”张岳从炕上站起来，一脚就踹到了陈益的头上。陈益被这一脚从炕上踢到了地上。

倒在地上的陈益还没反应过来怎么回事，张岳已经光着脚丫子从炕上跳下去了。张岳拿起地上的火钩子（北方农村生炉子用的一种工具，掏煤灰的）就朝陈益头上凿。陈益抱着头站起来就跑，张岳在后面追。

陈益是光着脚丫子跑，张岳也是光着脚丫子追，这两个人连鞋都没穿。

陈益边跑边说：“我他妈的讹死你！”张岳边追边说：“我打死你，让你讹！”这俩人光着脚丫子在雪地里起码跑了 500 米，张岳觉得追不上了，才光着脚走回了村委会。

“领导，你这是……”村长接待的领导也不少了，可像张岳这般凶悍的领导，他还是第一次见到。

“这要是我爷爷在，早就一枪打死他了！”张岳还不解气，上了炕说。

“你爷爷是……”村长问。

“我爷爷叫镇东洋。”张岳说。

“啊……”估计这村长还在襁褓中的时候，就被大人拿“镇东洋来了”吓唬过。

村长和张岳坐在炕上又继续吃，几杯酒刚下肚，就见窗外来了不少人。为首的是一个三十多岁、满脸横肉的女人，后面的人手里都拿着镰刀、斧头、镐头等农具。

“把我家男人鞋还我，要不今天你就别想回城了！”这个泼妇在外面喊。

“这傻娘们儿谁啊？”张岳问村长。

“陈益的老婆。”村长战战兢兢地回答。他以为张岳这下子算完了，到时候市里怪罪下来，他这个村长也逃脱不了干系。村长低估了张岳，镇东洋不是浪得虚名，他的亲孙子自然也差不到哪里去。

“今天看看究竟是谁回不了家！”张岳下地穿了鞋，拿起陈益的鞋走了出去。

“你男人的鞋在这里！”张岳出了门，用手提着鞋说。

“给我，操你妈的！”这女人果然凶悍，出口就是脏话。

据张岳说，他本来是想把鞋还给这个女人的，结果一听这个女人开骂，他火气往上涌，回头就把这双鞋扔到了村委会的水井里。

“我操你妈！”这个女人看见张岳把鞋扔到了井里，冲上来就挠。张岳猝不及防，脸上着实被这个女人挠了好几把。

张岳被挠得火起，一把就把这个女人推倒在地，跟着还踢了一脚。他可没赵红兵那么绅士，他急了和狗都能血拼，更何况眼前这个女人。

这个女人身后的乡亲看见她被张岳打倒，全冲了上来，这个女人也拿起镰刀冲了上来。张岳回头就跑。

张岳可不是逃跑，刚才他出村委会门时就看见门口放着一把农村专门叉草用的三股钢叉。三股钢叉到手以后，张岳转身杀了回来。前文提过，张岳总是一出手就想要人命，这次也不例外，他拿起钢叉直奔女人而去。

那个女人看见钢叉到了面前，吓得呆住了，连躲都不敢躲。还好她身边有个小伙子手里拿着一把很长的耪锄（一种用来耪地的农具），架住了张岳的三股钢叉，但还是有一股扎到了那个女人的胳膊。

张岳又想来第二叉，被老村长从后面紧紧地抱住了，用张岳的话说就是——被老村长“黄龙缠腰”了。

“孩子，别打了。”村长对张岳说。

“老乡们别打了，你们知道他是谁吗？他是镇东洋的孙子！镇东洋！”村长以前当过几年乡里的民兵排长，在村民间还是有点威信的。

村民们一听到“镇东洋”三个字，再没一个人往前冲了。看来镇东洋虽然失踪了40年，但余威尚在。

“你提我爷爷干吗？谁冲上来我就杀了谁！”张岳还有点不情愿，他觉得他自己完全可以对付这些村民，不用提他爷爷。

张岳回到村委会，慢慢腾腾地把那只鸡吃完，然后大摇大摆地走出村委会，在村子里赤手空拳地转了一圈，没一个村民敢拦他。而后，他就上了回城的班车。

就这样，脸上和脖子上都见了红的张岳就出现在了赵红兵他们面前。

“张岳你真行，自己一个人跑到农村立威去了？”大家听完张岳的叙述，笑得腰都直不起来了。

“你们还笑，我要是再看见那个老娘们儿，非得挠她几下不可！”张岳恶狠狠地说。

大家笑得更厉害了。

张岳就是这样一个人，外表看起来白白净净、斯文秀气，小帅哥一个，血管中却始终流淌着那狂野的血液。他出身于土匪世家，但读书极为刻苦。他家出了两个大学生（他和他哥哥张飞），一时被传为当地的佳话。在张岳没成为黑社会头子之前，还有人拿他家来论证“老子反动儿浑蛋”这句话是绝对的谬论。

由于自幼家庭成分不好、家境贫寒，张岳希望成为受人尊敬的人上人的心情比谁都迫切，他学习时有一股狠劲，工作中有一股狠劲，打架更有一股狠劲。“无论做什么，都要做到最好”是张岳做事情的准则。只可惜后来他把狠劲用错了地方。

在上世纪90年代末张岳被枪决前，赵红兵前去探望，两人曾有如下的对话：

“张岳，事情已经到了今天这步田地，你自己做出的事就要自己负责。别多想，安心上路吧！”

“红兵，在过去的十几年中，你曾多次劝我，我嘴上答应，实际上都没听进去，我真后悔。”

“别后悔了，再怎么说你也在咱们市风光了十几年，谁一提张岳不翘大拇指？”

“红兵，我们从高中就是同学，你知道吗，我从小最恨土匪和黑社会。就因为我家出身不好，从小我就饥寒交迫，我真的希望自己会是个好人，让自己的儿孙能抬起头做人。”

“虽然你被判了死刑，但你也没干什么太伤天害理的事儿，不必太自责。你的儿子以后就是我的儿子，放心吧，兄弟。”

“谢谢了，红兵，我刚才的话还没说完。从我真正成为黑道大哥的那天起，就在不停地自责，我不知道何时才能解脱。我从来没为自己是黑道大哥而觉得光荣过，相反，我一直觉得黑道大哥是耻辱的代名词。”

“呵呵，我现在不也被称为黑道大哥吗？我不也活得很好吗？”赵红兵插话说。

“上了这条船就没法回头。我刚才说一直没法解脱，今天，是彻底解脱了。”张岳没理会赵红兵的话，继续说了下去。

“嗯，你解脱了，安心上路吧！”

“嗯！”张岳惨白的脸露出了一丝真诚的微笑。

十一、施比受有福

终于熬到了晚上十一点半，赵红兵一声令下，早就等得不耐烦的五个人都穿戴整齐，带上二狗和晓波直奔六中。二狗和晓波胆子太小，不敢在家睡，只能跟着他们去六中玩。

进了高三（四）班后，赵红兵他们发现班级里只剩下不到 20 人，除了高欢、孙大伟的“女友”和李洋三个女孩子以外，其他的全是男生，正三三两两地聚在一起打扑克。

赵红兵果然没去打牌，而是和高欢坐在窗边小声聊天。李武和小纪则在下象棋，无趣得很，已经后悔了来这里。孙大伟则在他“女友”旁边看打扑克，边看边没完了没了地贫嘴。而张岳则在和李洋下跳棋，大家这时候才知道为什么张岳总是起哄要来这里玩牌，很显然，他是喜欢上了李洋。

“呦，张岳，你的脸怎么了。”李洋笑嘻嘻地问。

“嗯……咳，家里刚养了只猫。”张岳含糊其辞，想蒙混过关。

“哦，这样啊，你家那猫不小吧。”是个人就能看出张岳那脸是被人挠的，李洋舌尖嘴利地继续坏笑着追问。

“嗯……9 斤重，快 30 岁的一只老猫。”张岳被问得脸红一阵、白一阵，已经不知所云了，竟然说出他养了只 30 岁的老猫。谁见过 30 岁的老猫？

“哈哈，30 岁啊，公的母的？”李洋笑得花枝乱颤。

“……母的。”张岳的汗终于流了下来。

“难怪，难怪，哈哈哈哈，一定是修炼成精了吧。”李洋笑得眼泪已经快流出来了。

“哈哈，我赢了！张岳，摆棋。”李洋特别爱笑，而且特别爱说话，长得虽然不如高欢漂亮，但也是上人之姿。

赵红兵和高欢似乎已经忘了身边这些吵吵闹闹的年轻人，两个人傻傻地看着窗外的星星，有一搭没一搭地小声说一些在别人眼中毫无意义的废话。

“你说哪颗星星是我？”高欢问。

“那个！”赵红兵说。

“哪个？”

“最亮的那个！”

“哪个是最亮的？那你是哪颗？”

“那个。”

“哪个？”

“和你是同一个。”

“呵呵……”

这时，赵红兵突然觉得后脑一阵剧痛，随即晕了过去。再醒来的时候，赵红兵发现自己躺在冰冷的水泥地上，眼前站着几个警察，左手边蹲着双手抱头的小纪，旁边站着已经哭成了泪人的高欢；张岳、孙大伟和李武三人已经不知去向，教室里外都围满了看热闹的人。

赵红兵想站起来，刚一挣扎，感觉后脑又一阵灼热的疼痛，再次晕了过去。再醒过来时，他发现自己在六中的校警办公室。不到10分钟，他和小纪又被带到了局子里。

这次事件，二狗目睹了全过程：打赵红兵的，正是一直喜欢高欢的市公安局政委的儿子严春秋。

赵红兵来到高三（四）班时，严春秋正在隔壁班和七八个男生喝酒。回教室时，他发现赵红兵和高欢在窗台旁边聊天。喝了酒的严春秋妒火中烧，他沉默不语地回了隔壁班，借着酒劲对正在喝酒的几个同学说：

“我看见有个小子在和高欢聊天，我今天要废了他！”

“谁呀？搞对象搞到我们班里！走，削他！”醉酒的几个同学也是酒壮屎人胆。

“他们有五六个人，咱们得准备点家伙。”严春秋说。

“今天非把他们留在六中！”

10分钟后，这七八个人手里拿着凳子腿和砖头，走进了高三（四）班教室。正玩得高兴的张岳等人根本没意识到惨剧即将发生，当时二狗也在和晓波玩跳棋，根本没注意走进来的几个人。

严春秋走到赵红兵身后，用力朝他的头上拍了一砖头，毫无防备的赵红兵当场倒地。严春秋看着已经倒地的赵红兵，还想动手。

“你想打他，就先打死我！”高欢扑到赵红兵身上说。

这时，张岳看见赵红兵被打，便抓起自己坐的椅子向严春秋扔了过来。严春秋伸手一挡，这把椅子砸在了趴在赵红兵身上的高欢身上。

张岳扔椅子的同时，人也赤手空拳地冲了过来，抓住严春秋的头发开始踢严春秋的头部。张岳的身后的小纪、孙大伟和李武，每人抓了一把木头椅子也跟着张岳冲了上来，双方旋即混战在一起。

张岳的身上、头上挨了不少凳腿和砖头，但他根本不理会，硬生生地挨着，始终没放开严春秋的头发，死死地抓住，一脚一脚结结实实地踢在严春秋的身上和头上。显然，张岳的眼又红了，又想弄死严春秋了。

孙大伟这次打架表现得较为勇猛，可能是有“女友”在旁边的原因，他手里的椅子架住了不少朝张岳打来的棍子。力气比较大的小纪和李武把椅子抡得虎虎生风，没几下椅子就被抡碎了，小纪手里拿着一截带钉子的凳子腿，而李武手里拿着一块带钉子的凳子板。开始的时候，几个高中生借着酒劲还能抵挡几下，但两分钟过后就已抵挡不住了。他们只敢欺负一些软弱的同学，什么时候跟这些在社会上成天动刀子的流氓较量过？这些学生一个又一个地从门口逃了出去。孙大伟和李武追了出去，小纪则跑过来帮张岳打严春秋。

“操你妈你敢打我，你知道我爸是谁吗？”严春秋嘴还挺硬。

“我管他妈的你爸是谁，今天我就打死你！”张岳的吼声十分恐怖，嘴上说话，脚却一刻没停。

“你别打我了，我给你钱，我家有的是钱。”严春秋看恐吓没用，开始哀求了。

“谁要你那俩逼钱！”小纪从后面上来，朝严春秋脑袋又是一凳子腿。

“小纪，你收拾他，我出去找刚才拿凳子腿打我那俩小子。”张岳把严春秋放倒又踩了一脚，也追出了教室。

小纪举起凳子腿又准备打严春秋，被高三（四）班正在玩牌的几个同学拉住了。严春秋躺在地上打滚，虽然小纪没打他几下，但张岳刚才出手极狠，把严春秋打得站不起来了。

三分钟后，听到消息的五个校警赶了过来，小纪跑都没地方跑。

“春秋，谁把你打成这样？”一个年龄比较大的校警问。

“李叔，他们打我！”严春秋“哇”的一声哭了出来。二狗一直认为这个人真没刚，先出手偷袭别人，被张岳痛打以后却恶人先告状。一个近20岁的男人居然还被打哭了！他还算是个男人吗？

“春秋，别哭，告诉李叔谁打你？”校警问。校警和公安局都是一个系统的，校警也一样是在编警察，归公安局管。

“他打我！”严春秋指向小纪和躺在地上的赵红兵。其实，真正打他的张岳早就跑出去打别人了。

“蹲下！”校警一警棍就打在了小纪的头上。小纪双手抱头蹲在了地上。

“别装死！”校警又踢了赵红兵一脚。赵红兵刚悠悠地醒过来，又昏死了过去。

随后，这几个校警把赵红兵连拉带拖弄到了校警室，当然也把小纪带了过去，小纪几次想跑都没能逃脱。校警用冷水拍赵红兵的脑门，赵红兵才真正醒了过来，刚醒来不久，就和小纪被市局的面包车带走了。

教室里，晓波和二狗被吓得不轻。听说赵红兵去了公安局，高欢就带着二狗和晓波也去了公安局，在一楼等着。那天没供暖，在一楼不是一般的冷。

局子里，赵红兵正在接受审问。

“姓名。”

“赵红兵。”

“年龄。”

“23。”

“这个名字最近好像很耳熟嘛！你这次为什么打人？”

“我没打人！我是被打。”

“为什么去六中闹事？据说你不是六中的学生！”

“我没闹事，我是去六中玩！”

“去干什么玩？学校是你玩的地方吗？说！为什么打人？”

“我说了，我没打人，我是被打的！”

“好，就算你是被打的，我相信你。那你告诉我你是被谁打的？”

“……不知道，我醒来就已经在校警室了。”

“不知道？那人家为什么打你？”

“不知道，我在和朋友聊天就被打了。”

“呵呵，你还真是一问三不知！这样跟你说吧，即使你没打人，你的朋友也打人了。说，你的朋友都是哪些？”

“小纪，他不是也被你们带来了吗？”

“还有吗？”

“没了。”

“没了？你这样说的话，你前面说的话我可一句都不信了。在现场的人都说你们一起去了五个人，但是跑了三个。其他三个人都是谁？”

“不认识。”

“不认识？不认识你们一起去六中玩？”这位警官低估了赵红兵。赵红兵这样的退伍兵，怎么会被轻易地问出口供？中国人民解放军在老山前线打了好几年，拉响光荣弹的解放军战士不计其数，被越军俘虏的却没几个。就算眼前这警察给赵红兵上了老虎凳再灌辣椒水，赵红兵也一样不会说的。

“真不认识。我和他们是在大街上认识的，他们问我去哪玩，我说去六中打扑克，他们就一起跟着去了。”时间太短，赵红兵没编出太好的借口。

“你结交朋友倒是很快嘛，你再上街马上帮我认识几个能帮你打架的朋友去？”

“好呀，你把我放了我现在就上街认识去！”

“放肆！你也不看看这是什么地方！”年轻的警察怒了。

这时，一个领导模样的老警察走了进来，见到被审讯的赵红兵，顿时一愣！

“哎，这不是红兵吗？复员回来了？”

“是啊，严叔，回来一年了。我被打了，他们不抓打我的人，却在这里审问我！”赵红兵打了一辈子人，这次可算是被打一次，理直气壮得很。

“这……”来的人正是严春秋的爸爸，他听说儿子被打了，就过来看看究竟是谁打的。赵红兵虽然不认识严春秋，却认识严春秋的爸爸。严春秋的爸爸也是位老领导了，和赵红兵的爸爸关系不错，以前经常去赵红兵家下象棋。

“红兵，你是怎么被打的？”严政委问。

“我在和朋友聊天，不知道被谁从后面砸了一砖头……”听完赵红兵的叙述，严政委这时才明白，是儿子去打别人没打成，反而被别人打了。

“你的伤没事儿吧？”

“还是疼，得去医院看看。你看，还在淌血。”

“这是赵部长的儿子，这孩子从小我就认识。让他先去医院吧，以后有事再找他吧。”严政委对这个年轻警察说。

这个年轻的警察一听赵部长的名字，着实吓了一跳，赶紧说：“好呀，让他先回去吧！”

其实赵红兵很少以高干子弟为荣到处炫耀，也从不因为自己是高干子弟就去欺负别人，高欢和他恋爱好几个月以后，才知道他爸爸是干什么的。而这位严政委也是个老革命，廉正得很，虽然心疼儿子，但他非常讲道理，即使面前的不是赵红兵，只要他弄清楚了情况，一样会把人放走的，只不过过程麻烦一些。

严政委回家后又打了一顿严春秋，这下严春秋更是恨死了赵红兵。

赵红兵比较幸运，碰上了好警察严政委。小纪却没那么幸运了，由于他出手打了人，而且拒不说出张岳等人，被警察上了手段，从局子里出来的时候已是鼻青脸肿。

赵红兵和小纪从局子里一出来，就看到了冻得哆哆嗦嗦的高欢、二狗和晓波。高欢见到赵红兵，眼泪终于忍不住淌了下来。

“傻瓜！我们要是不出来，你们要冻死在这里吗？”赵红兵脱下军棉袄披在高欢身上，自己只穿着一件毛绒衫。

“我不管，我就是要等你。”高欢小声抽泣着说，也不知道在哭还是在笑。

“你呀！”赵红兵说。虽然高欢和赵红兵认识才一个多月，也没见几次，但他们都已经把对方当成了可以白头偕老的人。恋人间的那种感情，外人是很难体会的。

“究竟是谁打我？”赵红兵问高欢，他已经隐约感觉到这事和高欢有关。

“我的同学，叫严春秋。”高欢小声说。

“严春秋？他爸爸是不是公安局的严政委？”赵红兵一下想明白了。

“是啊，你怎么知道？”

“哦，没事儿，他为什么打我？”赵红兵问。

“……因为他……好像……很喜欢我。”高欢费了很大力气才说出了这句话。

“呵呵，我想就是这么回事儿。”赵红兵说。

“红兵，求你件事儿你答应我，可以吗？”

“你说的事儿我一定答应。”

“你去教训严春秋的时候，能轻一点吗？我怕你再打出事，毕竟他爸爸是公安局政委。”

“我不会再打严春秋，你放心。”

听赵红兵说完这句话，高欢一愣，她以为赵红兵出来一定会去收拾严春秋。小纪在那边听到这句也跳了起来：“操！他差点把你打死，你就这么算了？”

“我和严春秋的矛盾是人民内部矛盾，是可调和的矛盾。他还是个孩子，不打了。”

“你追着三虎子打的狠劲哪去了？”小纪不解地问。

“咱们和二虎的矛盾是不可调和的矛盾，他是地痞，是我们的阶级敌人。”赵红兵笑着说。

“再说，高欢还要和严春秋同学半年，高欢的男朋友把自己班里的同学打了，高欢还怎么在这个班里待？”赵红兵接着说。

“红兵，你真好！”高欢听到这句，终于明白为什么赵红兵不再去找严春秋的麻烦了。赵红兵总是处处为她着想，在以后的20年里一直这样。

这时，他们走到了高欢的家门口，高欢伸手摸赵红兵的后脑：“还疼吗？”

这一摸，差点把赵红兵又疼得晕过去：“哎呦，本来不怎么疼了……”

“都是我不好。”高欢眼泪汪汪。

“没事，快回家吧，我们走了。”

在回赵红兵家的路上，小纪还是一肚子气。

“红兵你他妈的今天真窝囊！你要是不收拾那小子，我和张岳去！”

“算了，打架我是吃亏了，但我赢了。”

“你赢了？你怎么赢了？”

“我赢了高欢的心，高欢对我来说才是最重要的。”

“你说啥？”

“苏轼有一篇文章好像是这样写的：拔剑而起，挺身而斗，此不足为勇也。天下有大勇者，猝然临之而不惊，无故加之而不怒……”

“红兵你说什么呢？我他妈的不懂！”

“严春秋只是匹夫而已。女孩子喜欢真正勇敢、有思想、能够在恰当的时机忍耐的男人。而我，就是这样的男人。咳……”赵红兵虽然挨了打，但心情格外好，话格外多。他知道，今天高欢是死心塌地地爱上了自己。

“真不要脸，有这么夸自己的吗？”小纪笑骂着说。

“我说了，你不懂，我要教你。”赵红兵笑着说。

严春秋是把赵红兵打晕了，表面上看是占了便宜，但是在其后的20年里，高欢再也没有和他说过一句话。

四年半以后，市公安局通过“公安调干”的形式，从省城某高校里选来了一名本科应届毕业生，由于工作出色，这名本科生还成为市里唯一非警校毕业的刑警队副大队长。这个人在刑警队期间总和赵红兵、张岳两人为难，他就是当年被张岳打得在地上滚着哭的严春秋。

当年逞匹夫之勇的坏孩子成了一个隐忍的公安干警，可能这是任何人都未曾料到的。

十二、小北京的武、禅与毛泽东思想

元旦过后，赵红兵就开始接手了火车站前的那家国营旅馆。赵红兵这个人特爱干净，在承包前他就发现，这个三层楼的国营旅馆实在太脏，墙上全是脚印，被褥好像从来没洗干净过。因此他接手后没有直接营业，而是准备停业装修——所谓装修，也无非是粉刷墙面和暖气而已。由于刷暖气后，水银需要很长时间才能完全消除味道，所以赵红兵早就想好了，春节以后正式营业。

赵爷爷说："你的狐朋狗友成天聚在咱们家七八个，我看他们也没什么正式的工作，这次粉刷墙面、暖气，修补墙面之类的，你也别找别人了，就让你的这些狐朋狗友帮忙吧。留下一个人在家哄这俩孩子和做饭，每天你们干完就回家喝酒吃饭，但是别喝多。"

虽然赵红兵在国庆以后打了很多架，但赵爷爷一直不知情，他以为儿子只是无聊才和这些朋友混在一起玩，根本没想到他们已经惹出了那么多的事，更不知道儿子的两个好朋友已经"跑路"去了。张岳要上班，小纪要经营废品回收站，现在有时间帮赵红兵干活的就只有孙大伟和李武两人。

赵爷爷在家里一向具有很高的权威，说出的话不容反驳，赵红兵无奈之下只好找来了孙大伟和李武。

李武一听，说："这事好办！我最近有了几个小兄弟，让他们来帮你干，咱们监工就行了！"

"你还有小兄弟？"赵红兵愣了。

原来，李武在和赵红兵认识前就是个小混混，但一直没混出什么名堂，也没干过什么大事。自从和赵红兵等人混在一起以后，经过和二虎、路伟的几场硬仗，他也算是出了点小名，开始有一些十七八岁的小孩子跟着他混，对他崇拜得不得了。而这些小混子平时的生活就是以偷为主，主要是偷自行车和去一些大的国营厂偷铜铁零部件，小纪的废品回收站是他们销赃的主要途径。

虽然李武这些"小弟"实在不怎么样，但李武也算是这个团伙里最早有"小弟"的人。赵红兵从一开始就觉得李武这人心术不正，那天酒后碍于张岳的面子也和李武拜了把子，但他始终不愿意和李武过多沟通。不过，毕竟李武一直对自己毕恭毕敬，在打架的时候也从没犯屃，赵红兵也不烦他。

"哦，你那些小兄弟都不上学了？"赵红兵问。

"初中毕业基本都不上了，现在也没什么正式工作，闲着也是闲着，过来帮帮你吧。"李武说。

"嗯，那就让他们来吧。不过让他们手脚干净点，别在旅馆附近偷东西。”赵红兵最瞧不起小偷小摸的人。

“他们哪敢在你这里偷东西啊？”李武笑着说。

“我没说偷我旅馆的东西，我是说别在旅馆周围偷东西。要是都知道我的旅馆里有小偷，我这不成黑店了？谁还敢来？”赵红兵说。

“知道了！”

二狗至今还觉得赵红兵的一些行为有趣极了。他极其热衷公益事业，比如邻居家暖气或自行车坏了，只要在他家门口喊一声，赵红兵保准立马穿衣服下地，冲出去帮忙，从不计回报，不畏艰难。大冬天的，连修自行车的师傅都已经被冻得回家了，赵红兵却能在零下30度帮人用半个小时的时间补胎，并且他手有残疾，比别人慢。

但他对于自己家的事却懒得出奇。二狗小时候无数次看到，因为喂狗之类的小事，直到赵爷爷举起了鸡毛掸子赵红兵才下楼去干。这次他自己经营旅馆也是如此，如果这活儿是别人家的，那他早就帮忙去干了。但就因为这是他自己的活儿，他宁愿找一些自己鄙视的小偷来干，也懒得自己动手。

过了元旦没几天，工程就开始了。孙大伟在家做饭哄孩子，李武和赵红兵在工地监工。据说在监工的过程中，赵红兵表现出了在工程、装修方面极高的天赋，经他手刷的墙令专业人士都为之叹服。赵红兵的这个天赋的确没浪费，20年后，他终于成了全市知名的房地产开发商，他开发的楼盘，无论外观还是质量都是一流的。

孙大伟的饭做得不错，当时张岳把他称为“御膳房首领大太监”，可见他饭菜做得有多好。孙大伟哄孩子哄得也很好，从早到晚都是《西游记》里的故事，把二狗和晓波忽悠得一愣一愣的。二狗后来读书识字了，才开始怀疑孙大嘴巴是不是真的看过《西游记》原著——虽然唐僧经过了九九八十一难，可遇上的妖精并没有81个那么多，有时候一个妖精就是三四难；但当年孙大伟给二狗讲的可是足足81个妖精！天知道那些妖精都是从哪冒出来的！

临近春节的某一天，装修基本上结束了，只剩下打扫卫生之类的工作。那天早上，孙大伟很早就来到赵红兵家对他说：“昨天晚上我梦见小北京了，梦见他又和我们一起喝酒吹牛。哎，看来我真是想他了。”这是二狗知道的孙大伟第二次做了个预言式的梦。

“小北京前些天还给我打过电话，说老连长重伤了，他要去看看。反正他也没正式的工作，成天到处乱跑。”赵红兵说。

当天下午，基本装修已经完成，赵红兵等人准备收工回家好好喝一顿，庆祝工程结束。这时，张岳笑吟吟地走了进来。

“明天李四和费四回来，孙大嘴巴说的。”张岳说。

“他们还记得有个家啊？”赵红兵一想起李四和费四，就感到哭笑不得。

“是啊，他俩在北京呢，和小北京在一起。山南海北地玩了一圈，现在落脚在了北京。他们打电话到你家问有没有被通缉，听说没被通缉，他俩当场决定回家过春节，现在估计已经上车了，明天中午就能到。”

“你怎么知道的？”

“大伟在家做饭出不来，打电话到我们单位，让我下班来告诉你们。”

“这俩小子，咱们打架干活的时候他俩不见人，架也打完了，活也干完了，他们回来了。也不知道回来以后单位还要不要他们。”赵红兵有点替他俩担心。

“要什么要！人跑了俩月，连个信儿都没有，哪个单位要这样的人！我早就听说他们被开除公职了，他们回来签个字，就彻底成无业游民了。”当时有个正经的工作可不容易，张岳一提他俩就生气。

“行了，明天是小年，你们也该放假了，你和李武去火车站接人，我和大伟在‘万鹤来’订桌，给他们接风。而且，这些天李武这些小兄弟也没少受累，一起好好吃一顿。”赵红兵笑着说。

第二天是腊月23，小年。赵红兵和孙大伟在“万鹤来”早早地订了一个单间，一张足足可以坐15个人的大桌子。

“大伟你梦见的不是小北京吗，怎么这次回来的是李四和费四？”赵红兵说。

“可能是早上一起床记错了，反正我的梦不会错！”孙大伟说。

这时，单间的门打开了，门口站着的正是满面红光、白白胖胖的李四和费四，他俩身后站着的，是小北京！

“红兵，大伟！想死你们啦！”费四硕大的身躯扑了过来。

“滚远点，我可不想你！”赵红兵故意装做不爱理他俩。

“小北京，你怎么也来啦？我昨天真梦见你来了！不信你问红兵！”孙大伟说。

“操！谁想来这里？昨天我送他们进站上车，结果上了车发现回家过年的人太多，我又喝多了点，上了车就再也没能下去；等到车厢松了点，都他妈的已经过长城了。我想，得！我也不下车了，干脆跟他俩一起来吧！”小北京愤愤不平地说。

“既来之，则安之。吃完饭给家打个电话，就在这里过年吧，哈哈！”赵红兵和小北京感情最深，看见小北京也来了，他高兴得不得了。

“过就过，反正在北京过年也没什么意思！”

这一顿，大家喝得非常开心，一直吃到下午四五点才离开饭店。大家过去几个月的烦事、愁事基本上已经过去了。虽然费四和李四都丢了公职，但这也早在他们意料之中，知道自己没被通缉已经很开心了。离开饭店后，大家一起去了赵红兵家继续聊天喝酒。

天已经蒙蒙黑了，窗外寒风呼啸，不知道雪花究竟是天上飘落的还是被北风刮起的，漫天飞舞着，在银装素裹的北国冬天煞是好看。

二楼，在赵红兵暖烘烘的卧室内，12 个年轻人围坐在电炉旁聊天。电炉子上面放着一个茶缸，茶缸里烫的是直接从酒厂打来的 70 多度的原浆白酒，下酒菜是花生米。他们谈论的是理想、未来和以前打架的事。

谁也没想到，这一晚的煮酒夜话影响了在场的所有人！它直接给张岳、小纪、李武、李四日后组织黑社会性质的犯罪团伙提供了行动纲领和理论基础，促使这四个人成为上世纪 90 年代市里名头最响的四位江湖大佬；并且还让在座诸人打架斗殴的理念和战斗力上了一个层次，影响极其深远。

这次夜话的主持人是小北京，负责补充说明的是赵红兵。

对话的开始，是谈论武与禅。

“李武，你第一次砍人的时候是什么感觉？”小北京一口地道的北京话。二狗日后的北京同学和同事极多，二狗认为，北京话分为北京普通话和北京胡同话。而小北京说的是标准的北京胡同话，土语多。他爱拉着语调说话，像唱歌一样，咬字清晰，很是好听。

“第一次砍人时，我吓得根本看不清眼前的人是谁，只知道拿着菜刀乱抡。”李武说。

“嗯，你这是最低等的一个层次。小纪你说说你第一次拿刀砍人的感觉。”小北京继续说。

“我比李武强多了。我第一次拿着刀砍人的同时，不但知道自己砍的是谁，还知道要砍他哪里；同时我还能注意周围，看有没有人在打我。”小纪说。

“我拿刀砍人时，只想弄死眼前这个人。”没等小北京问，张岳主动说。

“红兵，还是你来说说连长怎么教我们格斗的吧！”小北京说。

“在与对方格斗时，应高度集中注意力，胸中荡然无物，忘记一切杂事；眼前能看见的，只是对方攻击过来的点和能把对方击毙的点。”赵红兵躺在床上，手拿酒杯微笑着说。

“对，红兵说得对。李武、小纪、张岳、红兵你们四个人分别代表格斗的四个层次。李武是最低的层次，他在格斗时心脏跳动速度加快、手脚颤抖，怕对方攻击到自己又怕自己杀了人，所以神智已经在刹那间混乱，这样的情况无疑使对方有机可乘。张岳比李武稍高一个层次，在他的眼前只有他要击打的人，不在乎身边发生的一切事情。这样能使你集中注意力灭掉一个敌人，但你身边的敌人却有机可乘。而小纪又要比李武和张岳再要高一个层次，已经属于格斗中的上乘，他不但要击败眼前的敌人，而且还能注意到身边其他的人。但小纪这样做容易分散自己的注意力，使自己受到不必要的损伤。红兵所说的层次是格斗中最高的，他已经忘记了心中所有的杂事，心不跳、手不抖，注意力高度集中在可能向自己进攻的几个点和自己所要攻击的几个点上，心无旁骛。在多人混战中，他不赢谁赢？比如刚才说的红兵和三虎子打斗时，在他眼里，冲过来的不是三虎子，而是三虎子的拳头和膝关节，他只需要集中注意力抓住三虎子的拳头然后狠踹对方膝关节。而三虎子眼中则是红兵一个人，只能没头没脑地冲上来乱打，一介勇夫三虎子怎么会是红兵的对手？”

“有道理，以后再打架的确要注意。”大家纷纷称是。

“我刚才说的这只是第一个层级，只要是练过生死格斗的人都知道。”小北京说。

“那第二个层级是什么？”

“是看破了生死玄关。”小北京说，“红兵、李四和我都与越南鬼子近身格斗过。越南鬼子的身手与凶悍根本不亚于我们，和他们格斗过的人，其实已经死了一次。”

“死过一次的人对生死不会看得那么重了，所以在之后的斗殴中，心理上的优势是别人无法比拟的。怕死的最后一定会死，不怕死的却多数能活下来。”小北京继续说。

“但，这还不是更高的层级。”小北京在众人听得瞠目结舌之后，又说。

“更高的层次是什么？”

“是武与禅。”小北京喝了一口白酒，“禅分顿悟和渐悟，在生死格斗中需要的就是在那一刻顿悟，达到真正的空灵与无意识，心忘乎手，手忘乎心。日本剑圣宫本武藏在400年前连败日本66位高手后，剑术突遇瓶颈，大师大愚为其画圆解惑，宫本武藏从而在岩流岛击败小次郎成为日本剑圣，就是禅的真谛。”

“我操，这么复杂！不懂！还有更高级的吗？”

“有！是毛泽东思想。”小北京说。

刚才还听得入神的众人，听完这句话哄笑不已。

“是毛泽东思想，是实践论。”小北京没理会听众的哄笑，继续说下去，“毛主席说过，认识存在两个飞跃的过程，先是经过感性实践才能有理性认识，有了理性认识之后才能指导感性实践。我刚才所说的关于武的一切，你们都需要以这两个飞跃来证实。”

“毛主席那套早过时了，现在还管用吗？”孙大伟问。

“很管用！任何事情用毛泽东思想都可以解决！”小北京神情略显凝重地说。

“那你说，红兵脑袋被削了一砖头差点被打死，受这窝囊气怎么用毛泽东思想解决？”小纪还是没忘赵红兵挨的那一砖头。

“红兵当时不是已经跟你讲了吗？这就是毛主席的矛盾论。毛主席说矛盾分为可调和矛盾和不可调和矛盾，而这两种矛盾在一定条件下可以互相转化。红兵说这事就算完了，这就是没有把可调和矛盾激化为不可调和矛盾，这是正确的处理矛盾的方法。明白了吗？”

“毛主席的那一套真的这么管用？”李武问。这群生在“文革”之前两三年的年轻人从刚会说话就听毛主席语录，对毛主席的东西熟悉得不能再熟悉。

“当然管用。我们以后再和二虎、路伟打架时，也要经常用到毛主席的军事理论。比如毛主席说的‘一不怕苦，二不怕死，步调一致才能得胜利’，就是我们能和他们抗衡的根本原因。对于二虎，我们现在所处的也是毛主席所说的战略防御阶段。再比如，那次在医院，我们6个人对他们三十多个人的时候，我们就应该在前面跑，等待追兵；我们跑上两公里，三十多个人也就只有五六个人能追上来，我们先揍这五六个人；然后我们再跑，后面再上来几个人，我们再打。这招就是毛主席教陈毅的：要分而击之。我们先攻击弱的再攻击强的，等到把对方弱的消灭了，强的也变得弱了……”

小北京滔滔不绝地一口气说了半小时，在场的人无不为之折服。“战无不胜的毛泽东思想万岁！”张岳鼓起掌来。

“毛主席由开始的两三万人发展壮大并改变中国，我们运用他老人家的理论还收拾不了二虎他们？”李四颇有感慨。

“我怎么就没听出来小北京哪说得好。”半文盲孙大伟不服。

“毛主席说过：内因是根本，外因是条件。母鸡能把鸡蛋孵成小鸡，却不能把石头孵成小鸡。你这就叫朽木不可雕也。”小北京嘴损得很，又扔下一句毛主席语录。

这次煮酒夜话的效果极其显著。从那天开始，张岳、李四等人还真的学习起了毛泽东思想和军事理论，虽然这群共和国的新一代没把毛主席的理论用到正道，但事实证明的确是卓有成效，收拾那些流氓团伙已经足够了。

第三章　成名

从1987年春节到1987年6月，赵红兵兄弟几个基本上没和其他人发生太大的冲突。最主要的原因是，春节前的四五个月里他们打的硬仗太多，已经有了相当的名气，普通小混混基本上没人敢招惹他们。另外一个原因就是，他们春节以后都安心做自己的生意，生意刚刚起步，都比较投入，也没太多的时间聚在一起滋事。

十三、未来的世界是我们的

前一年，刚刚复员的赵红兵带着断指带来的自卑和烦闷，度过了一个极其郁闷的春节。翌年春节，赵红兵却格外的开心，因为他有了高欢。虽然高欢还在读书，这只能是地下情，但两人爱得火热且甜蜜，都沉浸在初恋的幸福中。而且春节过后，赵红兵就要开展自己的事业了，要当老板了，真是意气风发。

小北京也真没客气，留在了赵红兵家过春节。赵爷爷十分欣赏小北京，说他爱读书、爱动脑、有思想、热爱祖国，而且特懂礼貌。赵爷爷这样一个高高在上、不苟言笑的老头，居然经常拉着小北京聊天，别人都感觉不可思议。每天来赵红兵家找赵红兵玩的年轻人那么多，赵爷爷只喜欢小北京一个。

“红兵一个人忙不过来，总得有个人帮忙，白天一班晚上一班。如果你回北京暂时没什么更好的出路，还不如留在我们这里和红兵一起做生意。”赵爷爷对小北京说。

“这不大好吧，承包旅馆都是红兵张罗的钱，我又没出钱。”

“红兵做事比你稳，但你比红兵有想法。你俩又是生死之交的战友，如果一起做生意，肯定能配合默契。你就不用出钱了，你出人就可以了。现在不都讲人股吗？具体分你多少股，你和红兵小哥俩商量，我不管。”

“嗯，我得跟我爸妈打个招呼，只要他们同意，我肯定没问题！”

“跟你的父母说，不要瞧不起商人，现在国家允许一部分人先富起来。跟他们讲国家的政策，他们就会同意。”

“赵伯伯，我就直接跟我爸妈说，不当上万元户我就不回北京！成吗？”

“好小子！哈哈。”

开心的有赵红兵，但也有犯愁的，那就是李四和费四这“跑路双雄”。李四回家后，他爸爸就没跟他说过一句话，李四从来都是等家里人吃完饭自己再去厨房找剩饭吃，也不大好意思出门。毕竟，在那个年代，丢了公职是一件很丢人的事。和李四相比，费四更惨。费四在家排行第四，父亲已经去世了，三个哥哥都是国家干部。他刚到家就被这三个哥哥狠狠揍了一顿，揍得他走路都一瘸一拐的，要不是赵红兵和小纪上门说情，他非被逐出家门不可。

大年初一，这哥儿几个又聚在了一起。和去年的疯玩不同，今年他们更多的是探讨将来如何发展。

“红兵，我看我们旅馆的一楼不如分出一大半开个饭店。火车站前的饭店没几家，饭菜质量也不好。开旅馆赚的钱都是有数的钱，开个饭店能赚得多点。”小北京说。

“嗯，不错。可以考虑考虑，咱们先看看旅馆的经营情况再说吧。我承包旅馆已经跟我爸、我哥、我几个姐姐要了不少钱，实在不好意思再向他们化缘了。等咱们赚了点钱，有点资本了再说。”赵红兵对小北京提出的建议一向很重视。

“嗯，那就先开半年旅馆再说吧。”小北京说。

“唉，红兵你有旅馆，现在我和李四工作也没了，我们将来可怎么办啊！”费四说。

“费四你愁什么！我和大伟从初中毕业就没工作，现在不也活着吗？”李武说。

“那总不能靠父母养我们一辈子吧！”李四说。

“我妈不是在图书馆工作吗？她的意思是让我在他们单位楼下开个专租武侠言情的租书室，就是十中、师院、艺校门口的那种，租一本书每天两毛钱，押金 10 块。这样也好，我孙大伟也能算是个文化人了。”孙大伟得意地说。

“别恶心我了，你还文化人？书名上的字你能认全吗？上次你和我说你在看《射雕英雄传》，‘九指神丐’你都能读成‘九指神亏’，你还租书？别给我们丢人了。对了，你还认识‘雕’字，真他妈的不容易。”张岳最瞧不起孙大伟的一点，就是孙大伟实在太没文化。

“我把‘丐’认成了‘亏’那是我小时候读书太用功了，我近视！‘丐’这个字连你张岳都认识，我能不认识吗？”虽然孙大伟最没文化，但他最怕别人说他没文化。

“大伟，你是大学漏子，你最有文化行了吧！别打岔，我们正愁呢。”李四说。在上世纪80年代，“大学漏子”绝对是褒义词。

“要不你俩跟我一起收废品吧！”小纪倒是挺想帮他俩的。

“和你一起当破烂王，成天被公安局调查这个线索那个赃物什么的？别扯淡了。”费四说。

“知道警察为什么找我吗？这叫军警一家。你去西宫、红旗、南山这几个派出所问问，哪个警察不认识我小纪？我经常和他们聊我在老山打仗的事，他们都特别崇拜我。我和他们都是哥们儿、朋友。”小纪说。

“嗯，哪个警察要是不认识你，那他也当不了警察了。这么大个销赃窝点，谁不得每天来关照关照。”李四挖苦小纪说。

“不管怎么说，兄弟我在派出所、公安局有人！以后你们谁犯了事儿进去，就跟他们提我，说是小纪的兄弟，肯定没人为难你。”小纪牛着呢。

“小纪，那次咱俩在六中惹完事，从公安局出来你怎么鼻青脸肿的，是不是那天晚上你和你那些公安朋友闹着玩儿碰的？”赵红兵挖苦小纪。

“妈的，那天审我的是个实习生、小警察，我和他提了很多领导他都不认识，还把我一顿胖揍。再说，我挨揍他妈的还不是因为你？那么冷的天，大半夜地跑六中挂‘马子’。”

“还别说，我倒是觉得小纪那里真不错。现在小纪坐等着收废品，已经赚很多钱了。咱们以后再去收，就开车去各个县和乡镇收废品，应该赚得更多。”李武说。

“李武说得没错，去下面收废品应该能赚很多钱，说不定还能收上点文物什么的。”小北京说。

“小纪不是也收文物吗？”李四问。

“收！但是认不太好，不大敢收。”小纪终于谦虚了一次。

“认不好？这太简单了！我叔叔就是师范学院历史系的老师，咱们市出土文物，每次去鉴定的都有他。以后让他教你啊！”李武说。

“好呀，那我就拜师学艺了！”小纪说。

“其实我觉得小纪说得很好，反正费四和李四都会开车，你们俩就弄辆小破车去乡下收废品，肯定收入不错。你们再跟李武的叔叔学学鉴定文物，咱们市的文物可不少，收上一个大件你们就发了。你俩也没别的事儿干，我看这事儿就这么定了吧！”赵红兵考虑了一下说。

“嗯，我考虑考虑吧。的确，现在也没别的事儿可干。”李四说。

“大年初六我拜师怎么样？李武，你叔叔有空吗？”小纪问。

“应该没问题吧。拜什么拜，请他吃顿饭认识认识就行了！又不是外人。”李武说。

经过几天的考虑，费四和李四决定去收废品了，而且他俩还准备跟家里要点钱，买一辆二手130小货车。李武没事儿做，也非要和他俩一起去收废品。这样，废品三人组就这样成立了。

大年初六那天，小纪出钱在“紫月亮”摆了一桌拜师宴。紫月亮是市里最早的几家大型个体饭店，无论装修还是厨师的水平都非常高，就餐环境也非常好。

虽然拜师宴二狗没参与，但后来二狗还是见到了小纪他们的师傅，也就是李武的叔叔——一位仙风道骨、鹤发童颜、骨格清奇的神仙般的人物。据说那天在席间，大家都拘谨得很，只有学识相对渊博的小北京和张岳能偶尔插上几句话，因为李老先生的学问太高且健谈。此老天文地理、风水星象无所不通，所谈及的历史与墓藏、文物断代和风水玄学博大精深，无一人能够领会，一顿饭吃下来大家连皮毛都不懂。

而且还听说，当天李老先生在场的时候，最贫嘴的孙大伟居然一个多小时没说一句话。真是难以想象！

在留下几本书让小纪等人学习，并撂下一句“不懂随时问我，记得看完把书还我”之后，李老先生飘然而去。

李老先生走后，这哥儿几个才恢复了流氓本色，动筷夹菜大口喝酒。

“你叔叔真有文化，怎么会有你这么个没文化的侄子呢？”张岳很是感慨地对李武说。

“唉，我是被‘文化大革命’耽误了！”李武更加感慨。

“那人家张岳就没经历过‘文化大革命’？人家怎么考上大学了？”孙大伟很是不屑。

“李叔说的那些实在是太有趣、太神秘了，咱们真得好好学学。”小纪说。

“我看啊，咱们也别收文物了，干脆挖古墓算啦！”费四无论干什么，永远都是那么直接。

“别介，那可是违法的，抓住要判刑的！”赵红兵说。

“红兵你成天和流氓打架斗殴就合法啦？”费四说。

“红兵他自以为是除暴安良呢！你有辙吗？”小北京说。

“说起打架我就上火，等二虎出院，我非再打他一顿不可！”一提打架，张岳就想起了他有生以来唯一吃的那次亏。

“紫月亮”的单间是三扇两米高的木板拦成的那种，不隔音。当张岳说还要打架的时候，就听见隔壁一个男人说：“谁说打架呢？”

“我说呢！怎么了？”张岳喊了一句。

隔壁的人没说话，只听见椅子“叮当”响，看样子是从隔壁过来了。

赵红兵他们所在单间的帘子被拉开了，走进来一个粗粗壮壮的男人，个子不高但很是彪悍，一嘴酒气，看样子有点喝多了。

“刚才是谁在这边喊？”这个男人挺横。

“我喊的，怎么了？”张岳说。

“你们这群小逼崽子，在这里吹什么牛？”这个男人出口就是脏话。

“你说谁是小逼崽子？”张岳看样子火气又上来了。

这时，赵红兵等人都强忍住笑，因为他们都知道，这个醉鬼要倒霉了。以张岳的性格，肯定要揍眼前这个出口伤人的家伙了。这个醉鬼怎么这么倒霉，“紫月亮”吃饭的人这么多，他得罪谁不好，非得罪最不能得罪的张岳。

“你们这群小逼崽子！”这个男人确实是喝多了，根本没听见张岳这句话。

“你说谁是小逼崽子?!”看样子张岳的确有进步，居然被骂了两句还没动手，只是嗓门大了点，这在以前是绝对不可能的。

“你们这群小逼崽子！”这个男人绝对是醉了，连续三次重复这一句话，而张岳问了两句他一句都没回答。

事后大家才知道张岳没动手的原因。原来，张岳觉得自己这边这么多人，而且对方是个醉鬼，如果动手打他吧，有欺负人之嫌，不是好汉所为，所以一直忍着。

“大哥你醉了，早点回家吧！”赵红兵说。

“你们这群小逼崽子！你们知道我是谁吗？你们认识我吗？”这个男人说。

“我他妈的不知道你是谁，你再不滚出去我打死你！”张岳终于再也忍不住了。

“我告诉你们，我是张浩然！”这个男人边说边指指点点，一副恐吓诸人的劲头。张岳总共跟他说了三句话，他好像一句都没听见。

在座的人这下都明白了为什么这个男人这么嚣张，原来他的确有点来头。张浩然是1983年严打前的市区大流氓。1983年严打，张浩然被定义为当地“流氓团伙二号头目”，判的是死缓，判完以后还挂着牌子游了街。1986年底，放回了一大批1983严打被判刑过重的流氓，张浩然就是其中的一个，而且是其中名气最响的人物之一。

“张浩然多个JB？你他妈的再不滚我打死你！”张岳怒了。别说是张浩然，就算是东方不败，张岳也照打不误。

“老子混社会的时候，你们……”张浩然还是不走，仿佛没听见张岳说的话。

“未来的世界是我们的！”张岳边说边抄起手边的一个空酒瓶子，直接朝张浩然的脑袋砸了过去。

随着“哗”的一声脆响，张浩然的头淌了血。张岳指着他没再说话，但是张岳表达的意思他应该能看懂：赶紧走，我张岳就不再打你。

清醒了一大半的张浩然看着眼前这群气定神闲、微笑着看他被打的年轻人，终于知道自己这回是碰上硬茬子了。他清楚地知道，普通小混混听到张浩然的名字，没几个人敢动手；一旦有人敢率先动手了，其他小混混肯定是一拥而上，痛打落水狗。但他眼前的这群年轻人没有，除了张岳以外，其他人根本连动手的意思都没有。张浩然明白了，这群年轻人是有必胜的把握。他们一定认为，有一个张岳对付他足够了。他们或许还认为，几个人打一个人不是英雄好汉，是在欺负人。

遇上这样气度的一群年轻人，酒醒了一大半的张浩然认栽了。

“这几位小兄弟，刚才老哥喝多了点，不好意思。来，咱们一起喝一个吧，刚才的事都是误会。”张浩然拿起酒瓶，象征性地给在座的每个人都倒了一点，给自己也倒了一杯，然后一饮而尽。

赵红兵等人没搭话，也象征性地举了举杯，抿了一口酒。只有张岳看样子怒气还没消，没喝酒，眼睛瞪着张浩然。

“好了，几个小兄弟，老哥先走了！以后如果有事需要老哥照顾……”

张浩然话还没说完，张岳已经把酒泼在他的脸上。“谁他妈的用你照顾！”张岳泼完酒，正眼都没看对方一眼，蔑视至极。

张浩然看了张岳一眼，然后脸也没擦头也没回地掀起门帘走了出去。

张浩然出去后，大家都说张岳泼酒的这一举动有点过了。虽然张浩然喝多了来这边骂人不对，但是张岳把人也打了，人家也赔了礼，张岳却还这么不依不饶，确实有点过分。再说，张浩然也不是好惹的，这纯属闲着没事惹事上身。

“张岳你呀，肯定是嫌咱们的仇人还不够多，呵呵。”赵红兵和张岳一向关系最好，也没太责备他。

十四、我们这里不加“褥子”

据说那天赵红兵等人从“紫月亮”走了不久，张浩然拿着一把三棱刮刀回去找过他们。赵红兵等人艺高人胆大，听说后没把这太当回事。

“见他一次我打他一次。”张岳说。

春节过后，费四、李四和李武等人真买了一辆二手130小货车去乡下收废品了，小北京则留下来和赵红兵一起经营旅馆。赵红兵的旅馆生意很红火，主要是因为地段比较好、规模比较大，而且赵红兵这人特爱干净。二狗每次打开房间的门都感觉是进了军营，赵红兵把服务员训练得比军人还军人，一尘不染的被褥叠得整整齐齐，一丝不苟。虽然当时市里已经有了很多私营的旅馆，但规模普遍不如赵红兵这边大，客房也比较少，而且管理不规范。所以，当时在火车站附近，赵红兵这边是除了铁路宾馆这个三星级酒店外生意最好的。

赵红兵旅馆的客源主要有两类。主要的一类是过路的旅客，大概占总收入的70—80%；另一类就是本地的一些小混混带着他们的“小马子”来开房。对于后一类客人，赵红兵极度厌烦，嫌他们太脏。

在这个时期，赵红兵倒是真的认识了一大批小混子。这些小混子都是20岁左右，跟着“老大”在街上瞎混，以偷、抢和讹诈为生，也混不出什么名堂。他们都比较怕赵红兵，因为虽然赵红兵从没想过要出名也没想过加入黑道，但是赵红兵等人捅了路伟、废了二虎、两个人打了三虎子十几个人、还揍了刚出狱的张浩然等事迹，这些小混子也有所耳闻。他们见到赵红兵都叫“红兵大哥”，从那时起，这个称谓就流传开来，一直到现在。

这些小混子带的“小马子”，多是当地一些初中毕业就辍学在家的女孩子。“小马子”在当时是绝对的贬义词，其实按现在的眼光看，可能她们干的也根本不算什么坏事儿。她们绝对不是卖淫，只不过是对性的态度有些放纵，有点随便。

在赵红兵经营旅馆期间，二狗没少见到这样的“小马子”。她们多数不到20岁，穿着在当时显得比较前卫，大冬天的经常只穿个很短的裙子，走在街上很是显眼。虽然对性的态度相对比较放纵，但毕竟是女孩子，她们多数看起来都还很腼腆、羞涩，她们也希望找到真正的爱情。

赵红兵就没少遭到这些女孩子的纠缠。二狗印象最深的，是一位个子高高、眼睛大大、皮肤白白的长相很卡通的女孩子。后来看动画片《机器猫》的时候，二狗每次看到里面的那个“小静”就会想起她，因为她总爱穿“小静”那样的裙子，颜色总换，但裙子的样子总是那样的。

小静这个女孩子看起来比较温柔，也比较腼腆，干干净净，那时顶多十八九岁。以前她和一个文着身的小流氓来赵红兵这里开过房，那个小混混以认识“红兵大哥”为荣，在退房的时候和赵红兵说了几句话。就在说这几句话的工夫，服务员走过来了。

“赵经理，他们房间的床单上有血迹，是不是要他们赔偿？”服务员问。

“这个按规定当然是要赔偿的！”没等赵红兵说话，旁边站着的领班先回答了。

这时，赵红兵发现小静的头深深地低下，白白净净的脸红得像一块红布，手紧紧地抓住那个小流氓的手摩挲着。赵红兵看出来了，这个女孩子太害羞了，要是再耽搁一会儿，她非在这里哭出来不可。

“行了，小李，把床单扔了，赔什么赔！”赵红兵跟领班说。他最怕女孩子哭。

“你们快走吧，没事儿。”赵红兵赶紧给了小静一个台阶下。

小静走到门口，回头看了赵红兵一眼。据二狗分析，就是赵红兵这一句话和她回头看的这一眼，小静就爱上了赵红兵，爱得还不是一般的深。

几天后，小静就跟那个小流氓分手了，而且给赵红兵写了封信，是情书。二狗还清楚地记得，那封信是通过邮局寄的，收信人一栏写的是“红兵大哥”。

赵红兵收到信后不以为然，哪想到小静是铁了心要跟他搞对象，过了不几天，又邮来用一个大玻璃瓶装的她亲手叠的1000个小星星。赵红兵收到后，怕高欢看见，居然没过几天就转手送给了张岳，当做张岳23岁的生日礼物，太有才了！而且，赵红兵还对张岳说，这是他赵红兵亲手叠的，张岳当场鸡皮疙瘩掉了一地。

总之，小静是两天一封信，三天一个礼物，疯狂轰炸赵红兵。与此同时，她还给高欢写信，信里说一定要从高欢手里抢来赵红兵。赵红兵挠头不已，他没想到，小静还有更狠的。

1987年春天的一个晚上，小静穿着一条粉红色的连衣裙来到了赵红兵的旅馆。

“小静，你来啦！”赵红兵笑吟吟地说。虽然赵红兵真是怕死了小静，但他对女孩子从来都拉不下脸来。

“嗯，红兵，我跟爸妈吵架了，他们不让我回家。”小静说。

“那怎么办呢？实在不行让小北京在三楼给你开个房间，你在这里先住几天吧！吃饭就跟服务员一起吃，怎么样？”赵红兵说完汗流浃背。他总不能看着小静流浪街头吧，实在没办法。

“红兵，我不愿意去楼上睡，我只想去你床上睡！你的床干净。”小静毕竟是个女孩子，说完这句话脸又是通红。

“这里的床都干净！”赵红兵吓得拿着小说的手都哆嗦了，颤抖着说。

“你的床是单人床，我喜欢睡单人床，我在家里就是睡单人床。”小静说。

“那你睡红兵的床，红兵睡哪？难不成和你睡一张床？”小北京笑嘻嘻地说。

“嗯，那也好……”小静低着头，玩着手指说。

赵红兵差点当场倒地。

小静还真的睡在了赵红兵房间里的那张单人床上，一睡就是一个多星期。在这一个多星期中，赵红兵只要脱下一件衣服，小静看见后马上就给洗掉；赵红兵房间里的枕头套、被褥也被小静洗了两三次。每天晚上到睡觉的时候，小静准时脱衣服上床睡觉，她离家出走还带了件当时看起来比较性感的睡衣，和在自己家一样。赵红兵每次一看到她脱衣服，马上转身关上门就走到吧台，小静晚上自己就在那里睡。幸亏有孙大伟的小说顶着，赵红兵活活在吧台坐着边看边睡，一个星期折腾下来，人都瘦了好几圈。

每到晚上十一二点钟，小静肯定喊：“红兵，该休息了，进来睡吧！”

“我……我还不太困！我在看小说。”赵红兵哭笑不得。

“别看了，进来吧！”

“不行，床太小。”

“咱们俩挤挤。”

“唉，你就先睡你的吧！”

高欢虽然相信赵红兵肯定不会和小静干什么出格的事，但她也很吃醋，每次见到赵红兵，都让他把小静赶走。

“你赶不赶？你不赶我赶了！”高欢说。

“她跟她父母吵架了，身上也没钱，你把她赶走了她去哪？”

“你给她 200 块钱，让她赶紧走，爱去哪睡去哪睡，反正不许睡在你床上。你的床我还没睡过呢。”高欢说完这句话，脸“刷”地红了。

“我跟她这样讲过，但她非要留在我这里当服务员。”

“就她还当服务员？红兵，你必须把她赶走。”

“别赶了，人家毕竟是个姑娘，我怎么好意思赶人家。”

“姑娘怎么了？我也是姑娘，你怎么就不考虑我的感受。”

“……人家毕竟是个姑娘。”

据二狗了解，赵红兵肯定没和小静发生过关系。而直到现在，小静已经结婚并且有了小孩，仍没放弃勾引赵红兵。在赵红兵劳教时，小静基本上每个月都去探望，每次都花掉她至少大半个月的工资给赵红兵买东西；她去的次数，比赵红兵这些兄弟去的次数加在一起还多。至今，小静虽然看起来比较年轻，但毕竟也快40岁了，经营的整容美容连锁店生意很红火，也算是个有头有脸的人，但每次知道有赵红兵出现的场合，她都打扮得花枝招展，每隔三四天必然要给赵红兵打个电话。她嘴里说已经这么大岁数的人了，只是把赵红兵当成个好朋友，但二狗了解她，她肯定还想和赵红兵发生点风花雪月的事儿。而高欢；则早就对她这20年来的骚扰麻木了，习以为常了。

“红兵，你干脆把她办了算了。”每次小静勾引赵红兵，小北京都这么坏笑着说。

“我有高欢了。”赵红兵说。

“不让高欢知道不就结了？”

“没高欢我也不喜欢她，我觉得她有点埋汰。”

“埋汰？多干净、多水灵的一个姑娘啊。”

“别烦我，你喜欢你上！”

“人家可看不上我。”

赵红兵这人就这样，对女孩子从来都是一句狠话也不好意思说。他没想到，小静这一住还真住出了麻烦。

周六晚上，下班后张岳请吃饭，嘴上说的是想请几位兄弟和高欢等人，但大家都知道，其实他是想见李洋——高欢、李洋和孙大伟的“女友”三人是死党，走到哪里都在一起。赵红兵和小北京成天在旅馆里无聊得很，听说张岳要请客，都叫嚷着一定要去，谁也不肯留在旅馆里。赵红兵没办法，只好叫来了他的三姐帮忙看一下旅馆，他俩则去和张岳喝酒。

正所谓龙生九子，子子不同。赵红兵的大哥长得看起来比较粗鲁，大姐和二姐长得也一般，但三姐和赵红兵一样，长得特别标致，是电影明星级别的。赵红兵的三姐当时年龄也不大，只有二十五六岁，刚刚结婚，看起来还像个刚大学毕业的小姑娘。那天是第一次帮赵红兵去管理旅馆，她也觉得新鲜得很。

“老板娘，你们这里夜里‘加褥子’吗？”外面进来了四个小年轻。“加褥子”这个词，在上世纪80年代是当地嫖娼专用术语。

“晚上要加褥子？那好吧，加就加呗！”赵红兵的三姐瞪着水汪汪的大眼睛说。她怎么懂这些乱七八糟的东西，还以为是让晚上再送一床褥子进去。

“嘿嘿，那我们住了！”这几个年轻人是省城的，看见有这么漂亮的老板娘，还听说可以“加褥子”，很高兴。而且，他们还看见了住在赵红兵房间里的漂亮的小静。

赵红兵的三姐高高兴兴地给他们登了记。

到了晚上10点钟左右，赵红兵的三姐还真让服务员给他们每人都送去了一床褥子！

10分钟后，这几个年轻人全出来了。

“我们的‘褥子’呢？”

“褥子？刚才服务员不是给你们送去了吗？”

“我们要的不是那种‘褥子’！”

“那你们要哪种？”

“我们要的是女人！”

“我们这里没有！”赵红兵的三姐这时才明白这几个人要干吗。

“胡扯！我进来时看见吧台后面的房间里就有个姑娘，她肯定不是服务员！”

“那是我弟弟的朋友！”

“你弟弟的朋友？”

“是啊。”

“老板娘，其实我们几个都看上你了，要不你陪陪我们吧。”

“滚远点，等我弟弟回来打死你们！”

“我一见你就硬了！”

“……”

旅馆的门“咣”地一下被推开了，门口站着的是已经喝醉的赵红兵和小北京。

“红兵，他们欺负我！”赵红兵三姐的眼泪流了下来。

接下来的事情二狗没亲眼看见，也就不叙述了，反正后来这四个人被小北京和赵红兵打得都躺在地上起不来了。

“红兵，咱们还能继续打。”小北京说。

“他们都没反应了，还怎么打？”

“咱俩的手都很有准，这几个人肯定谁也死不了，也不会有什么重伤。咱们俩叫费四把 130 开过来，带这四个人去医院，每人打上一针杜冷丁。这几个人没重伤，打了杜冷丁以后肯定都能站起来，咱俩还能再打打。”小北京的馊主意真不少。

“好办法！你出去找费四吧，给他们注射完杜冷丁再继续打。”

“三姐反正你在医院上班，帮我找个大夫，打个电话让帮忙打几针杜冷丁。”小北京说。

“杜冷丁是红药方，普通大夫可没权力签四支。”从小出身高干家庭的赵红兵的三姐第一次被男人这么欺负，气还没消。

“姐姐，姐姐，是我们错了。你人好，心好，你求求你的两个弟弟，让他们别再打了。”有一个年轻人听到赵红兵和小北京的对话，吓得快尿了。

“红兵，饶了他们吧！”女人到底心软，看到这几个小流氓被打成这样，赵红兵的三姐还真帮着求情了。

“今天是三姐放过你们，知道吗？”小北京说。

“你们这几个小流氓，要不是三姐求情，即使我不打残你们，也把你们带到南山派出所。”赵红兵说。

的确，赵红兵和小北京经营旅馆期间，从来都没有养过暗娼，干干净净。而火车站旁的其他二十几家旅馆，几乎家家都有。

这件事过去之后高欢比较开心，因为小静知道这件事也有自己的责任，没等有人赶，她就知趣地走了。当然，走了并不代表不再纠缠赵红兵了。

十五、防卫过当致人死亡

从 1987 年春节到 1987 年 6 月，赵红兵兄弟几个基本上没和其他人发生太大的冲突。最主要的原因是，春节前的四五个月里他们打的硬仗太多，已经有了相当的名气，普通小混混基本上没人敢招惹他们。另外一个原因就是，他们春节以后都安心做自己的生意，生意刚刚起步，都比较投入，也没太多的时间聚在一起滋事。

在短短的几个月中，当地的黑道格局也发生了一些变化。在春节以前全市大的团伙只有五六帮，基本上全在郊区，比如张大嘎子、路伟、二虎等人。这些人成名在1983年的严打之后，1983年，全市知名的流氓头子全没躲过严打。1983年后是世无英雄竖子得以成名，连路伟这样挨了一刀不敢报仇的混子都可以当上老大。到了1986年底至1987年初，一大批严打折进去的流氓被释放或提前释放，这些真正的狠角出来后，很快在市区拉起了几个流氓团伙，比如李老棍子、刘海柱、陈卫东、张浩然等。

赵红兵他们不招惹别人，并不代表别人不来招惹他们。想招惹他们的主要是两个人：二虎和张浩然。

二虎出院后变成了踮脚，走路一瘸一拐，外号也由二虎变成了二瘸子。他总想找到费四，但费四总在乡下，二虎始终没能抓到。

张浩然虽然从上到下没有一丁点儿的幽默感，但此人的所作所为极具幽默色彩。

他折进去的罪名是组织流氓团伙及敲诈勒索等，虽然他心狠手辣，但的确没犯过什么大案，只是组织流氓团伙而已。等他从监狱里“转业”出来，很多监狱里的“战友”都希望跟着他干。但他这次还真是吃一堑长一智，“我再也不组织流氓团伙了。”张浩然总这样痛心疾首地说。大家当时都以为，他这个大粗人、大恶霸，居然也在政府的教育下洗心革面、重新做人了。“浪子回头金不换”，大家这么评论他。

后来大家才知道，原来，这哥们儿倒是真不组织流氓团伙了，但是他改单干了！他单干的“项目”也是所有流氓中最独特的。别的流氓都是偷、抢、敲诈、勒索等，张浩然嫌这些都太没技术含量，他要干就干“砸杠子”。“砸杠子”也是20世纪80年代当地黑道术语，专指劫道抢钱。刚从监狱里出来的张浩然才不会傻到直接拿刀子去抢钱，他只勒索从市区到各个县以及各个县到下面各个乡的大巴司机！

据说，他这个“商业计划”在监狱中就已经成型了。

张浩然的方式是，在大巴班车或货车必然要经过的土路上挖沟。通常是由于某一路段在修桥或修路，大巴或货车需要绕路才会走这些土路，这些路并不是国道，只不过是人和车过得多了形成的路。这样的路国家当时没有任何政策条文保护，于是张浩然就抓住了这个漏洞，认为这是个商机。他当时对周边地区的路况比交通局长还熟悉，哪里有这样的土路哪里就有他张浩然。

张浩然经常会雇佣两三个当地农民在这些路上挖沟，沟不深不浅不宽不窄刚刚好，反正车肯定没法通过这个沟！每当货车和班车从这里经过，看见这个沟就会停下，站在他们面前的，就是张浩然和几个憨厚的当地农民。

“兄弟，这怎么多出来个沟啊？我们没法过了。”司机肯定会问。

“我们正在挖水渠，这可怎么办？”张浩然肯定会故做为难的样子。

“哎呀，那我这一车人（或一车货）怎么办啊？我总得过去啊！”司机肯定很挠头。

“司机大哥，我看你也挺实在的，我们把这个沟填上让你先过吧！但是我们不能白忙活啊！我们帮你填上这个坑的话，你出50块；如果是你自己填这个坑的话，我们借给你铁锨，你出30块。怎么样？”张浩然还装做很为司机着想的样子。

“唉，算了，还是给你50块，快把这个沟帮我填上吧。”

每天这个沟就这样挖挖填填十几次，除了付给农民的钱，张浩然每天剩个500块一点问题都没有。张浩然就这样打一枪换一个地方，今天在A县挖，明天在B县挖，以免总占着一条线把司机给讹火了。时间久了，全市由于修路经常要走一段土路的十几条线的司机都明白了张浩然是干什么的。但是没办法，张浩然这样干没犯法，他挖的路又不是公路，这些司机如果动粗，又不是张浩然的对手，只好乖乖给钱。后来张浩然和班车司机谈填坑的时候，还推出了“套餐价”这样的促销活动——班车总是要往返的，一来一去就是100块，张浩然遇上班车就说：“这样吧，反正你还是要回来的，你们也不容易，给我80吧，来回我都帮你填上。”嘀！他张浩然也知道人家司机不容易。

看来，美国经济学家在上世纪90年代说的“挖一个坑，再填上一个坑就创造了双份的GDP”这一理论，早在20世纪80年代的中国就已经有人熟练运用了。而且，运用这一理论的这个人连初中都没毕业。要是这些美国经济学家知道张浩然，看他们谁敢说中国人经济理论差！他们是在剽窃张浩然的学术成果！

同时，张浩然这样干了，别人就不许这样干。如果张浩然知道谁学他在某一路段挖坑，肯定抡铁锹和对方玩命。张浩然这样的亡命徒，有几个敢惹啊？

所以从春节以后，张浩然勒索了不少钱，没两个月就成万元户了。手里有了钱的张浩然“下乡”也没那么频繁了，没事的时候总想找那天砸了他一酒瓶子又泼了他一脸酒的张岳报仇。

张浩然不“下乡”的时候，每天都带着一把三棱刮刀，他希望遇上张岳。

1987年6月中旬的一个礼拜天，天气已经很热了。中午的时候，张岳、孙大伟和赵红兵三人约了高欢、李洋和孙大伟的“女友”，去市中心的解放广场放风筝。别人的风筝都是一些龙、鸟、鱼什么的，他们的风筝则是赵红兵做的一个解放军战士，在风筝堆里格外显眼。

开始放了他们才发现，张岳根本就不会放风筝，他拿着风筝猛跑，跑了半天风筝还是没上天。在张岳身后举着风筝的孙大伟由于太胖，没一会儿就跑不动了，怎么说也不陪张岳放了，和赵红兵、高欢等人坐在广场的主席台上聊起了天。广场里只剩下依然兴致勃勃的张岳，抱着那个解放军战士的风筝一圈一圈地猛跑。虽然风筝一直没放起来，但张岳一直没有放弃努力。

由于张岳是边回头看着风筝边向前跑，所以他跑着跑着撞到了一个人的身上。

张岳回头刚想说对不起，定睛一看，站在面前的是张浩然。

紧接着，张岳觉得大腿上一凉，一把三棱刮刀扎到了他的大腿上。

根据张岳后来说，当时他真的达到了小北京所说的“禅的顿悟”的境界，心中空灵一片，没有任何牵挂，腿上也没感到任何的疼痛，心中只是想着如何能抢来那把三棱刮刀。

刀还没从张岳的腿里拔出来，张岳就抓住了张浩然拿刀的手腕，身子向后一退，用力将张浩然的手腕向下一扭。三棱刮刀“叮”的一声，掉在了广场的地上。这招，是小北京在半个月前，和张岳喝酒以后“练跤”时教给他的。张岳没经过任何的练习，在这生死关头因为“顿悟”就用上了。

张岳随手捡起刮刀，想都没想就向张浩然扎去。

张浩然和张岳的区别就是：张浩然拿起刮刀扎的是张岳的大腿，而张岳则扎的是他心口，就是想要他的命！

三棱刮刀最大的特点就是放血快、创口难缝，而且很容易从人的体内拔出。接着，张岳又一刀扎向张浩然的腹部。

据说，张浩然倒地后并没有马上死，嘴里还在喃喃地说着些什么，但他说的是什么谁都没有听清。他眼睛瞪得大大的，表情并不是很狰狞。

可能，躺在地上的张浩然看见了蔚蓝的天空、一朵一朵海绵般的白云和天上欢快飞翔的白鸽。或许，他会想起5岁那年，疼他的奶奶为了哄他，卖了5斤小米给他买了江米糖；会想起10岁的时候，他立志成为一名好学生，正在为老师的小红花奋斗着；会想起15岁那年，第一次和邻居家哥哥偷到了10块钱，激动且兴奋着；会想起20岁那年，第一次从看守所出来的时候，他那善良的父母正拿着热乎乎的饭盒，里面装满了他最爱吃的菜，希望他能重新做人；会想起25岁那年，在监狱里刚遭受一顿毒打的他，发誓再也不进监狱了。

如今，他再也不用进监狱了。听说，濒临死亡的人会回忆起出生时的场景，此刻，张浩然一定还看见了一个身上带血的婴儿呱呱落地时，他的父母和亲人那温馨、激动与幸福交织的画面。

一阵暖风吹过，那个解放军战士的风筝落在了张浩然的身上。这个风筝上面也沾满了血迹。

他也曾经雄霸一方，如今，他死在了比他更狠的人的手里。或许，真是改朝换代的时候到了。

“去医院！高欢快去报案。”赵红兵说。

“怎么抬啊？”孙大伟很为难。

“不用抬了，他已经死了。”曾经目睹无数战友牺牲在自己身边的赵红兵面无表情地说。

“我是说让你送张岳去医院！”赵红兵继续说。

验尸报告显示，张岳第一刀就直接要了张浩然的命。

虽然在公安局没有任何前科案底的张岳属于正当防卫，而且他刺死的还是全市知名的大流氓张浩然，但张岳毕竟是在解放广场的众目睽睽之下杀了人，因此，他还是被象征性地判了两年劳教。

张岳杀人这件事改变的不仅仅是他个人的命运，也改变了赵红兵和高欢的命运。因为，这次事情以后，高欢的父母知道了高欢“早恋”的事情。

十六、红拂夜奔

由于张岳杀张浩然时，赵红兵、高欢等人都距离不远，而且是高欢报的案，所以他们两人都被公安局留了笔录，很晚才放回家。

高欢刚走到小区门口，就看见了站在那里的父母。

“今天你出去干什么了？”高欢的妈妈扯着嗓门喊。

“我……和同学出去玩了。”高欢小声回答，同时示意她的父母回家，有什么事回了家再说。

“去哪玩了？”

“解放广场。”

“真的是你！”高欢的妈妈忽然哭了起来。

“你们在一起杀人了？”高欢的爸爸问。

“是我同学的朋友杀了人。”高欢解释说。

“牵你手的那个男孩子是谁？”

“我的……一个朋友。”高欢很勉强地说出了这句话。

“朋友？男朋友吧！”高欢的妈妈问。

“妈，别在这里说，咱们回家说。”

“就在这里说完！否则别进家门！”高欢的妈妈嗓门越来越大，还带着哭腔。

“妈……”

那天，高欢他们一家三口至少在小区门口吵了一个多小时才回家。原来，高欢的一个邻居在解放广场目睹了凶案的全过程，回到家就告诉了高欢的父母。当晚，高欢一家三口彻夜未眠。高欢的父母想不通，这个从小就被视为骄傲的乖乖女为何早恋？而且，早恋的对象还是个和杀人凶手混在一起的人。一夜之间，高欢的父母从天堂坠入了地狱。

第二天早上六七点钟，高欢的父母决定去找高欢的老师和赵红兵的家长。因为此时已经临近高考，他们容不得自己的宝贝女儿受到外界杂事的影响。

他们不曾料到，这过度的“关心”反而害了女儿。

高欢的爸爸当时是市政协副秘书长，当时正担任《市志》的主笔，是市里比较有名的文人。上世纪 80 年代的文人，多数清高、执拗又不通事理。他不愿意去找高欢的老师，决定让高欢的妈妈去学校，到晚上他们两个人再一起去赵红兵家里找赵爷爷。

当天上午，高欢的妈妈就来到了高欢班主任的办公室。

“高欢恋爱了，是吗？”高欢的妈妈说。

“啊，这么好的孩子怎么会恋爱？我不知道啊。”高欢的老师说。

“不但恋爱了，而且这是和社会上的一个混混。”

“啊，我不知道啊！”

“你这个老师是怎么当的？”

“不好意思，我真的不知道。高欢这个孩子成绩挺好的，就算考不上清华也能上北京邮电学院之类的，我没发现她有什么变化啊！”

“我把这么好的孩子交给了你，你都管不住，连她恋爱了你都不知道，你说说你这个老师怎么当的！”

“你这是怎么说话呢？我只管高欢在学校的事儿，高欢出了学校的事儿我可管不着。”

“……”

高欢的妈妈在班主任的办公室里大吵了一架，最后拍桌子走人，不欢而散。

第一节课结束后正是高欢班主任的课，怒气未消的班主任连课都没上，把火全撒在了高欢的身上，当着全班同学的面，用老师可以说出的底线语言侮辱了高欢长达 20 分钟。

从小就被老师表扬的好学生高欢，什么时候受到过这样的辱骂？高欢从上午第二节课开始就趴在桌子上一动不动，一直到下午放学。委屈的泪水把衣袖湿透了一次又一次，这个自尊心极强的女孩子彻底被班主任老师伤害了。

当天晚上，高欢的父母又来到赵爷爷家。二狗目睹了整个谈话过程。

“赵部长，您的儿子在和我的女儿恋爱。”高欢的爸爸——那个斯文秀气、戴着一副黑框眼镜的中年男人说。

“高秘书长，孩子们恋爱不是好事吗？哈哈，我看你怎么怒气冲冲的？我家红兵也 24 了。”赵爷爷气度不是一般的好。

“可是我的女儿还小，还在读书。”

“十八九岁的姑娘也不小了。我15岁就已经结婚了，那时候红兵的妈妈才14岁。”

“现在和您那时候不一样，再说我女儿马上要高考了。”

“孩子们谈谈恋爱，也不会干出什么出格的事，不会太影响成绩吧。”

“现在是关键时刻，希望您的儿子能离我的女儿远一点。”

“高秘书长，您……”

“赵部长，您是市里的主要领导，对于您家，我们也不敢高攀。”

“这是哪来的话？高秘书长的才华谁不知道，是我家高攀你家才对。哈哈。”

“赵部长，您知道您儿子是个什么样的人吗？您知道他干了什么吗？您是不是工作太忙没时间管他？”沉默了半天的高欢的妈妈终于忍不住了。

“我当然了解我儿子啊！我儿子在部队立过个人三等功，为国家捐出了三根手指头，就算不是英雄肯定也不是狗熊。”赵爷爷有五个子女，最喜欢的就是赵红兵。

“但是你知道你儿子现在在干什么吗？”高欢的妈妈问。

“在经营旅馆啊。他可没干什么违法的勾当。”

“他的朋友昨天在解放广场杀了人！”高欢的妈妈说。

“昨天晚上红兵和我说了这件事。首先，红兵没参与这件事；而且，事情发生后是他主动联系的公安机关，并且是他带着他的那个朋友去投案自首的；再说，他的那个朋友也是正当防卫啊！有什么问题吗？”

“您当然认为您的儿子没问题！”

“我的儿子当然不会有问题！”

赵爷爷这个人倔犟得很，怎么会听高欢妈妈的话？这次对话不欢而散，但赵爷爷的宽容大度给二狗留下了极深的印象。高欢的妈妈把话说得很难听，但是赵爷爷总能不卑不亢地给予解释。

虽然高欢的妈妈始终处于十分激动的状态，但赵爷爷还是把他们送到了门口。

“老高啊，咱们说不定以后就是儿女亲家，你别火那么大，回去和孩子好好说。我也跟红兵讲一下，高考前让他们暂时先别约会了。”赵爷爷在门口这样对高欢的爸爸说。

“唉，赵部长……”

高欢的父母回家以后，没见到高欢。这个自尊心极强的女孩在哭了整整一个白天和一个晚自习后，终于爬了起来，提笔写下了一封信，是写给赵红兵的：

红兵，我想和你去一个地方，那是一个地图上找不到的村庄。

那里没有城市的熙熙攘攘，只有成群的牛羊。

我们甜蜜地生活在，你亲手搭建的茅草房。

我能依靠的，是你的肩膀。

你弹着吉他，我轻轻地为你伴唱；天上的鸟儿，也会快乐地挥动它的翅膀。

在晚上，我们可以偎依在村边的小溪旁。

我把头埋在你那结实的胸膛。

红兵，我想和你去一个地方，那是一个地图上找不到的地方。

或许不会有我们的爹娘，出现在我们俩的婚礼上；

只有两个人的婚礼，熊熊的篝火会温暖我们幸福的脸庞。

早上打开窗户，是清新的空气和温暖的阳光……

我们有了孩子，他或许还有一点儿胖。从宝宝的脸上，能清楚地看出你我的模样。

50年后，你和我都已经白发苍苍，

但我们还是甜蜜地偎依在那村边的池塘。

红兵，我今天就想和你去这个地方，这个地图上找不到的村庄。

信写满了一页，泪水打湿了一页，有些字已经模糊不清了。晚上九点半下自习以后，高欢直接去了赵红兵的旅馆，没有说话，把这封信交给赵红兵，就径直进了吧台后的房间。五分钟后，门打开了，进来的是赵红兵。

“走！”赵红兵说。

“去哪里？”

“去那个地图上找不到的村庄。”

10年后，在经历了千辛万苦终于走到一起的高欢和赵红兵在婚礼上，高欢又重新背诵了这封信。

十七、中国北方墓葬研究所第三考古队

高欢的妈妈不曾想到，她在高欢班主任办公室里那痛快淋漓的发泄，导致的直接恶果就是彻底伤害了女儿柔弱的自尊心。那是一颗极其脆弱的18岁女孩子的心，那天，这颗心在滴血。这颗心的主人没有勇气面对投来或鄙夷、或嘲笑、或幸灾乐祸的目光的同学们，没有勇气面对曾把她视为掌上明珠如今却又把她当成十恶不赦的小荡女的父母。这颗在滴血的心现在只有一个归宿：赵红兵。除此再无其他可选项。

当天晚上，赵红兵怕高欢的父母找来，没有和高欢留宿在自己的旅馆，而是去了铁路宾馆。二狗猜测，他俩的第一次肯定发生在那夜，在这之前，赵红兵肯定是处男，高欢也肯定是处女。但那夜具体是怎么发生的，二狗遗憾地没有看到现场直播。

高欢父母过度的“关心”，终究促成了两人的好事。天下的父母，考虑更多的是孩子的未来，他们都很少在意孩子的自尊心。如果没有高欢妈妈在六中的大吵大闹，或许，高欢的人生会快乐很多。如果天下的父母都对孩子少一点“关心”，多一点信任和理解，这个世界是否会和谐很多？

第二天早上，赵红兵和高欢两个人真的走了。走之前，赵红兵先找了小北京。

“咱们还有多少钱？”

“22500元。”

“流动资金至少需要多少？”

“还好刚发完工资，有2500元应该就够了。”

“把2万给我，我走。”

“去哪里？”

“不知道。”

“和高欢一起走吗？”

“是。”

“你走吧，现在我去给你取钱。这里有我，放心吧。”

“嗯，不多说了，兄弟。”

小北京虽然贫嘴且馊主意不少，但他是个“三杯吐然诺，五岳倒为轻”的人——他从不轻易承诺别人，但只要承诺，一定会恪守诺言。他和赵红兵是在枪林弹雨中一起活下来的战友，两人之间虽然经常调侃并开一些夸张的玩笑，但感情胜似亲兄弟。二十多年来，他俩从没红过脸，钱也没怎么分开过，更没人计较过，负责管钱的总是小北京。

在高欢和赵红兵拿上钱走之前，他们还见了李洋。

“我们走以后，你告诉我的父母，说我走了，我很安全，和红兵在一起。”

“你们要去哪里？”

“不知道。”

“决心不参加高考了？”

“高考对我已经没有任何意义。”

“高欢，我昨天晚上做了一个梦。”

“梦见什么了？”

“那只血风筝和张岳。”

李洋是那天最后见到他俩的人。

赵红兵和高欢私奔的传闻，在这个百万人口、不大不小的城市引发了轩然大波。主要的原因是赵爷爷和高欢爸爸的知名度，当然了，赵红兵和高欢在同龄人中知名度也比较高。如果当地有八卦报纸的话，那么这则新闻至少要占据头条一个礼拜的时间。当时的传闻有很多，二狗曾经听到的版本有：

“赵部长的儿子复员以后就直接当了大流氓，他说要玩 100 个姑娘，高欢就是第 100 个。”

“高欢就是个‘小马子’，六中的男生上过她的不少。”

“高欢怀孕了，赵红兵带她去生孩子了。”

……

人言可畏，三人成虎。某些自诩为正派的人，从来都用最龌龊的心理、最富有视觉冲击力的淫乱想象，加上最毒辣的语言去编织一个又一个超级成人故事，然后再站在道德的制高点对其痛加批驳。在唾沫横飞的传述中，既满足了其阴暗的心理又获得了相互间“道德”上的认同。二狗虽然不知道究竟谁才是真的龌龊，谁的想法才是真正的淫荡，但二狗敢肯定，第一个编瞎话说赵红兵玩100个女人的人，心理一定不健康。赵红兵如今已经40出头了，可能也只有过高欢一个女人。

很不幸，这次轮到的是赵红兵和高欢。像二狗这样了解赵红兵和高欢的人又有几个呢？当时他们是多么纯洁善良的两个年轻人！赵红兵以前只是在混子中出名，如今，他也成了阿婆阿姨们的饭后谈资。

所以说，赵红兵这人专干出名的事儿。

两三天内，赵红兵这个团伙骤然减员：最能服众的赵红兵走了；下手最狠的张岳进去了，还不知道要判几年；身手最好的小北京要每天留在旅馆里出不来；手里有把沙喷子的孙大嘴巴每天守着那租书室。他们这个团伙的核心成员只剩下了四个，而这四个人中，李四、费四、李武三个人还常年在乡下和县城收废品；如果这个时候二虎找上门来，小纪恐怕非吃亏不可。其实小纪也真高估了二虎他们，毕竟张岳刚刚杀了张浩然，他人虽然进去了，却为自己和这个团伙打出了相当的名声。二虎他们现在知道了赵红兵这帮人里有人敢杀人，尚不敢轻举妄动。

但毕竟小纪曾在废品回收站里被二虎等人抓住过，他还是觉得有点不安。赵红兵走的当天，小纪决定暂时离开废品回收站，让李武的两个小兄弟看着，是赔是赚无所谓。他和李武等人一起去乡下收废品，等赵红兵回来以后再继续经营。当时小纪自己已经开了一年半的回收站，由于胆子比较大什么都收，所以他手头已经有了几个钱。

他们以前成天在一起说说笑笑、打打闹闹，觉得相互之间都是兄弟，不存在谁是老大的问题。直到赵红兵走了以后，小纪等人才意识到赵红兵的重要性——他们在心理上都一定程度地依赖赵红兵，一旦出了事，没有赵红兵做决定，这兄弟几个还真是有点手足无措。

赵红兵走了，李四、费四和李武就听小纪的。在赵红兵这个团伙中，馊主意、鬼点子最多的就是小纪和小北京，这两个人不相上下。小纪这个人有个优点，就是如果对某件事情有了兴趣，还真是能下苦功夫、大力气去学。

自从大年初六拜李老先生为师以后，小纪是真的学了很多文物知识，而且进步神速。费四等人在乡下看到文物，都找小纪来鉴定。小纪鉴定几次之后，拿着收来的文物去找李老先生让他再评价评价。李老先生对小纪鉴定文物的眼光总是赞叹不已：“我李老头教书这么多年，每年师院历史系毕业的本科学生就有六十多名，没有一个比你更出色、学东西更快。但是，你别把这本事用到不正当的地方上去。”李老先生不但是个知识分子，还是个十分正直的知识分子。

小纪就是对这个东西感兴趣，他不但学了文物鉴定，而且，在经营废品回收站的空余时间，他还学了“阴宅风水”等知识。二狗想：小纪学这个东西的时候肯定不是想去挖古墓，只是对这些看起来有些神秘的东西好奇而已。

一辆130小货车可以坐四个人，小纪在赵红兵走的第二天，就和李武等人去了乡下。由于在这之前的几个月收上了十几件文物，使他们尝到了不小的甜头，所以，当时这几个人的主要精力已经不是收一些废铜铁，而是以收文物为主。当然了，如果有废铜铁他们也收，赚点零花钱。

当天，他们开车到了一个叫“红旗乡”的地方，他们曾经在这个乡的某个村子里收到过两件金代的文物。小纪以前很少和费四等人一起来乡下，非要来这里看看能不能有什么新的收获。

在村口小纪就下了车，把村子周边的地形地貌仔细端详了一番。等费四等人进村收了一圈废品以后，小纪又上了车。

“收到什么没有？”小纪问。

“就收了几斤铜线和几件废的铁农具，还有个铁栅栏的大门，没什么意思。”费四性格比较急，总想赚快钱，早就厌倦了这么一分一毛地赚。

“呵呵，那你还想收点什么？”李四这个人倒是个勤勤恳恳做事、踏踏实实赚钱的人。

“文物呗！收一吨废铜也不如收一件像样的文物来钱。”费四边启动车边说。

“哪来那么多文物让你收啊！呵呵，现在农民也不傻！”小纪笑着说。

“知道李老棍子吗？他从监狱里放出来以后也带着一群兄弟搞文物。”李武在社会上认识不少混子。

“哈哈，他还搞文物？他也下来收？”小纪问。

“人家才不像咱们这么实实在在地收。收能收来几件？他们是直接挖古墓。你现在看看人家李老棍子他们，活得比咱们滋润多了，每天晚上都在‘万鹤来’、‘贵宾楼’摆酒，喝完了就去嫖。”看样子李武很羡慕李老棍子他们。

“咱们干脆也直接去挖古墓算了。”费四拍着方向盘说。

“操！费四你想去你去，那事儿太缺德，我他妈的不去！”李四这人憨厚着呢。在他和费四跑路期间，费四没少想干违法的事儿，全被李四拦住了。

“李四你别装，你以为你收上来的文物就不是从死人骨头旁拿出来的？”费四说。

“那我也不能自己下手去挖人家的坟！”

“你还别说，我看这个村，村口的东梁冈附近风水不错，是个阴宅的好地方，说不定就有古墓。”小纪在村口观察了半个多小时，根据从书上学来的东西，他觉得这个地方可能真的有古墓。

其实小纪判断哪里有没有古墓的方法很简单，就根据两点：1. 在这个村子及附近是否曾经收上来过文物，如果的确收上来过文物，那么说明千百年前一定有人在这里生活过。2. 这个村子附近的风水怎么样，如果自己是风水先生，会选哪片儿当墓地。

毕竟小纪不是专业的，他不知道还有洛阳铲这样的工具，可以一铲子打到地下十几米，看铲子上带的土就知道下面究竟有没有古墓，李老先生也不可能教他这些东西。小纪看见这个村子背倚巍巍的高山，周边小溪环绕，就断定这里肯定是块好墓地。事实证明他是正确的，这个村子虽然现在的名字已经改成了汉语的地名，但是历史上这个村子附近被称为“百音布拉”（音译，二狗不知道这是不是满语，但据说是“有小溪环绕的地方”的意思），早在辽金时代就有人居住。

“小纪，那咱们要不试试？”李武还真动心了。

“你们别扯淡，要是红兵在，肯定不让你们干这事儿。”李四还想阻拦。

“要干就干吧！李四你不爱干可以不干，兄弟几个挖出来东西，一样分你钱。”费四说。

“谁稀罕那俩钱，你们这么干是他妈的违法的！抓住要判的！张岳刚进去，你也想进去？”李四说。

“抓住违法，不抓住就不违法。”几句话过后，李武是真动心了。

“咱们说干就干吧！”费四不理会李四了。

“要么明天咱们来试试？”小纪说。小纪可能并不是像费四那样想赚快钱，他只是对这东西感兴趣，也想看一下自己的眼光究竟怎么样。

这哥儿几个在回城的路上就商量好了，明天晚上过来挖古墓。李四不愿意去就在家待着，反正他们三个是铁了心要去挖挖看有没有古墓。

第二天，李四果然没来，他去了赵红兵的旅馆找小北京玩，也去打听张岳的事儿会不会重判。

而李武、小纪和费四等人却去准备了铁锹等工具。正所谓无知者无畏，人家正儿八经的盗墓贼都是打盗洞什么的，这哥儿几个可好，直接想拿着铁锹开挖，挖出什么算什么。

“你说我们挖古墓的时候遇上鬼怎么办？”费四这人天不怕地不怕，就是有点怕鬼。

“鬼怕恶人。”小纪说。

“咱们也不是恶人啊，鬼还怕什么？”费四问。

“我听我爸说，鬼还怕枪。”李武说。

“咱们也没枪啊。”费四又想发财又怕鬼。

“大伟不是有把火药枪么，就是那个沙喷子。差是差了点，可总是把枪啊！”小纪说，看来他也有点怕鬼。

“那就跟大伟把那把枪借来。”费四说。

当天下午 3 点多，这三个人就开着那辆破 130 货车去了东风乡的那个百音布拉村。

据说，他们那天在路上遇见了一件邪事。

当时天刚刚擦黑，但还能模糊地看见人，因为已经快到了，他们便把车停在离村子大概五公里的路边，准备下车抽根烟，商量一下把车停在哪里。费四先下的车，他刚下车，就看见公路旁边的大沟对面有两个人在向他们招手。模糊中，依稀可以看出其中一个是老头，手里还拿着一个东北特有的烟袋锅子。

二狗在南方已经生活了很多年，但很少见到在东北经常见到的那种约 30~100 米宽、5 米左右深的由山洪冲刷形成的大沟，或许是南方山比较少的原因吧。那天费四等三人停车的公路，前不着村后不着店，离那条大沟约有 200 米远，而公路旁那条大沟的宽度大概有五六十米，沟对岸的那两个人离沟沿大概 100 米左右，也就是说那两个人离他们大概有 350 米左右，而他们之间，有一条起码四五米深的大沟。费四他们看看周围，发现这条沟附近根本没有路，只有一条比较险陡的路在沟的东边大概 400 米的地方。

费四也向沟对面的老头招了招手。当时是 20 世纪 80 年代，人都比较淳朴而且乐于助人。费四以为，大沟对面这两个人是天黑了不愿意走夜路，想搭他的顺风车。

“老乡，搭车是吧？”费四这人挺热心，平时收废品的时候看见路上的老人或者抱着小孩的妇女在赶路，他总是主动让人家搭他的顺风车。今天在这荒郊野岭的看见有个老头，以费四的性格，不可能不帮忙。

对面的那个老头没说话，挥了挥手中的烟袋，意思是想搭顺风车。

“老乡，你往东边走，那里有条路，你从那条路过来，我们在这边等你。”费四这人真不是一般的热心。

对面的老头又挥了挥烟袋锅子。

这时，李武和小纪两个人也下了车。

“咱们晚上去挖的时候，把车停在哪呢？”小纪边说边点燃了手中的香烟。

在小纪刚把自己的烟点燃，拿火柴要点李武的烟时，他们三人赫然发现，刚才还离他们有 300 多米并且隔着一条大沟的两个人，仿佛身子一晃就到了他们这边，现在离他们只有三四十米的距离！而其中之一，分明就是刚才一直在挥着烟袋的那个老头！不到半分钟的时间，他们就已经到了这边？

他们是怎么过来的？这么宽这么深的大沟，他们俩是飞过来的？

“我的妈呀！”小纪喊了一嗓子，拉起已经吓得傻在那里的费四，飞奔上了车，等李武蹿上车后马上开车就跑。三人惊魂未定，车启动后胆子最大的李武还回头看了一眼：路上连一个人都没有，刚才那两个人也不知道到哪去了。

后来，二狗曾无数次听到这三个人不厌其烦地重复此事、讨论此事，但是他们三人始终没能想明白，那两个人怎么能在半分钟的时间里跨过那条好几米深、几十米宽的大沟；三个人明明同时看见人过来了，再回头看的时候为什么又消失了……

总之，那天这三个人吓得不轻。

“今天撞邪了，晚上别去挖了，咱们都回去吧！”费四最怕鬼。

“别自己吓唬自己了，或许是咱们眼花了。”李武说。

“难道咱们三个眼睛全花啦！操！”费四吓死了。

“这地方太邪，咱们回去。绕路回去，说什么也不走那条路了。”小纪也被吓坏了。

“你们俩就这点胆？咱们不是有枪吗？！你们人都不怕，怕鬼干什么？”李武胆子真不小。

“那我可要拿着这把枪。”费四说。

“行了，咱们先别去挖了，现在还早着呢，过了晚上10点钟咱们再去。咱们先找个地方喝点酒。”李武说。

这几个人开车到了离“百音布拉”村约30公里的一个小镇，坐在那里喝酒，一直喝到晚上10点钟。

三个人都喝了点酒，也就没刚才那么怕了，再次把车开到了离村口约一公里的地方，停了下来，那时候大概11点多。20世纪80年代的东北农村很多还没通电，即使通了电供电也极不正常，晚上11点以后人基本都已经睡着了。那块地离村子不远，怕被村民发现，他们特选了这个时间来。

小纪像模像样地拿着罗盘指着一片玉米地说：“咱们在这里挖，或许能挖出点东西来。”

说着，小纪和李武两个人拿着铁锨就钻进了玉米地，而费四则拿着那把沙喷子死不撒手，给他们望风。6月份的玉米长得已经很高了，小纪和李武两人钻进玉米地就不见了踪影，只听见穿来穿去、衣服划到玉米叶子的声音。

据费四回忆，那天无风有月，月亮非常亮。费四见他们钻进玉米地就不见了踪影，觉得有点害怕，他一害怕就想撒尿，于是也猫腰进了玉米地。他模糊地看见，小纪和李武在离他20米左右的地方，正在猫着腰拿着铁锨挖土，他还能听见挖土的声音。

费四手里还攥着那把沙喷子，解开裤子就想撒尿。他刚解开裤子，忽然觉得身后好像站着一个人，他的脊背一阵一阵地发凉。他回头一看，月亮下，就在他身后五米左右的地方，果然站着一个人！而且不是别人，正是黄昏的时候在大沟边看到的那个拿着烟袋锅子的老头！

“有鬼！”费四感到头皮一麻，喊了一嗓子，扔下沙喷子就朝小纪他们的方向冲了过去。

费四又高又壮，被吓得慌不择路，连冲带撞撞倒了不少玉米秆，几步就跑到了李武和小纪跟前。

“咋了？”小纪也被费四这一嗓子吓坏了。

“别问了！快走！”费四拉起小纪就跑，小纪也扔下铁锹和费四往玉米地外面跑。李武胆子虽然大，但也禁不住这样吓唬，也跟着冲出了玉米地。

他们三步并作两步冲到了车前，赶紧上了车开车就跑，沙喷子和两把铁锹都扔在了玉米地里。

事后费四说：当他们冲出玉米地的时候，他又看见了那个老头。而和他一起冲出玉米地的小纪和李武则坚称没看见。李武直到死，也一口咬定，那天晚上玉米地里绝对没有什么老头，肯定是费四看花眼了。

无论如何，费四这次是被吓破胆了。

“不如听李四的算了。这他妈的伤天害理的事儿不能干，以后再也不干了。一辈子没见过鬼，今天见到了三次！”回到市里，费四这样说。

“我也不干了，太吓人了，我差点被费四吓尿了。”小纪说。

“小纪，那里到底有没有古墓？”李武还在惦记着那块玉米地。

“我他妈的哪知道，我刚挖了两铁锹土就被费四拽了出来。”

“那你估计那里到底有没有古墓？”李武还真是锲而不舍。

“看风水的话，在那玉米地附近，很可能是有的。”小纪说。

“你们不去，我去！”李武说。

“你疯啦？还敢去！”费四说。

“我白天去挖，总不能白天见到鬼吧！”李武说。

“白天去？不怕被人家看见啊？”小纪问。

“我有办法！”李武说。

第二天，李武找到他一个开货车的小兄弟，跟他讲明了这件事。他的这个小兄弟在开货车之前是个职业小偷，听到李武这样介绍，很感兴趣。李武就把这辆车当成作案的交通工具，并且在这辆货车的车厢上端端正正地喷上了几个大字：中国北方墓葬研究所第三考古队。

太有才了！

第三天，他就带着他收的那几个小兄弟去了那块玉米地。据说，他们到的时候，沙喷子和铁锹都还在。看来这块地的主人已经准备收玉米了，这两天没去打理这块地。李武找到这块地的主人，并且给了他500块钱，告诉他："我们是国家考古队的，现在要在你的这块地里进行考古，这500块钱是国家赔偿你们的损失。"这块地的主人高高兴兴地收了钱，任由他们去发掘。当天晚上，李武就把那把沙喷子还给了孙大伟。

从这天开始，李武就带着三个小弟每天在这里"考古"，光明正大地盗墓，而那辆"中国北方墓葬研究所第三考古队"的车就放在国道旁边，很是扎眼。这个村子里的妇女小孩也来看热闹。

李武他们四个还真是倒霉。挖了两天半，坑挖了很深，却什么都没挖到，除了土就是土，用李武出狱后的话说就是："不能再挖了，再挖就打出地下水来了。"就在他们想放弃的时候，出事了。

那天，该县的刑警队正下乡办案，看见该村的村民聚集着看热闹，以为发生了什么事，两个刑警就下车准备盘问一下。走到跟前，他们看见有几个人在挖大坑，觉得不对劲，紧接着他们又看到了那辆"中国北方墓葬研究所第三考古队"的货车。

刑警的嗅觉就是强，即使看见了那辆车他们也没放弃盘问。

"同志，你们是哪里的？"警察打着招呼。

"北京的，我们来这里考古。"李武说。

"哦，听口音怎么像东北的？"警察问。

"我家是长春的，现在在北京工作，咱东北口音都差不多。"李武面不改色。

"车牌怎么是本地的？"警察又问，边问边走上前去。

"最近我们就在你们市考古，借的本地的车，方便。我们考古队现在的车都在哈尔滨那边，也没车了。"李武有点理屈词穷。

"呵呵，同志，真是辛苦了，有问题可以找我们。"警察边说边走到李武跟前要和李武握手。

"你们警察更辛苦！"李武也微笑着伸出了手。

两只手握在了一起。同时，李武的手腕上多了一个亮晃晃的手铐。

"真逗，考古队我见多了，但像你们这样拿着几把铁锹就来考古的我真是第一次见到，真是开了眼。”把李武带上警车的警察说，“你们胆子不小，就是太业余了。”

几天后，市博物馆的人真在离李武挖坑的地方30多米处挖出了一座金代墓葬。虽然不是什么大墓，但是出土的文物不少，现在都放在市博物馆里。

李武虽然贪财，但也是条汉子，没有咬出小纪等人，只说这古墓是自己找的。

因为是盗墓的主犯，李武被判处有期徒刑七年。

十八、小北京版的“和平饭店”

从那片玉米地回来，费四这个平时胆大包天的流氓吓得高烧了好几天。看来，任何人都有弱点。李四不认为他们那天真是撞邪了，“费四根本没遇见鬼，他那是心里有鬼！”李四在说这句话的时候，不知道是在安慰费四还是挖苦费四。

自从李武被抓起来以后，再也没人提过盗墓的事儿。过了一个礼拜，费四和小纪确定李武在局子里面没咬出他们，于是又开着那辆破130下乡收废品了。

在这期间，赵红兵的旅馆也多少出了点事儿。前文提到过，赵红兵在经营旅馆期间认识了一批小混混，这批小混混非常崇拜赵红兵和小北京二人，尤其是小北京那副正宗北京顽主的派头，让这群小混混佩服得五体投地。

每天下午四五点以后，小北京就搬出一把太师椅放在旅馆的门口，左手边放一杯绿茶，右手拿一把折扇，旁边放着赵红兵的吉他。每天他往这里一坐，总有几个小混混围上来听他论道，每次都是人越围越多，等快聚到100个人时，小北京一合纸扇，一口京片子“小爷我累了，休息了，明天再聊”，然后翩然而去。

二狗和小北京认识二十几年，极其佩服此人。二狗认为此人有四绝：第一绝是口才，当然也可以说他是贫嘴，但是小北京绝对超越了贫嘴的境界，他言谈中刹那间闪耀出的思想光辉足以令人叹服，而且语言组织能力极强；第二绝是表现能力，他总是爱边说边比画，表演什么像什么，都说表演有三大体系：梅派、斯派、布派，此人是将这三大表演体系融于一体；第三绝是身手过人，简单地说，他打的架无数，凶险场面经历无数，但打架从不吃亏；第四绝是讲义气，他不但对赵红兵讲义气二十几年一直没变，而且对一些刚认识的朋友也愿意拔刀相助。

1987 年 6 月的某一天临近黄昏时，小北京又搬着太师椅出来了。他左右一端详，嗬！周围没人。没人那就吸引点人！于是，他拿起赵红兵的吉他弹唱起了当时的流行歌曲《血染的风采》。赵红兵只教了他弹这一首歌，他也只会唱这一首，而且还弹唱得特别好，特别动情。毕竟这是歌颂他们战斗在老山的战友们的。

“申哥，出来了！”一个二十出头的小流氓过来打了招呼。

“小爷我晒晒太阳。”小北京懒洋洋地向后一倚，把吉他扔到一边，太师椅晃悠了起来。

“申哥，是你们北京的混子厉害还是我们这里的混子厉害？”

“各有千秋。我们北京那叫顽主。顽主，懂吗？”小北京“哗”地一下甩开折扇，眼睛半睁半闭，那叫一个悠闲。

“顽主？顽主是什么意思？”

“顽主，可以分为具体的，也可以分为抽象的，这是哲学。”小北京喝上一口茶水，慢慢悠悠地说。

“申哥，我们真不懂，你给我们讲讲。”周围聚起了四五个小混子。

“具体地说，顽主就是一群年轻人，他们对社会的现状不满又无从发泄，只好以‘顽’的形式表现在社会中，以‘顽’来冲击这个社会中的丑恶现象。他们通过这样的行为，获得心灵上的充实与满足。”小北京讲话太有水平了。

“那抽象的呢？”小混混们文化水平和小北京没法比，根本听不懂小北京在说什么。

“抽象地说，顽主是一种精神，是一种行为艺术；是以个体来对抗整体，抗争是其核心的力量。这类似于朋克，不多说了，说多了你们也不懂。”小北京说完轻摇折扇，似笑非笑地看着这群小流氓。

“呵呵，申哥，你说的我们真是不太懂。我们想知道北京的混子打架厉害还是我们这里的厉害。”

“再纠正丫一次，那叫顽主！”小北京晃悠着脑袋说。

“对，对，顽主。”

“北京的顽主呢，厉害的也不少。你们这里呢，也不少，这个不好比。我那把兄弟张岳不就很厉害么？不是宰了张浩然嘛！”

“张哥的确是厉害！”

“小爷我18岁就当兵了，19岁就上了老山前线，在北京还真没打过几次架。不过要说打架呢，我还真没怎么吃过亏。”小北京这句倒真没吹牛，二狗这么多年也没见过小北京打架吃过亏。

“那申哥就跟我们说说你们在老山前线的事儿吧。”

“1985年春，我和你们红兵大哥几个人去执行任务，山势极其陡峭……只见你们红兵大哥……”说着，小北京从太师椅上站了起来，向后退了几步，指着旅馆的墙说：“那悬崖已经接近90度。”然后他把扇子撂到了太师椅上，这意思是评书结束了，开始形体表演了。

说着说着，只见小北京助跑几步，开始朝旅馆墙的外立面跑。旅馆的外立面贴的是沙石子，摩擦力较大，他居然在绝对90度的旅馆墙的外立面上连蹬三步，手搭上了二楼的窗台，一用力，人轻飘飘地已经坐在了旅馆二楼的窗台上。

“哗！”围观的小混混和过路的群众看到小北京的身手，无人不为之叹服，情不自禁地鼓起了掌。人更是越聚越多。

只见小北京坐在二楼窗台上微微一笑，两只手“啪”“啪”有节奏地给自己鼓了鼓掌，然后双手抱拳，“献丑了！”

他轻飘飘地又从二楼窗台上跳下，“这就是你们在小说里看到的梯云纵。”小北京又躺回太师椅上，喝了一口茶水。飞檐走壁这是真功夫，抱拳谢好这是程式化表演，这是表演流派中的梅派。

“申哥！你快继续说啊，你们上去以后怎么打的越南鬼子？”

“当时我们班能上去的只有我和你们红兵大哥两个人。班长不让我们用枪，怕被敌人听见，所以我和你们的红兵大哥就准备扭断那两个越南鬼子的脖子……”说到扭断脖子的时候，小北京表情很凝重、很深沉，完全进入了斯坦尼斯拉夫斯基所说的“规定情景”，这是表演流派中的斯派。

“啊！怎么扭断啊，你们被敌人发现了没？”小北京表演得太传神了，小混混们都为他担心。

"你把脑袋伸过来，我告诉你怎么扭断。"小北京示意一个小混混把脑袋伸过来。

只见小北京一只手搭在他头顶上，另一只手托住他的下巴。"左手向左，右手向右，同时用力，咔嚓！"这时小北京的表情极其狰狞，这是表演流派中的布派。

围观的人都惊呼一声，以为小北京真要扭断那个小混混的脖子，这时小北京却轻轻地放开了他。

"你们到底扭没扭断那两个越南鬼子的脖子啊？"

"今天累了，明天这个时候，你们过来，我继续给你们讲。"小北京眯着双眼晒起了太阳，完全不顾围着他要听故事的几十号听众。

围观的群众很无奈。

"唉……"

"到底扭断了没啊？"

"怎么又是只讲到了一半啊。"

"唉……明天谁知道他还讲不讲啊。"

小北京也不管围观的人怎么评论，微笑着闭上了眼睛，躺在太师椅上仿佛睡着了。

有一段时间，二狗一直以为小北京的祖上肯定是在北京天桥打把式卖艺的，否则他怎么这么热衷于表演、又表演得那么好呢？而且双手抱拳之类的范儿，又完全是卖艺的架势！当时如果小北京在旅馆前养只猴子拿个铁盒，一个小时下来，这个盒子里肯定全是人民币。后来二狗才知道，小北京这是闲得，赵红兵走了以后他连个说话的人都没有，而他又那么好动，当时才二十二三岁，实在是太寂寞。

小北京还爱跟赵红兵的三姐贫，二狗就见过。可能是家里的老公总不说话，所以赵红兵的三姐一点儿也不烦小北京的贫。

"三姐，听说你要离婚了？"

"我才刚刚结婚，你就咒我离婚？"赵红兵的三姐是个出名的美人，发怒生气的样子都很好看。二狗上大学时，有一年暑假在街上，一个同学说快看美女啊！天仙下凡啊！二狗定睛一看，正是赵红兵三姐——那时她就算没有 40 岁也差不多了，但还是漂亮得一塌糊涂。

“唉，原来是谣言啊，害我白开心一场。”小北京故做忧伤。

“我离婚你开心什么？”赵红兵的三姐瞪起那双远近闻名的大眼睛问。

“咳，我琢磨着你离婚哥们儿不就有机会了嘛。我天天跟门口坐着，全市的女孩子我基本都见过了，和你差不多好看的就高欢一个，还跟红兵跑了。我跟红兵是兄弟，我的老婆总不能比他差是不是？我别无选择啊！”

“你这破孩子，红兵比我小两岁，你比红兵还小，我可懒得搭理小孩子。”

“女大三，抱金砖。我找火车站门口那算命瞎子给咱们俩算过了，说咱俩特般配……”

“你再贫我撕烂你那张破嘴！”三姐故做嗔怒。

“三姐，我给你撕。宁教花下死，做鬼也风流。”小北京说着闭起眼睛张开嘴，把脑袋伸了过去。

过了一会儿没动静，小北京觉得嘴里好像还多了个东西。他睁眼一看，赵红兵的三姐人影儿都没了，闭上嘴一嚼，原来嘴里被她放了块大白兔奶糖。

他天天盼着赵红兵的三姐无聊时能过来坐坐，可是人家十天半个月也不来一次。毕竟人家刚刚结婚，平时也要上班，下班了愿意和老公在家里腻着。以前赵红兵在的时候，小北京还能上街走走，现在赵红兵带着高欢去逍遥快活了，只剩他一个，连出都不能出去了。小北京真是闲得无聊极了，每天坐在旅馆门口长吁短叹。

1987 年 6 月底的一个中午，一个常来的叫潘大庆的小混混带着一个姑娘来这里开房了。对于这样的客人，小北京是举双手欢迎的，因为这样的客人不但可以给旅馆增加收入，等事儿办完了还能留在门口听他的评书。虽然他总把故事讲一半就放人家鸽子，但他是十分在意那些热心听众的。

那天又是四五点钟，小北京刚刚拖了太师椅到门口，准备开始评书连播，忽然看见迎面冲过来四个大汉，手里都拿着钢管，看样子是要拿着家伙进旅馆找人。

“嗬！哥儿几个，这是要来干吗啊？”小北京躺在太师椅上喊住了他们。

“我们来找人，没你的事儿。”

“怎么不关我的事儿啊，你们要找谁啊？”小北京还是躺在太师椅上没动。

“潘大庆，有人看见他进了你们旅馆，他带着我女朋友来的，我就是要找他。”

“怎么着？要打他啊？”

“嗯哪，他住哪？几零几？”

“你们别在这里惹事，你们知道这是谁开的旅馆吗？”

“不就是赵红兵吗？赵红兵又怎么样？现在不是跑了吗？就算赵红兵在，我们也进去照打不误！”

“哎，哎，哎，你们还牛大了。我告诉你们，潘大庆我认识，他今天住进了我们店，我就要对他的安全负责。今天我在这儿，你们谁也别想动他一指头。他出了我们这个店，你们随便，我不管！”

“你他妈的是谁啊？一个外地人来我们这里牛逼什么？你知道我们大哥是谁吗？”

“不知道啊。”小北京假装诚惶诚恐地坐了起来。

“刘海柱！”

“啊，什么柱？那柱子粗吗？”小北京一脸天真地问。

“我操你妈！我今天连你一起干！”

说着，这四个人拿着暖气管子就朝坐在太师椅上的小北京砸来。小北京灵巧地一翻，就从太师椅上翻了下去，随手抓住一条刚刚砸在太师椅上的钢管，另一只手朝那人胳膊上就是一拳，随后又狠踹他膝盖一脚。整套动作一气呵成，对方一秒钟倒地，小北京手里多了根钢管，这套动作和赵红兵打三虎子如出一辙。

其他三个人挥起钢管，向小北京没头没脑地砸来。小北京或者轻巧地闪过，或者用自己手中的钢管挡开，同时他还向对方还击，真是艺高人胆大。他不打头也不不打后脑，专打对方拿着钢管的胳膊，还狠踹对方的膝盖或小腿。这几个人连遭重击，先后倒地，小北京却一下都没挨着。

“你们这些暖气管子我拿去我兄弟那里卖钱了啊，不给你们了，这几根钢管起码能卖一块五。你们快走吧。”

“我操你妈！这事算没完！”

“呵呵，行了，我知道没完。告诉你，小爷我姓申，每天都在这里。你们随时来找我吧！”

从此，真的有很多小流氓在外面惹了事怕被人砍，就跑到小北京的旅馆来避难。小北京从来没让住在自己旅馆里的人在旅馆里挨过一次打，但只要出去旅馆一步他就概不负责。当然了，进来住一样是要交房钱的，如果实在是熟悉的，没钱可以欠着，一个礼拜内还。

小北京就是这么“罩”得住。

但那个刘海柱也不是好惹的，没过几天就来找了小北京的麻烦。

小北京的这套做法很“江湖”。后来二狗看过一部周润发主演的片子，叫《和平饭店》，完全是小北京做法的翻版。后来和其他地方的朋友聊起，有很多朋友提到，他们家乡那里在20世纪80年代也有这样的人和事，但现在旅馆的管理都标准化、流程化了，再也没有这样“罩”得住的老板了。即使有，可能也不愿意管这样的闲事了。

看来，20世纪80年代那时候的“江湖”真的很古典。

十九、大侠刘海柱

要找小北京麻烦的刘海柱究竟是什么人？因为刘海柱在接下来的故事中是个重要的人物，所以必须要对他作一番介绍。

暂且不说刘海柱的那些事迹，光刘海柱的造型就够让人景仰的了。先从身材五官介绍此人——

当时他约三十三四岁，但看起来像是四十几岁，不是一般的沧桑；一米七八左右的身高，体重顶多110斤，这还是“毛重”。他究竟有多瘦呢？二狗记得上初中一年级第一次打电子游戏“名将”的时候，选中了那个拿着双刀的木乃伊，二狗身边的一个同学惊呼：“这他妈的不是刘海柱吗？”可见刘海柱有多瘦。

此人的脸是长条的，根本没有什么肉，鼻子又高又挺、嘴唇薄薄、下巴尖尖。他的眉眼究竟是什么样的，全市也没几个人见过，因为此人无论春夏秋冬，都戴着一个斗笠！二狗活了26年，唯一见过一个活的戴着斗笠的人就是他。他戴的斗笠极大，完全遮住了眼睛和眉毛，看起来十分阴冷：他能看见别人的眼睛，别人却看不见他的眼睛。他的这个斗笠，二狗曾经在当时热播的电视剧《天涯明月刀》中见过，那个叫燕南飞的人总戴这样一个斗笠。二狗至今不知他这个斗笠是从哪弄来的，反正全东北应该仅此一顶。

他还与众不同地留了山羊胡子，虽然不是刻意修剪，但是十分有型。要知道，在20世纪80年代，全中国的男人都把胡子剃得干干净净。

他每天蹬着一双黄胶鞋，穿着一条蓝色帆布的七分裤或者说是九分裤。具体是几分裤二狗不清楚，反正从20世纪90年代末开始流行的七分裤，人家刘海柱在80年代中期就已经开始穿了，绝对领先潮流。他夏天通常不穿上衣，光着个膀子露出一身排骨，冬天的时候里面穿一件军棉袄，外面披一件披风。

他的坐骑也是一辆二八大卡自行车，但是这个“二八大卡”已经简化到不能再简化的地步：没有车踢子、没有瓦盖、没有后架、没有链盒子、没有车闸，连脚蹬子都只剩下一个光秃秃的棒子。他骑在胯下，就像是骑着两个光秃秃的车轱辘。

可以想象，如果有这么一个人——头戴斗笠，光着膀子，肋条根根清晰可见，穿着一条七分裤，脸上唯一清晰可见的部分就是那些稀疏的山羊胡子，骑着一辆几乎只剩下两个车轱辘的“二八大卡”从你身边飞驰，你能不牢牢记住他？他肯定不是全市最有名、最厉害的混子，但他一定是全市最有型的混子。记得二狗上初中时，美术老师要求用“孤舟蓑笠翁，独钓寒江雪”作画，基本上全班同学都是以刘海柱的形象为原型画出了那个“蓑笠翁”，可见此人在当地百姓心中的印象的确相当深刻。

二狗还清楚地记得第一次见到刘海柱的情景。那时赵红兵尚未携高欢私奔，偶尔还带二狗去看电影，那天看的电影是《南北少林》。

那天二狗去的是市中心的文化影院，文化影院前面有一个不大不小的广场。这个广场的一个作用就是法院经常来这里开公审大会，因此，还竖着一根旗杆。这根旗杆就在这个广场的正中央。

当时市里比较出名的有四个疯子和两个傻子，在两个傻子中有一个傻子非常有名，他姓白，大家都叫他白傻子。这个傻子什么都不懂，但是唱歌唱得非常好。他唱歌时的台风像杨坤，表情像孙楠，穿着像庞龙，嗓音像刀郎。一唱起来中气十足，从不跑调。白傻子的特点是表演欲特别强，哪里人多他去哪。20世纪80年代，人的精神生活极度匮乏，18英寸的彩电没几家有，而且即使有了也没几个台可看。因此，有了新电影，几乎全市的人都会去看。白傻子一听说“彩色宽银幕武打故事片”——《南北少林》即将在文化影院上映，第一时间就去了那里“走穴赶场”。那里真是人山人海，有点现在春运的样子。上世纪80年代时，咱中国遍地都是彩旗，这个广场更不例外，广场内外彩旗飘飘，再配上6幅《南北少林》的宣传画和大红的仿宋体字介绍，真有点节日的气氛。

“白兄弟，唱一个！”有小混混起哄。

“唱什么？”白傻子乐了。

“《霍元甲》！”大家都喜欢听这歌。

“昏睡百年……”白傻子陶醉地开唱了。

“好！”他的“粉丝”们鼓起掌来。

“国人渐已醒……”白傻子唱得真不错。

“……岂能让国土再糟践踏，这睡狮渐已醒！”二狗从来没听过哪个东北人把粤语歌唱得如此标准——正因为白傻子不识字，才不受字幕干扰，只是学着歌里面的发音。看来，有时候正常人容易受其他因素的影响，学起东西来反倒不如傻子。

“好！”掌声经久不息。

“白兄弟，还会唱什么？”

“《海灯法师》，范无病那个。”

“这样吧，你唱得这么好，干脆爬旗杆上去唱。你爬旗杆上去唱，下来我给你买三毛钱的瓜子。”几个小混混存心耍白傻子。

“大哥，真的？”

“真的！”

那天二狗才知道，白傻子不但唱歌不错，而且爬杆子也不比猴子差！

只见白傻子“刷刷”几下就爬到了旗杆的顶上，开始唱。一曲唱罢，下面又是掌声一片。

“大哥，给我买瓜子。”白傻子下来以后，傻了吧唧地跟人家要瓜子。

“谁说给你买瓜子了？我没说啊。”那几个小混混开始耍赖了。

“你说的呀。”

“谁听见了？”

这时那个小混混听见“啪”的一声，然后觉得脸上火辣辣的一阵剧痛——他被人扇了一耳光。站在他面前的，就是刘海柱。

“柱子哥，怎么了？”小混混被吓得不轻。

“给白傻子买瓜子去！”刘海柱瘦归瘦，打人的力气可不小，这一耳光把小混混扇得眼冒金星。

“我逗白傻子玩呢！”那个小混混说。

“人家本来就傻，你还逗人家！”刘海柱力气不小，嗓门也够吓人的。

“傻子不就是被人逗着玩的吗？”那个小混混觉得很冤枉。

“操你妈！傻子就不是人？傻子就不是爹妈养的？傻子就活该让你们逗着玩？”刘海柱真是讲理。

“柱子哥，我们错了！”

“麻利点，快点给白傻子买瓜子去，给他买 6 毛钱的！”刘海柱一声令下，那个小混混赶紧去给白傻子买了 6 毛钱的瓜子。

“什么玩意儿！抠皮子，挂‘马子’，追疯子，操傻子。你们这帮小逼崽子还有啥不能干？再欺负白傻子，我把你们全给剁喽！”刘海柱人很仗义，绝对是大侠的派头。

从那天开始，二狗崇拜死了刘海柱，而且后来听说，刘海柱打架，10 次有 8 次是因为打抱不平。

如果当地历史上有一个大侠的话，那么这个人一定是刘海柱。

因为他人仗义，爱打抱不平，所以有很多兄弟跟着他。上世纪 80 年代的混子没那么功利，打架都是谁下手狠谁说了算，图的都是个名声。所以在 80 年代中后期，刘海柱的名字绝对是响当当的。直到现在，认识他的人也不少。

刘海柱并不是职业混子，他不偷不抢，当时的职业是修自行车。他修车又快又好，很少有返修的，在他那修自行车的用户对他都是交口称赞。有的时候他因为打架斗殴被拘留了，还真的有老主顾宁愿不骑自行车，也要等他放出来再修。当时修自行车的旁边都放一个气管子，别的修自行车的每打一次气，都收 5 分钱，但刘海柱当年一分钱都没收过。

就是这个大侠刘海柱，现在要去找小北京的麻烦。

据说刘海柱被兄弟找去收拾小北京的那天，颇有小说中众多高手决战的意味：天正下着雷阵雨，轰隆隆的雷声伴着瓢泼大雨，虽然只是下午五六点，但是天已经黑了，什么都看不见。电闪雷鸣中，光着膀子戴着斗笠的刘海柱孤身一人站在那里，仿佛天地间只剩下他一个人。他的手里提着的，是一把豁了刃的破菜刀。

“谁姓申？出来！”

“找小爷什么事儿？”小北京笑嘻嘻地走了出来。

“你打了我兄弟！你凭什么打我兄弟？”刘海柱一向讲理。

“他们要去我的旅馆里面找人。”

“住在你们旅馆的人骗走了我兄弟的女朋友！”

“他们的事儿我不知道，也管不了。但只要住在我的旅馆，谁也别想动他一根汗毛。”

“你怎么就那么牛逼？”

“我去你家里打人你乐意啊？”

“我当然也不乐意。但那潘大庆就是该打！凭什么勾引人家的对象？”

“打，可以。走出我旅馆的门一步，你就可以打。有耐心，你就可以在这里等着。”

“好，这件事算你有理，但你把我几个兄弟都打进医院了，怎么说？”

“他们违反了规矩，我就是要打，再来一次我还打。”

“嗯……你小子挺牛逼啊。”刘海柱最讲理，听了小北京这番话觉得没什么不妥，确实人家说得有道理。

“呵呵，我牛逼习惯了！”小北京已经跃跃欲试想动手了，以为说完这句话刘海柱会动手。

“你小子还算是条汉子！我走了，姓潘那小子什么时候从你们旅馆出来，你告诉我一声，我在十四中门口修自行车，我非废了他不可！”刘海柱居然转身走了。他肯定不是怕小北京，只是他的确讲道理，他觉得小北京说的话在理，而且人也不像是那些路边普通的小混子。

“呵呵，您走好！”

后来，小北京和刘海柱成了好朋友，颇有点惺惺相惜的意思。

二十、赵爷爷的计策

且说赵红兵和高欢私奔以后，高欢的父母气得几天不出家门。高欢的爸爸一向自命清高，没想到一向被视为掌上明珠的女儿却做出了这样的丑事，从那以后就变得更加孤僻。根据二狗爸爸的了解，当时高欢爸爸主编的《市志》已经接近尾声，只剩下最后“军事—剿匪”这一节。愤懑中的他浓墨重彩地把“镇东洋”描绘成了一个杀人如麻、强抢民女、打家劫舍的无恶不作的土匪头子，俨然就是坐山雕和胡司令的混合体，完全扭曲了“镇东洋”以前在一些老百姓心目中那杀富济贫、抗日救国的英雄形象。

他把他对赵红兵的怒火全倾泻在了笔下，倾泻在了此事的导火索——张岳的爷爷身上。他固执地认为：如果没有张岳，那么他们就不会知道女儿恋爱；如果他们不知道女儿恋爱，高欢的妈妈就不会去学校；如果不去学校，女儿就不会伤心地离家出走；如果女儿不离家出走，他这个清高了一辈子的读书人就不会面对整个社会投来的鄙夷、同情、不屑的目光。他恨死了张岳，然后恨乌及屋殃及“镇东洋”。他根本就不曾考虑到，这件事的始作俑者正是他本人。

二狗看来，高欢的爸爸还不是真的清高。真正有骨气、有气节的读书人，不会为了自己的私仇去刻意丑化那些形象本不应如此丑陋的人物。

他没有资格瞧不起赵红兵，因为他只是个心胸狭隘的刀笔小吏而已。

总之，高欢的父母很生气。高欢的妈妈还有精神分裂的前兆，成天神神叨叨，逢人就说就当没这个女儿。

赵爷爷年龄要比高欢的父母大几岁，而且阅历和思想都要比他们老道，虽然他也有点承受不住舆论的压力，但思想相对较为开明。他认为这是两个孩子被逼无奈之举，没必要过多地追究。

赵爷爷想出一个办法，他找来了赵红兵的三姐。

“红燕，最近红兵给你打电话了吗？”赵爷爷知道赵红燕跟赵红兵年龄最接近，在兄弟姐妹间他俩关系也最好。他猜赵红兵一定会往家里打电话，而且一定会打给他三姐。

“没打，唉，也不知道这个小兔崽子跑哪去了。”赵红兵的三姐挺惆怅。

“如果他打电话给你，你就告诉他，高欢的妈妈气得脑血栓了，现在病危，十分想见高欢。”赵爷爷老谋深算，他认为这是唯一可以让高欢回来的办法。而且他认为，只要能回来，就有谈判的余地。

“这样不太好吧，如果高欢打电话给家里……”三姐一向不会撒谎。

“高欢的父母那边我来跟他们谈。”赵爷爷永远都那么胸有成竹。

“高欢这孩子也是的，十几年来成绩那么好，现在却连高考都不参加了。”

“让他们回来，主要就是想让高欢参加高考，不考太可惜了。”

“她要是考上大学，还会要咱家红兵吗？”三姐见过高欢，特别喜欢高欢，总担心她读了大学就不要赵红兵了。

“高欢要不要红兵这个先不考虑，总之，红兵不能耽误了人家的前途。你现在就去告诉红兵的那些朋友，让他们统一口径。”

接到赵爷爷的命令后，赵红兵的三姐就对赵红兵布下了天罗地网。她准备找赵红兵可能联系的朋友挨个谈。由于当时雷阵雨刚停，二狗也要看彩虹，便和赵红兵的三姐一起去了。找到小北京的时候，刘海柱刚刚离开，小北京正拎着个鸟笼子逗鸟，鸟笼子里装的是一只随处可见的小麻雀。

“三姐，您来啦！哎……看茶！”小北京一见到三姐就两眼冒绿光。

“呵呵，我来是告诉你件事儿。如果红兵打电话来，告诉他高欢的妈妈得脑血栓了，让他们马上回来。”赵红兵的三姐看见了小北京眼睛里发出的绿光，她赶紧左顾右盼远离小北京的目光。

“真栓了？”

“没栓，不这么说他俩能回来吗？”

“嗯，社会属性，自然属性，孰轻？孰重？”小北京看问题的角度和正常人不一样。

“什么意思？”赵红兵的三姐虽然是中国医科大学的毕业生，但显然没小北京脑筋转得快。

“三姐你是读书人，我一说你就能懂。自然属性是指他俩的食欲、性欲和自我保护等，而社会属性是说在这个社会中他俩所要面对的亲情、友情等组成的社会因素。”小北京说话从不拖泥带水，而且语速极快。

“不明白你说这个是什么意思。”赵红兵的三姐一旦有什么不懂，就瞪起她那特大号的眼睛直勾勾地看着人家。也就是小北京一向沉着且自信，换了其他人，被她这双大眼一瞪，或许话都说不出来了。

“我是说这要看他俩的性欲能不能战胜亲情。”小北京说。

“你怎么说得那么难听，你就不会说是爱情战胜亲情？高欢知道她妈妈生病，一定会回来的。”赵红兵的三姐虽然结婚了，但是听到小北京嘴里直接说出“性欲”二字，还是脸红了。

“未必，我认为人首先是自然的，然后才是社会的。爱情是上天赋予个人的权利，别人无法更无权剥夺。三姐，要是换了你，你怎么办？你认为爱情重要还是亲情重要？”小北京说。

“嗯……都重要。”赵红兵的三姐沉思着点了点头。

“我就知道你对爱情比较看重，性欲比较强……”小北京一脸坏笑。

“滚！”赵红兵的三姐羞红了脸，抬手重重地打了小北京后脑勺一下，转身出了旅馆。

“你别忘了，红兵打电话的时候你一定要这样说！”赵红兵的三姐走出十几步，回头又对小北京嘱咐了一句。

“知道了……”小北京摸着刚被赵红兵三姐打过的后脑，恋恋不舍地看着她婀娜的背影，无奈地说。

小北京总是这样，总希望赵红兵的三姐能过来和他说几句话，但是，不超过10句，他肯定就会把人家气走。

赵红兵的三姐找到孙大伟的时候，孙大伟正在和几个高中生模样的学生谈租书的价钱。

“孙哥，你就不能便宜点？人家租书按天算，你怎么租书按小时算？”学生说。

“兄弟，实在不行啊，你借的这几本书要借的人实在太多，天天在这排队呢。”孙大伟说。

“那你按小时算也太离谱了吧？”借书的学生挺不满意。

“兄弟，这样，你借一天，一块钱一天，算大伟哥给你的优惠，怎么样？”孙大伟假装挺豪爽。

原来，孙大伟不但租一些武侠言情小说，他还弄了十几本黄色小说。当时没有网络、没有光碟、没有录像带，学生只能看一些黄色小说解闷，他这十几本黄色小说总被抢着借。这时孙大伟显示出了他非同一般的经济头脑，他针对不同产品，采用了不同的营销手段和定价策略，普通的书两毛钱一天，而这几本黄色小说五毛钱四个小时，不但提高收入，而且加快其流通的速度。

“大伟，你借什么书呢？那么贵！”几个学生走了以后，赵红兵三姐问。

“几本小说，现在这帮孩子，不学好，就爱看这个。”孙大伟还假装挺正经。

“嗯？什么书这么好看？嗯？《春梦》？”赵红兵的三姐拿起了其中的一本。二狗清楚地记得那本书的名字，因为二狗还问过她什么是春梦，她告诉二狗是春天的梦。

“咳，三姐，要是喜欢的话你就拿去看。”孙大伟看三姐把这本书翻个没完，说了一句。

“嗯……那我就拿回家看看，后天你路过我们医院的时候去我办公室拿吧。”赵红兵的三姐说。二狗从小就知道，美女也爱看黄色小说。

“三姐，你过来找我有什么事儿？”

“如果红兵给你家打电话，你骗他说高欢的妈妈病危了，让他们赶紧回来！”

“三姐，这不合适吧！我没骗过红兵，如果他知道我撒谎骗他，他回来非宰了我不可！”

“红兵要宰你的时候你就告诉他是我说的，让这小兔崽子来找我吧！”

“这……好吧！”

赵红兵的三姐随后去废品回收站找小纪，小纪不在，不知道去哪里了。她又找了一大圈也没找到，挺郁闷，准备回单位拿点东西然后回家，她的单位也就是医学院附属医院。刚回到医院，赵红兵的三姐就看到了小纪，不过，她看到小纪的时候小纪已经不能说话了，正在往手术室里送。

小纪，再次被捅了。这次倒霉的又是他，但这次捅他的人可没像二虎那样手下留情。

第四章　报仇

当年在老山前线，他们冲向高地时，之所以无畏，是因为他们身后站着的是共和国10亿人民，所以他们都胸怀正义，视死如归。今天他们要面对的，是一个劣迹斑斑的老流氓，他们当然完全可以像当年杀越南鬼子一样杀了他。但现在站在他们身后的，已不再是那共和国的10亿人民，而是拿着手铐的警察。这片土地，依然是他们深爱的共和国。而他俩，正在遭受由正义走向邪恶过程中那无与伦比的内心折磨。

二十一、10年后，我杀你全家

小纪是在雷阵雨过后锁废品回收站大门的时候被扎伤的，扎他的人是李老棍子。小纪挨的这一刀至今在当地黑道上还广为流传，因为这是接下来无数次斗殴的导火索。李老棍子的团伙和赵红兵的团伙在接下来的无数次斗殴中，都收获了相当的名气，壮大了队伍。尤其是赵红兵，更是实现了从业余混子向职业混子的飞跃。

而且，小纪这一刀不是被捅的，而是被飞刀扎伤的。飞刀！老李飞刀！社会上的混子那么多，被捅的每天都有，但有几个是被飞刀扎伤的？

关于事情的原因，二狗记得很清楚：由于1987年6月连续下了好多天的暴雨，市里某乡被山洪冲开了几个古墓，几个农民路过的时候捡到了几件陪葬品。具体都捡到了什么二狗实在不清楚，但可以确定的是，有一个六十几岁的老头捡到了一块玉（具体是玉蛤蟆还是玉什么，实在想不起来了）。

当时市里搞文物的人就那么几个，圈子不大，很快大家都知道了。小纪和李老棍子都去了那里，不同的是：小纪是去收文物，而李老棍子是去盗墓。

小纪、费四和李四三个人进村收文物的时候李老棍子还没到。小纪一眼就看出村边有个小孩手里玩的那块玉是个宝贝，他想买点糖给这个小孩，把这块玉换过来，但被李四拦住了。李四这个人最大的优点就是，从不占人家便宜。

“孩子，叫你家大人出来，说外面有叔叔找。”李四说。

“我家大人都下地干活儿了，只有我奶奶在家。”小孩说。

“那就叫你奶奶出来。”

“老太太您好。”小纪总那么有礼貌。

“干啥啊？找我有事儿啊？”小孩的奶奶拿着个烟袋。

“老太太，把您孙子的玉卖给我们吧，我想送给我女朋友，怎么样？”小纪问。

“这玩意儿也不值钱，你准备出多少钱买啊？”老太太说。

“老太太，您给个价。”李四说。

“10块，爱要不要！”老太太说。看样子，老太太也是费了好大力气才报了这么个“天价”。

“5块行吗？10块太贵了。”小纪狂喜之下还不忘继续砍价。

“5块就5块吧！”

就这样，小纪花了5块钱就把这东西收来了。这块玉，至少卖3万！3万在上世纪80年代是个什么概念？

小纪这个人有个最大的缺点，就是大嘴巴。回到市里，高度兴奋之下的他忍不住就把这件事告诉了几个同道中人，而这几个同道中人里面就有李老棍子的手下。

看来，人，还是低调些好。

第二天晚上，李老棍子他们又去了那个村子。他们晚上去“清理”了被水冲过的残墓，结果什么都没挖到，但是他们在邻村又收到一块和小纪那块一模一样的玉！他们都是专搞文物的，一看就明白，这块玉和小纪的那一块是一对。

根据他们估计，如果这一对玉拿到一起在黑市卖的话，起码能卖20万，而如果单卖的话，最多也只能卖4万。

所以李老棍子就希望能把小纪的这块玉买过来，凑成一对去卖。前文提到过，张浩然在1983年严打时被定的罪名是“流氓团伙二号头目”，而当时的“流氓团伙一号头目”就是李老棍子。和张浩然被放出来以后改单干不一样，李老棍子出来以后又拉起了一票人马，专攻文物！

前文提到过，路伟是胆小鬼，二虎和三虎子是土流氓，张浩然是有勇无谋，他们都不可能成为当时名头最响的流氓，即使赵红兵不收拾他们，刘海柱等人一样能收拾他们。李老棍子则不同，他刑满释放后成了当地的黑道一哥。因为他在进去以前就是当地最有名的流氓之一，从“老棍子”这个绰号就可以看出他混的时间有多长。他入狱前号称“西霸天”，称霸城西，是全市妇孺皆知的流氓头子，还和张浩然等人共同开办了一个“黑猫公司”。在上世纪80年代初，李老棍子就把流氓团伙给公司化了。

据说，上世纪80年代初，偷盗自行车的现象极其严重，李老棍子的自行车就曾被盗窃过。盗窃自行车的小混子是李老棍子不屑于结识的。这李老棍子连找都没找，就在丢车子的地方用粉笔写了一行大字“我是李老棍子，谁偷了我自行车赶紧还回来”，连“后果自负”之类的恐吓词都没写。结果，当天晚上，就有人偷偷地把李老棍子的自行车还了回去。李老棍子当年的名气可见一斑。他率领的流氓多数来自西郊，该地区的混子素以心狠手辣著称。

李老棍子出狱以后一直在盗墓、倒卖文物，是当时混子中最有钱的人物，几乎每天晚上都会在全市最有名的饭店摆几桌，风头一时无两。可以说，在严打前，刘海柱是可以与其齐名的人物，但刘海柱出狱后做起了正经的小本生意，修了几年自行车。虽然他还有很多小兄弟，但这些小兄弟也都是敬佩刘海柱的为人才跟着他混，他们也都有着自己的小本生意，并不是跟着刘海柱混饭吃。

和刘海柱的侠义之风不同的是，李老棍子心狠手辣，极为阴险，为了利益连自己的兄弟都可以杀。后来二狗才知道，他连警察都敢杀！

李老棍子又高又瘦，是个近视眼，戴着一个特大号能遮住半边脸的大黑框近视眼镜，出狱后还是总留着光头。二狗见过此人多次，每次都发现他的左手总在不停地抖，左侧的嘴角也不停地向上抽搐，看起来既诡异又恐怖。

李老棍子的所作所为，绝对代表了当时黑社会的萌芽状态。当年全市大人吓唬小孩都用李老棍子来吓唬，直到两年以后张岳出狱，市民们才知道，原来这世界上还有比李老棍子更狠、更黑的人。

李老棍子想凭借自己的名气，半讹半买，从小纪手中弄来这块玉。

据说，李老棍子在来之前，很多兄弟还劝他不用亲自出马。

“李老大，不就是找小纪去买玉吗？让黄老邪去就够了，他还敢不给？”一个兄弟劝他说。黄老邪是李老棍子手下的几员猛将之一，在社会上也有相当的名气。

“不行，听说小纪他们这两年也干了不少硬仗，老邪过去要是挨了顿打咱们可就丢人了。”李老棍子说。

李老棍子在雷阵雨过后就去找了小纪，他只带了三个小兄弟。在东北，暴雨过后天空常常会出现一道七色的大彩虹，空气中散发着清新的泥土芬芳，真是美不胜收。当时市里的马路还没有扩，在马路边上都有花池子，种着一种红色的、鲜艳的花，那红色的、鲜艳的花在雨后也显得格外水灵、挺拔。

这一切，在夕阳的映衬下，很美。

“纪老板，忙着呢？”李老棍子皮笑肉不笑地走了过去。

“呵呵，李老哥，今天怎么有空过来啊，我正在这锁门准备回家呢。”小纪笑着说。

“这不是听说你发财了，才找你蹭口饭吃嘛。”

“哈哈，我发财？李老哥你真会说笑，谁不知道你腰缠万贯啊！不过请吃饭是应该的，走吧，咱们现在就去。文物方面也有些不懂的东西得请教请教你，你是前辈啊！”

“呵呵，废话也不多说了。纪老板，我跟你谈个事，事儿谈成了老哥请你吃饭。”

“老哥有什么事儿，说吧！”

“听说前几天你收到了块玉？”

“是啊，花 5 块钱收的，真是赚大了！”

“嗯，老哥对你这块玉感兴趣，能不能把这玉卖给我？”

“呵呵，好说好说，李老哥想出什么价钱？”

“5000 块，够给你面子了吧！”

“李老哥你真会开玩笑，这块玉我随便也能卖上 3 万块！”

“谁他妈的跟你开玩笑，我老李是他妈的闲着没事找你逗乐子的人吗？”李老棍子的口气变了。

“李老哥，这个价钱我没法卖。我这生意是和我其他两个兄弟合伙的，我只占 4 成，他们要是知道我 5000 块就把这块玉卖了，肯定跟我翻脸。”小纪赶紧找借口。

“知道吗？今天你李老哥我带了两份钱，两沓子大团结。一沓50张，另一沓100张，你要哪份？”李老棍子语气变得恶狠狠的。

“那加起来就是15000了？李老哥，咱们低头不见抬头见的，你再加点，我就把这玉卖给你，大不了我不赚钱。这玉的钱分我那俩兄弟，他们都是我战友，复员以后也没赚到几个钱，还想用这玉发财呢！”小纪有点怕李老棍子，想息事宁人。

“这15000是两份，你只能选择其中的一份。”李老棍子说。

“老哥这话怎么讲？”

“你如果拿5000这份，玉，我拿走，我们以后还是朋友；如果你拿10000这份，玉，我拿走，但我要扎了你，那剩下的5000做你的医药费，而且，见你一次我打你一次。你选哪个？”李老棍子说。

“那我要是都不选呢？”小纪虽然有点怕李老棍子，但是也硬得很，从来没服过软。他现在明白，李老棍子是要来讹这块玉了。

“都不选就扎了你，给你5000医药费。你那块玉，我早晚抢过来！”李老棍子说。

“我姓纪的就是从小被吓大的，我敬你是个前辈叫你一声李老哥，你也别把自己太当回事儿了。你知道你那兄弟张浩然是怎么死的吗？”小纪倔脾气一上来，和张岳区别不大。

“姓纪的你真牛逼！要不是你们领头的那个姓赵的跑了，我他妈的还想扎了他呢！反正他现在人不在，我今天就扎了你，也算是替浩然报仇！”李老棍子拔出了一把刀。这把刀是木头柄，刀锋很利，一看就是自制的。

“有种你今天就整死我！”小纪手中没刀，下意识地后退了几步！

“操你妈，我今天就要整死你！”李老棍子说着就攥着刀向前冲。他身后的几个兄弟怕他真杀人，抱住了他的腰。

只见这时两眼冒火的李老棍子甩手把手中的刀向小纪扎了过去！飞刀！由于当时小纪和李老棍子最多只有两米的距离，小纪根本没办法躲闪。这一刀，结结实实地扎在了他的腹部。据说，李老棍子闲着没事时成天练飞刀，每天都拿着他那把自制的刀扎木头，这一刀距离这么近，扎得极狠。

剧痛中的小纪带着腹部上扎着的刀转身就跑，跑了大概100米，撞到一个骑自行车的人，然后轰然倒在一片泥泞的花池中，再也爬不起来。

事后大家说，这就是张岳和小纪的区别。如果是张岳腹部被扎了一刀，他一定会不管自己的死活，拔出这把刀以后回手就给李老棍子一刀。但张岳这样的狼崽子毕竟少之又少。

小纪被一个骑“倒骑驴”的送到了附近的诊所，诊所简单地处理后就把他送到了最近的医学院附属医院。

赵红兵的三姐和二狗见到小纪时，小纪浑身都是泥和血，脸色惨白，失血太多，已处于昏迷状态。

二狗当时就被吓哭了，问赵红兵的三姐说：“三姑，纪叔不会死吧？”

赵红兵的三姐没有答话。

据说，小纪如果不是身强体壮，流血就会流死。他究竟流了多少血呢？具体多少毫升二狗不知道，但是赵红兵的三姐说：“二狗你知道咱们家每次去粮油站打油的那个桶吗？你纪叔的血流了至少有半桶。”

后来，小纪还是被抢救了过来。醒来后，小纪说的第一句话就是：“李老棍子，10 年后，我杀你全家！”

二狗至今不知道，为什么小纪要在 10 年之后杀他全家而不是当时就去杀他全家。

即使小纪不去杀李老棍子全家，李老棍子也还是要找他，因为玉还在他的手中。

小纪住院以后第三天，李老棍子的人真来送了 5000 块钱，并且留下一句话：“你挨这刀，是替你的兄弟张岳挨的。今天李哥给你医药费，是给足了你面子。不交出玉，下次要的就是你的命。”

毕竟小纪倒卖文物也是违法行为，他如果报案连自己也会被搭上，所以，他和李老棍子的仇只能通过黑道的规矩解决。

“想尽一切办法，找到红兵，让他快回来。”李老棍子的人走后，小纪对孙大伟说。

二十二、倦鸟知归

赵红兵是 1987 年 7 月 5 日回来的，离小纪被捅已有一个多礼拜。这次，赵爷爷又猜对了，赵红兵果然给他的三姐打了电话。赵爷爷不愿意高欢耽误了高考和升学，赵红兵同样不愿意。由于高欢在和他离家出走前已经报考并已体检，所以即使赵爷爷不想办法让他们回来，赵红兵一样要带高欢偷偷回来考试，准考证都已经让李洋拿好了。

赵爷爷和赵红兵身上都有男人最应该具有的优点：责任心。

“三姐，我想带高欢回家考试。”电话中赵红兵说。

“红兵，回来吧，家里这边出事了！”赵红兵的三姐说。

“出了什么事？”赵红兵问。

“高欢的妈妈被气得脑血栓，病危。你的朋友小纪也差点被人捅死。”

“真的吗？”

“别问了，回来吧！你在哪里？”赵红兵的三姐最不擅长说谎，赶紧岔开话题。

“别问我在哪里了，我明天下午 3 点回来，他们在哪里住院？”

“就在我们医院，你先来我办公室找我吧！”

赵爷爷料事如神，他猜赵红兵回来以后一定没脸见自己，所以让赵红兵直接去找他三姐，姐弟之间好沟通一些。

7 月 5 日下午，赵红兵推开三姐办公室的门时，发现三个人等在那里：赵红兵的三姐、赵爷爷和赵爷爷的司机。

根据后来赵红兵的三姐说：当赵红兵和高欢推开门时，她眼中的赵红兵仿佛在几十天里老了许多，而高欢则头都不抬，双手紧紧地抱着赵红兵的胳膊，两个人的样子像是死也不分开。他们风尘仆仆的身上，还穿着离家时的衣服。

“高欢，三姐对不起你，三姐跟你撒了谎。你的妈妈很好，我只是想让你们回来。”赵红兵的三姐心肠最软，看到弟弟和弟弟的女朋友饱经风霜的样子，别人没哭她倒是先哭了。

“三姐，别哭，你不说我也知道。”高欢听到这个消息竟然毫不吃惊，反过来安慰赵红兵的三姐。看来经过这次的事情，她也坚强了许多。

“孩子，我是红兵的爸爸。”一直没有发话的赵爷爷轻声地说了一句。

“嗯……您好。”高欢低着头说了一句，依然紧紧地抱着赵红兵的胳膊。

“受罪了，孩子。”赵爷爷走上前去，摸着高欢的头发说。

听到这句话，高欢终于“哇”的一声哭了出来。几十天来的磨难和委屈，终于在赵爷爷这句慈父般的安慰下爆发出来。这声痛哭，在这个敏感且脆弱的女孩子的心中已压抑了太久。

“孩子，回家吧，我带你回家。一切的事情，我来和你的父母谈。孩子犯了任何错误，父母都能原谅，天下的父母都一样。好吗？”赵爷爷叹息着说。

高欢哭着不住地点头。

“走吧，你的父母在家等你。我和你一起回家，明天你该上考场了。”赵爷爷身上似乎天生就有一种让别人听他话的魔力。

赵爷爷说完叫上司机，拉起了高欢的胳膊。高欢也松开了一直紧紧抱着赵红兵的双手。

赵爷爷带着高欢走到门口，回过身来狠狠地踹了赵红兵一脚，“没有下一次！”赵爷爷这一脚踹得极狠，把当过侦察兵的赵红兵踢了一个趔趄。

“爸，我错了。”赵红兵低着头说了一句。

赵红兵知道，父亲在踢出这一脚后就原谅了他。这就是他们父子的沟通方式，两个极其刚强的男人的沟通方式。在这一脚过后，这件事赵爷爷绝不会再提，但相同的错误绝对不允许赵红兵再犯。

“三姐，小纪是真的被人捅了吗？”赵爷爷走后，赵红兵赶紧问。

“嗯……”

“他现在怎么样？住在哪里？”

“脱离生命危险了，住在住院部205的单人病房，我给他安排的……”

没等三姐说完，赵红兵转身就往外跑。

“红兵！你给我回来！你别惹事！”赵红兵的三姐急得直跳脚。她最了解赵红兵，她知道，如果赵红兵看见了小纪的样子，一定会去为小纪报仇。

赵红兵看见小纪时，小纪不但在输液，身上还插了好几根管子。赵红兵抓住小纪的手，低声说：“兄弟，好好休息！”

“红兵，给我报仇！”小纪躺在床上，动都不能动，咬着牙说出了这几个字。

赵红兵点了点头，轻轻地拍了他两下。小纪安详地闭上了眼睛，再不说话。他知道，虽然赵红兵没亲口答应他，但赵红兵一定会替他报仇，轻轻地拍的他这两下就是告诉他“放心吧”。

这兄弟几个是典型的上世纪80年代的混子团伙，他们没有明确的老大，成天在一起嘻嘻哈哈、打打闹闹，都是平起平坐。但是这次发生了事情，大家才发现赵红兵的重要性，这样的大事，还是要赵红兵做主才行。

看来，一个人的重要性，只有遇上大事时才能体现出来。

赵红兵一定会为小纪报仇，这在现在人的眼中或许很难理解，但在20世纪80年代是再正常不过的。

20年后的今天，赵红兵的这种侠义行为，已经被人们称之为“傻逼”。

当晚，“第四届群殴讨论会暨对李老棍子作战动员会”在极其悲怆、压抑的气氛下，在小纪的病房内召开。在这之前的一个月里，张岳刚刚因为防卫过当锒铛入狱，目前尚未宣判，李武也由于盗墓被捕，小纪又被重伤。兄弟八人，在一个月间，尚有战斗力的只剩下五人，其中还包括一打架就犯怂的孙大伟。

会议由赵红兵主持，会议的主题是如何复仇，会议的内容及分析方法类似于现在企业中常用的SWOT分析法，从优势、劣势、机会、威胁四个方面分析当前处境。会议短暂而卓有成效。会议主要由赵红兵等五人发言，小纪、晓波和二狗等人旁听。

会议结论如下——

优势：

1. 赵红兵、小北京、李四三人身手出色，保守估计可以以一敌三。费四虽身手稍逊，但胆量过人。

2. 兄弟五人极为团结，团结就是力量，并且曾多次携手作战，配合娴熟。

3. 事情的起因是李老棍子要抢东西，就算最后闹出人命惊动了公安局，我方也有道理。

劣势：

1. 减员过于严重，八人只剩下五人，人手过于单薄。

2. 武器较为落后，除了孙大伟有一把从未开过火的破沙喷子以外，全是冷兵器。

3. 如果被公安局知道，小纪等人都有坐牢的可能。

4. 赵红兵和小北京有旅馆，小纪有废品回收站，孙大伟有租书室。目标过于明显，很容易被李老棍子袭击。

机会：

1. 小北京在开旅馆期间比较仗义，近期有一批小混子想跟着小北京混社会，其中不乏可利用的外部资源。

2. 李武和他的几个小兄弟虽然被捕，但他还有一批小兄弟在外边，可拉拢过来，此事由李四负责。

3. 李老棍子一定还会主动来找小纪，选择这个时间打是最有利的，无论将对方打成什么样，对方也只能把牙往肚子里吞。

威胁：

1. 李老棍子心黑手毒，如果说他不敢杀人，那么全市就没人敢杀人。

2. 李老棍子手下众多且猛将如云。

3. 李老棍子的堂哥是市区的刑警队大队长。

4. 李老棍子夺玉志在必得。

在分析了优势、劣势、机会、威胁之后，会议作出了以下战斗部署：

1. 李老棍子势必卷土重来，而且一定不会带太多的人，应抓住这个时机对其迎头痛击。

2. 组织一切可以组织的力量，以防范李老棍子在遭受痛击之后的凶猛反扑。

3. 重点保卫孙大伟的租书店和赵红兵的旅馆。

4. 小北京和费四一组，赵红兵和李四一组，轮流为小纪陪床。孙大伟作为机动力量。

会议结束后，大家都沉默良久。可能大家都意识到，要出大事了。

赵红兵他们没等到李老棍子，却在几天后等到了李老棍子手下的头号战将——黄老邪。

二十三、赵红兵与黄老邪

高欢真的去参加了高考，而且考得很开心。谁都不知道赵红兵和高欢在那段时间去了哪里，又干了些什么，反正可以确定的是，高欢的学习貌似没

落下。因为一个月以后，高欢就以高分被第一志愿中国人民大学录取。从那以后，高欢的父母又可以抬起头做人了。这是后话。

黄老邪来找小纪“买”玉是在高欢结束高考的第二天，那天，赵红兵和李四在给小纪陪床。

黄老邪姓黄，在电视剧《射雕英雄传》播出之前他的绰号是黄鼠狼，但是自从大家听到有黄老邪这么一个名字以后，就都叫他黄老邪了。因为他的确很邪。

光从黄老邪走路的姿势就可以看出此人必定是个流氓，他走一步晃三下，慢慢悠悠。而且又高又瘦，一双眼睛贼溜溜，从外表上看，还是叫黄鼠狼更贴切些，总感觉他长得比黄鼠狼还像黄鼠狼。

虽然此人贼眉鼠眼，但他最大的特点是故作斯文、优雅。他从不说脏话，讲话慢慢吞吞，轻声细语。如果只听他讲话不看他本人，一定会以为他是个小知识分子。据说，他装斯文的行为在他们团伙内部也引起了很大的不满，大家都看不惯他一个没文化的流氓总装斯文。据流传，曾有如下经典对话——

“黄老邪，你不装逼能死啊？！”李老棍子有次实在看不惯了，骂了一句。

“不会！”黄老邪轻声细语地回答，优雅而坚定。

“那你还总装逼干什么？”李老棍子实在不耐烦了。

“死是不会，但是只要允许我继续这么装逼，我会长寿的。”黄老邪微笑着回答。

集体晕倒。

据说黄老邪虽然狠，但也有怕的人。他最怕的人就是大侠刘海柱。黄老邪刚刚开始混的时候，刘海柱曾经提着一把豁了刃的破菜刀追了黄老邪三条街，把黄老邪的上衣砍成了碎布条子。最后黄老邪跪在地上说：“亲爷爷，活祖宗，放过我吧！”刘海柱才饶了他。直到1987年，刘海柱处于半隐退状态，在十四中门口搞了个修自行车的摊儿，但黄老邪仍然不敢从那条路上走。

黄老邪总希望自己能够与众不同，同伙们用的武器都是枪刺、双管猎枪，他却经常腰缠一柄软剑，也就是皮带剑。当前中国没这个东西了，但在

20 世纪 80 年代很流行，虽然软剑的杀伤力连普通匕首都不如，但他认为带刀带枪上街太粗鲁、太没层次，这不是他的性格。他还曾经梦想有一把铁的折扇作为武器来匹配他那优雅的风度，但遗憾的是，他按照《故事会》上面卖武器的地址邮了三次钱购买——他第一次邮了 28 块钱买铁扇，后来两次都是邮了 78 块钱购买能发飞镖的铁扇——但货一次都没发过来。盛怒之下，黄老邪奔赴他汇款的地址——浙江温州去找那个骗子，还真被他抓住了，但对方是个女人，他没动手，最后那个女人退还他 180 块钱了事，他大胜而归。忘了说，他往返温州的路费就是 1000 多。

别的流氓都是以打几次大的胜仗成名，而黄老邪当年却是以挨打成名。社会上的混子一提到黄老邪就说，“这小子真是命大，刘海柱砍了他三十多菜刀，这小子都成了个血人还能跑。”“在红旗公园门口，他被二十多个人拿着钢管和棒子打了起码 5 分钟，挨完打他居然还自己去了医院。”

总之，黄老邪在很久以前就享有体格好、抗击打能力强的盛名，但真正变得凶悍起来，还是跟了李老棍子之后。他刚跟李老棍子的时候还没有软剑，当时打架总拿双节棍，带着几个兄弟专门帮李老棍子平事儿，被他打过的人基本上都要在医院住上两三个月。在李老棍子手下的几员战将中，老五、土豆两人下手最狠；黄老邪肯定不是胆子最大的，也肯定不是最能打的，但他的确是最有名的。

黄老邪去医院的那天穿着一双拖鞋，裤子是大杠烫绒的，上身穿了件白衬衣，还系了条鲜红鲜红的领带，衬衣也没有塞到裤子里，不伦不类。他身后带着三个小兄弟，这三个小兄弟手里还提着水果罐头和麦乳精，他双手揣兜，一步三晃进了小纪的病房。

“小纪兄弟，你好。”黄老邪文质彬彬地说。

“嗯……你是谁？”小纪问。虽然赵红兵等人已经打了多场硬仗，但社会上的流氓他们当时认识的的确不多。

“我姓黄，你就叫我小黄吧！大家都这么叫我。”黄老邪看来对自己的绰号很不满意。

“嗯，小黄兄弟，我好像以前见过你嘛。”小纪没想到他是李老棍子的人。

“四海之内皆兄弟。”黄老邪开始装了，他一共就会这么几句词，每天翻来覆去地说。

“那谢谢你了！你看你，还带了这么多东西。”小纪说。

“不用谢我，要谢就谢李老哥吧！”黄老邪这才说明了来意。

“哦……”小纪没答话，回头看了看坐在他旁边床上的赵红兵和李四。赵红兵和李四心领神会。

“李老哥呢，让我来，就是想替他赔个不是。他也就是一时冲动，以后大家都是朋友。”黄老邪说得诚恳极了。

“赔个不是？”小纪问。

“是啊，而且李老哥说，还希望继续和你做生意，只要你把玉拿出来，价钱还可以商量。”原来黄老邪来还是为了那块玉。

“那他希望出多少钱啊？”小纪躺在床上，说话有点费力。

“8000 块，怎么样？如果可以，我现在就带着钱呢。”

“我不卖。”小纪说完这句就闭上了眼睛。

“小纪兄弟，别给你脸你不要啊。”黄老邪虽然火了，但说话还是很温柔。

“小纪累了，要休息一下，这玉的问题，我来和你谈吧！咱们去走廊谈，别影响小纪休息。”赵红兵站起来说。

“和你谈，你配吗？”黄老邪斜着眼睛看着赵红兵。

“呵呵，谈完你就知道配不配了。”赵红兵才是真正的优雅，对黄老邪的这句挑衅仿佛一点儿都没生气。

“我哪来那么多闲工夫，你一边儿凉快去。”黄老邪说。

“玉在我手里呢，呵呵，咱们出去吧！”赵红兵说。

没等黄老邪答话，赵红兵和李四先走出了病房。他们相信，黄老邪一定会跟着出来的。

果然，黄老邪带着那几个小兄弟跟了出来。

“玉要是不在你手里，今天我把脑袋给你拧下来。”黄老邪细声细语地说。

“玉呢，是在我手里，但是我不想卖给你，呵呵。”赵红兵和李四都笑嘻嘻地看着黄老邪。他俩都不是爱主动生事的人，但是今天，他俩就是想把黄老邪惹火了，然后“合情合理”地毒打黄老邪一顿，给小纪出出气。

“你黄大哥我的名气你们听说过吧！我的脾气可不大好。”黄老邪火气上来了。

“哎呀，不好意思黄大哥，我这个兄弟的脾气更差，还有精神病，你可别把他惹了啊。精神病杀人可不偿命，他都好几天没杀人了，刚才还和我说要整死两个呢。你可小心点。”赵红兵故做担心地指了指李四说。

“哈哈，你他妈的才有精神病呢！”李四大笑着推了赵红兵一把。

黄老邪这下算看出来了，赵红兵和李四这是消遣他呢。

“肉皮子发紧了吧！”黄老邪倒退一步，伸手向腰间摸去，他是摸他白衬衫下面那把软剑去了。

他这个动作倒是把赵红兵和李四吓了一跳，还以为他腰间有枪呢，俩人几乎同时蹿出去抓黄老邪要“掏枪”的那只手。这都是他们侦察兵的习惯性动作，已经是条件反射了。不过，由于赵红兵距离黄老邪稍远，还是李四快了一步。

说时迟，那时快，李四一个箭步上前按住了黄老邪的手，另一只胳膊化作肘拳狠击黄老邪的下巴，一击之下，黄老邪马上倒地。李四扭过胳膊才发现，黄老邪腰间缠着的原来是一把破软剑。

赵红兵又一脚踢倒了一名冲在前面的黄老邪的小兄弟。

二狗认为，武侠小说里总写斗上几百个回合不大现实，在实战中，那些经过严格训练的人打倒那些小混子基本上就是一两下的事儿。李四和赵红兵对付这群小混子，基本上就是一两下打倒一个，而且招数非常简单，什么“回旋踢”之类的花招根本没有，只是简单的一抓一踹或是一肘拳一电炮，但对方就是避不开。

两分钟之后，黄老邪和他带的三个小兄弟全倒在地上哼哼。

黄老邪这个耀武扬威了好一阵子的混子，今天再次尝到了被打的滋味。他没想到跟了李老棍子以后，居然还有人敢把他打成这样。黄老邪可能已经忘了，今天他是讹人家来了。

赵红兵想起躺在病榻上的小纪无缘无故被扎了一刀，不由得怒火中烧。

“姓黄的，你是个男人就站起来，你怎么走进医院的再怎么走出去！”

黄老邪在地上一动不动，只是晃了晃手，看样子的确走不动了。

“好，你不走，我拖你出去。”赵红兵抓起黄老邪的头发就开始拖着走。

赵红兵的原则一向是：尽量不动手，一旦动了手就一定要把对方打“服”了，否则他以后还会找麻烦。

赵红兵拖着黄老邪没走几步，就看见了一瘸一拐朝他跑过来的三姐。原来，赵红兵在这里打得太热闹了，值班护士不敢拉架，便把他三姐找来了。他三姐穿着高跟鞋，没跑几步就把脚给扭了。

据赵红兵三姐回忆说：从来不知道红兵有那么大的力气，拖着黄老邪在水磨石地面上走就像是手里提着个公文包似的。

“红兵，别打了，你这是要把人打死！”

“他们欺人太甚！”赵红兵一向听三姐的话，松开了黄老邪的头发。

“快把他送到门诊！”

“好吧。”赵红兵挺不情愿，又抓起了黄老邪的头发，想把他拖过去。

“你还抓他头发！放开！和小四你俩把他架过去！”在赵红兵的三姐眼中，黄老邪已经不是来讹诈的流氓，而是她们医院的病人了。

在赵红兵眼中，黄老邪是个无恶不作的流氓，正在对自己的战友进行讹诈。但在赵红兵三姐眼中，黄老邪只是个可怜的病人。

李四和赵红兵两人不情愿地架着黄老邪下楼，赵红兵的三姐走在前面。

当时是夏天，赵红兵的三姐跑过来时没穿白大褂，穿的是个比较薄的裙子。

赵红兵和李四没架出几步，就发现黄老邪竟然在色迷迷、直勾勾地看着赵红兵三姐那凹凸有致的背影。

都被打成这样了，还有闲心看美女！

“你还敢看我姐！”赵红兵把黄老邪扔在地上，又是连续的猛踢。

“我……没……”黄老邪又被打得说不出话了。

“唉，红兵……”三姐也拿赵红兵没办法了。

当天晚上，赵红兵他们又开了个不怎么正规的小型会议。会议得出的主要结论是：李老棍子绝对不会善罢甘休，继续落实防范措施并团结一切可以团结的力量。

二十四、惺惺相惜

黄老邪这顿打挨得可够重的，躺在病床上起不来。李老棍子放出话来：让赵红兵等人多蹦跶几天，等老邪伤养好了，带着老邪去新账旧账一起算。

据说黄老邪在养伤期间，每天长吁短叹，心中充满了哀怨；更常常顾镜自怜，叹息他那如花的容颜，如今已经被赵红兵和李四踢得满目疮痍，狼藉一片。他也曾在夏日的院子里，双手托着下巴仰望浩瀚又深邃的星空，感慨他那几年来的英名，竟毁在了赵红兵的手上。夏日的晚风吹过，吹乱了黄老邪梳理整齐的“秀发”，也吹乱了黄老邪的心。

当晚他赋诗一首，是七绝，无题。此诗是后来小北京朗诵过的，不知是不是出自黄老邪之手。赵红兵疑是黄老邪托“枪手”所作，因为赵红兵认为，即便这么烂的打油诗，他黄老邪也没能力写出：

我是城西黄老邪，
轻敌遭到生死劫。
有朝一日伤好后，
让他满身都是血。

一首诗吟罢，黄老邪紊乱的心绪平静了许多。

这个仇，一定要报。

李老棍子去看望黄老邪的时候，黄老邪正坐在自家的院墙上静静地看着盛开的向日葵发呆。

“老邪，干什么呢？”李老棍子问。

“赏花。”黄老邪轻声回答，头都没回。

“装逼犯，早晚挨干！”李老棍子骂。

是的，倘若“装逼”的行为是一种罪的话，那么黄老邪一定会被判 1 亿年。随便他怎么上诉，都不会减刑。

“你什么时候能出门？”李老棍子继续问。

“两三个礼拜以后。”黄老邪还在静静地赏花。

“我查出了打你的那个人，叫赵红兵，在火车站那边开旅馆。老五你们俩多带一些人去，带上枪，先砸了他的旅馆，然后再废了他。”李老棍子说。

“嗯，这个仇，一定要报。”黄老邪幽幽地说。

在李老棍子和黄老邪这边准备报仇的同时，赵红兵他们也没闲着。

在赵红兵这个团伙中，虽然是兄弟八人，但关系的密切程度不同，内部还可分为三个小团伙。

第一个团伙是：赵红兵、小纪、费四、李四四人。这四个人多年前关系已经很好，虽然不在一个连队，但也算是一起上过老山前线的战友，有共同语言，复员后就每天黏在一起。

第二个团伙是：赵红兵和小北京。赵红兵和小北京是出生入死的兄弟，两个人好得像是一个人，而且这两个人中不存在谁听谁的问题，打架斗殴小北京听赵红兵的，做生意赵红兵听小北京的。因为小北京对赵红兵特讲义气，所以小北京也就对赵红兵的这几个兄弟特讲义气，其他的兄弟都很喜欢并钦佩小北京的为人和智慧。

第三个团伙是：张岳、孙大伟、李武。他们三个都是从小玩到大的邻居，孙大伟和李武从小就怕张岳，而张岳则最佩服赵红兵，而且在很多方面也挺佩服小北京。张岳和小纪等人的关系都很好。孙大伟人很善良，没什么心眼，成天嘻嘻哈哈，虽然打架怂了点，但是大家都喜欢他。李武在这个团伙中有点另类，因为他在加入这个团伙前和大家都不熟悉，而且总干些偷鸡摸狗的事儿，赵红兵和小北京都有点瞧不起他，但毕竟他是张岳的兄弟，也不好表现出来。

总之，赵红兵是连接这个团伙的核心，整个团伙总体而言是亲密无间的。唯一有点不招人待见的就是李武，但是李武对其他兄弟也算够意思，大家也不烦他。

李四身手好、讲义气、性格耿直，是个典型的东北男人。在李武被捕、小纪出事以后，以前李武那些小弟都跟着李四混。李武的这几个小兄弟成天小偷小摸，李四很看不惯，由于已经收了几个月的废品，手里也有几个钱，所以他想买几张台球案子摆在街边，让这几个小兄弟看着，每个人每月发100元的工资，这样既能给自己创造点收入，也可以让他们不再继续小偷小摸。这几个小兄弟听了兴奋极了，“可算有个营生了”“谁愿意去偷啊”。这几个小兄弟在以后的十几年里，一直跟在李四身边，后来都成了李四黑社会团伙的主要干将。这些小兄弟，当然也算在赵红兵的“团结一切可以团结的力量”里。

而费四在被鬼吓了以后开始盲目地信仰宗教，变得神神道道，从佛教、道教、喇嘛教到基督教他信了一个遍，记得当年费四脖子上拴了个十字架，手腕上绑了一串开过光的佛珠，上衣口袋里还装着一把小号桃木剑。看这意思，就算他费四遇上古今中外的厉鬼集体开年会也不怕了，如来佛祖、玉皇大帝、基督耶稣在他身上来了个大融合。当然了，费四也就是形式上信，虽然他以居士自居，但还是该喝酒喝酒，该吃肉吃肉，该打架打架。

小北京和赵红兵两个人琢磨着自己的人手还是太单薄，每天都在商量如何应对李老棍子他们的复仇。

“咱们几个加上李四的那几个小兄弟，怎么能对付李老棍子他们？”小北京问。

“当然不能。对了，你每天在旅馆门口吹得天花乱坠，不是也有很多人愿意跟着你混吗？”赵红兵说。

“嗯，但是真能打架的也没几个。哪天我们请他们吃顿饭吧！”小北京说。

“唉，请归请，拉拢归拉拢，但常来咱们旅馆的那些小兄弟我看也是战斗力太差，没几个是打架的料子。”赵红兵说。

“呵呵，你嫌战斗力差，要么你把咱们侦察连一个连的战友都叫过来？那战斗力肯定强。”小北京又开始贫了。

“呵呵，你要造反啊！你认不认识社会上的混子呢？”赵红兵问。

“你丫就出生在这里，你都不认识，你现在来问我？”小北京说。

“我什么时候和那些地痞流氓打过交道啊？他们那样的人，我见一个打一个。”赵红兵说。

“呵呵，现在该用上人家了，就不提打人家的时候了？当时你要是和路伟、二虎他们好好商量，不就是朋友了？现在也能帮帮咱们。”小北京说。

“宁可被李老棍子打死，也不跟那群浑蛋交朋友。”赵红兵笑笑说。

“红兵，我还真认识一个大混子，而且还挺仗义，但是和他不太熟悉，一面之缘。”

“谁呀？”

“刘海柱。”

“你认识他？早说啊，呵呵，这老小子和别的混子不一样，人很仗义。上次在电影院门口，我看见他打了几个欺负白傻子的小混子。”

“那就找时间和他认识认识吧，他上次说他在十四中门口修自行车。”

“嗯，我知道，赶明儿个咱们俩去找他聊聊。”

“别赶明儿个了，就今儿吧！”小北京说。

赵红兵和小北京找到刘海柱的时候，刘海柱正在给一个小姑娘修自行车。

“刘海柱，忙着呢？”小北京走上前去打招呼。

“你这是带着人来找我麻烦了？”刘海柱说着，抓起一把大号五花扳子站了起来，硕大的斗笠下，看不到他的表情。

这回轮到赵红兵愣了：敢情小北京这样就叫认识啊！认识还一见面就要动手？他算是服了小北京。

“呵呵，您息怒，我来找您有事儿，找您帮忙。”小北京笑嘻嘻地说。

“你能有什么事儿啊，一个人把我四个兄弟都给打了。”刘海柱说着又蹲下去修自行车了，看样子还记着小北京打了他兄弟的仇呢。

“没事儿请您喝酒还不行吗？”

“请我喝酒？我和你又不熟。”刘海柱专心致志地修着他的自行车，连头都不抬。

“他太牛了，求他干吗，咱俩走吧。”赵红兵一向心高气傲，他以为小北京和刘海柱很熟，实在无奈才想找刘海柱帮帮忙，现在看见刘海柱这带搭不理的样子火就大，于是拉起小北京就要走。

“就知道你们找我有事儿。什么事儿，说吧！别请喝酒请吃饭的，我刘海柱又不是没饭吃。”刘海柱此时也正好修完了自行车，站了起来。

“我们打了黄老邪，李老棍子要收拾我们。我们倒是想和李老棍子好好干上一架，但是觉得人手有点不够。”小北京说。

“这黄老邪和李老棍子太欺负人，非要强买我们朋友手中的玉。”赵红兵忍不住插了一句。

“操，就李老棍子？我们当年在一个号里，他成天欺负人，我他妈的就不怕他。”刘海柱的确是谁都不怕。

“是啊，李老棍子他们太欺负人。我们这次就想好好修理修理他，这不是来找您帮忙吗？”小北京说。

“按理说这个忙我是不该帮的，你姓申的打了我兄弟，我没找你算账就算给你面子了，再说我和你又不熟。不过今天你有事能找到我姓刘的，说明你看得起我，我也敬你姓申的是条汉子。如果你实在怕，就躲我家来吧！看他们谁敢来我家！”刘海柱边说边收拾，准备回去。

“刘哥你这是说什么话？我们能怕到躲出去吗？我们是想收拾李老棍子，想找你帮忙，如果你不愿意帮忙，那也就算了。至于躲，我们是绝对不会的。”赵红兵说话不紧不慢，语气沉着镇定有力。

“呵呵，你们俩胆子可真不小，现在全市谁敢和李老棍子打啊？”刘海柱也开始佩服小北京和赵红兵的硬骨头了，有点惺惺相惜的意思。

“欺负了我的战友，我就是要打。我和小申都不是怕死的人，在战场上我们都已经死过一次了。”赵红兵说。

“你们还当过兵？我也当过兵。走吧，去喝酒，我请你们小哥儿俩。”刘海柱收拾完修车工具，把那摊东西往十四中门卫那一放，推起了他那辆只剩下两个轱辘的战车。

二十五、一夫当关，万夫莫开

刘海柱把他们请到了一家小酒馆。看样子刘海柱经常来这里，他一进来大家都打招呼。

“你们怎么得罪了李老棍子？”刘海柱问。

“我的战友收到了一块玉，李老棍子非要低价强行买去。”赵红兵说。

“李老棍子整天就靠这个发财，我他妈的最瞧不起他。”刘海柱喝了一口酒说。喝酒的时候他也不摘斗笠。

“那天李老棍子又派黄老邪去讹我的战友，我和另一个战友打了他们一顿。”赵红兵说。

“哈哈，打得好，黄老邪就该打。你的身手也不错吧？这位小申兄弟也不错，一个人把我四个兄弟给打了。你们在部队是什么兵种？”刘海柱人很厚道。

“侦察兵。”

“70年代，我也当过兵，汽车兵。复员转业到玻璃厂，我把我们领导给打了，就没工作了。”

都是当过兵的人，又都是性情中人，三人聊得格外开心。

“刘哥，你怎么成天戴个斗笠啊？”小北京问。

“1981年的时候和人家打架，脑门上挨了两刀又被镐头砸了一下，伤好后出门怕被雨淋着，就弄了这么个斗笠。戴着戴着就习惯了，不愿意摘了。再说现在在外面修自行车成天日晒雨淋，有这个东西不错。”刘海柱说。

“刘哥，当年和你齐名的那些人，比如李老棍子什么的，人家现在都发了，你为什么就弄这么个修自行车的活儿？”赵红兵始终不解。

“昧着良心的事儿你刘哥绝对不会干！李老棍子那样是要遭报应的，那个张浩然不是在体育广场让人扎死了吗？这就是报应！从里面出来以后，我跟我姐要了100块钱，买了点工具就开始修自行车了。修自行车也是技术活儿，我以前在部队就会修汽车，我想开个修汽车的店，现在本钱还不够，就先修自行车攒着。我的回头客挺多的，赚得比别的修自行车的都多，比普通上班的也多。攒几年，我就开个修汽车和摩托车的店。我现在自己骑的这个自行车，都是拿人家报废了的车组装的，但是很好骑。”刘海柱虽然外形较为独特，但是心地善良，做事踏踏实实。

刘海柱就这样一毛钱一块钱地攒着，到了1990年前后，真的开了个修汽车的店，同时在边上还开了个卖汽配的门市。凭着一把好手艺和辛勤的汗水，刘海柱赚大了，后来连市委书记和市长的司机都专门在他这里修车！据说只要发动机一响，他就知道车哪里出了问题。他是市里第一个开上奔驰的，可能谁也想不到，那奔驰车里坐着的，竟然是当年那个骑着俩车轱辘的刘海柱。他的每一分钱都是用汗水换来的。后来斗笠换成了礼帽，他又成了全市唯一一个春夏秋冬都戴礼帽的人。据说刘海柱在修车期间，正是出租车行业最不景气的时候，但是只要来修车的人说一句：“柱子哥，现在手头没钱，我几个月后给你。”刘海柱总是二话不说立马给修，多贵的零件都给赊。但是如果到了期限不还，刘海柱可是要找他的。当然了，也没几个人敢欠刘海柱的钱。到了现在，刘海柱早就不自己亲手修车了，可如果赵红兵这样的老哥们儿的车坏了，已经50多岁的刘海柱一样二话不说，脱了衣服就钻车底下修。他现在还经常打抱不平，不过人老了，虽然侠义精神尚在，但体力已经不如小年轻了。靠着自己十几年前的名气和与赵红兵、小纪、费四等人的关系，一样没有小混子敢惹他；如果真惹急了他，二狗相信，他肯定还会下了奔驰光了膀子拎一把破菜刀追着人家去砍。据说他现在还要开汽车4S

店，而且声明只经营国产车。

看来，踏踏实实赚钱，勤勤恳恳做人，结果总是不错的。

“刘哥，你怎么也是个大哥，就不觉得在街上修自行车……”小北京问。

“操！我他妈的凭手艺赚钱，有啥丢人的？”刘海柱一激动，山羊胡子上沾了不少酒。

“来，刘哥，你说得对，咱们哥俩喝一个！”赵红兵由衷地佩服刘海柱。

“……”

“以后李老棍子找你们麻烦，你们兄弟的事儿，就是你刘哥的事儿！”刘海柱豪气干云。

“……”

这三个人那天喝了五瓶白的，全醉了，唯一能明白点事儿的就是小北京，他还要背着已经不会走路的赵红兵。

刘海柱骑着他的自行车没出五米，就摔进了马路边的花池子里。

小北京赶紧扔下赵红兵去扶他。

“你刘哥我没事儿，躺这睡会儿，等醒了我自己回去。”躺在花池子里的刘海柱摆摆手。

已经过去了足足20年，赵红兵、小北京、刘海柱三人依然是最好的朋友，谁都不会忘记第一次见面喝的那顿酒。

生死之交一碗酒。

第二天酒醒后，赵红兵感慨了两句。第一句是：“小申，你以后别把你见过一面的人就说成自己认识，我刚看见刘哥拿扳子的时候，以为他要削你呢！”第二句是：“刘哥这人真不错，值得交！”

正是人算不如天算，黄老邪和老五带人拿着沙喷子和枪刺来找赵红兵的那天下午，旅馆里只有小北京和孙大伟两个人。

据说那天孙大伟刚刚关了租书室的门，按时来给小北京和赵红兵送武侠小说。他进来时，小北京正在眉飞色舞地给两个女服务员讲当兵时他抓到赵红兵手淫的事。他的情节描写太生动，把两个服务员羞得面红耳赤，但又舍不得不听。

“小北京，你就看你那破嘴，谁在你那嘴下也讨不着好，也不知道你说那些是真的假的。”孙大伟笑着说。

“大伟啊，我这不是无聊嘛。”小北京还挺无奈。

“无聊你把太师椅搬出去，出去给人家讲故事，跟别人聊天啊。”

“还没到时间呢，我一般都是太阳要落山的时候出去。要不这样，你先出去弹奏一曲吧，我把红兵‘撸管子’的事儿讲完再出去。”

“好吧，我也好久没献唱了！”孙大伟说着，就拖着太师椅和吉他到了旅馆门口。

孙大伟坐在旅馆门口，抱着吉他开唱《冬天里的一把火》。二狗最忍受不了孙大伟唱《冬天里的一把火》，主要是受不了他那表情。每当他唱到“你就像那一把火”的时候，他的表情就好像日本AV里的男主角似的，非常陶醉，非常高潮，但在别人眼中，是非常恶心。

在孙大伟正要High的时候，黄老邪和老五带着七八个人气势汹汹地走了过来，每个人手里都拿着家伙，一看就是来打架的。

“你这死胖子，别在这儿烦了！”老五上去一脚，把孙大伟连人带太师椅都踹到了旅馆的台阶下。李老棍子手下的老五是出了名的下手黑，这次他们就是来砸店和打人的。

小北京听见外面有动静，起身出门看。刚走到门口，就被老五和黄老邪拦住了。

“谁叫赵红兵？”老五问。老五长着一双无知的眼睛，标准的愣头青。

“赵红兵不在，有什么事儿？”

“你是谁？”

“我是他朋友，你们叫我申爷就行了。”

“兄弟们给我砸！打的就是赵红兵的朋友！”黄老邪说着，拿起手中的枪刺就朝小北京的头上砍去。看来黄老邪为了报仇是不顾风度了，连枪刺这样的超级凶器都带上了。后来大家说，黄老邪这人虽然在社会上名气不小，但是胆子真不大，手里拿着一把枪刺居然只敢朝小北京头上砍却不敢捅。枪刺用来砍人，恐怕连菜刀都不如。

“我看你们谁敢砸！”小北京灵巧地躲了过去，并顺势抓住了黄老邪的手腕。

“你他妈的别动！”老五掏出沙喷子朝小北京慢慢走近，枪口顶在了小北京的脑门上。

“好，不动就不动。”小北京一副无所谓的样子。

“兄弟们，给我砍了他！”老五喊。看来老五也不敢说开枪就开枪。

老五的判断，错误有三：1. 电视剧看得太多了，都以为拿枪一指脑袋对方肯定就老老实实不敢动了；2. 电视里人家拿的都是手枪，他拿的是把枪管很长的沙喷子；3. 他眼前的对手是从枪林弹雨中活下来的，根本就不怕他手中的那把沙喷子。

小北京用脑袋向前一顶，老五在这一顶之下有点手足无措，小北京趁势双手抓住枪管用力向背后一拽。

“轰！”沙喷子打响。

谁都没打到。

但小北京拽的力气太大了，枪响之后他和老五两人同时倒地。

黄老邪见状，拿着枪刺朝小北京捅去。小北京躲闪不及，胳膊被扎了一下。小北京大怒，再次抓住黄老邪的手腕，扭过手腕又是一个兔子蹬鹰，抢过了枪刺，黄老邪也被蹬飞了。

挨了一刀的小北京红了眼，回过头就扎了老五一枪刺，扎在大腿上。接着，又冲上去扎了黄老邪大腿一枪刺。

这两下扎得结结实实。

“我看你们谁再敢动！”小北京拿着枪刺指着他们说。枪刺上滴着三个人的血。

对方没一个人敢动，而且，对方另外一个人手里还拿着沙喷子。

根据孙大伟回忆，小北京当时的动作和表情特别像董存瑞，霸道极了，光这气势就把对方镇住了。

小北京后来说，当时他疼得红了眼，开始时还保持理智只扎了老五和黄老邪的大腿，但是他只要再挨一下，非杀人不可。

小北京还是手下留情了，毕竟他受过党和军队的教育，和张岳这样的亡命徒还是有区别的。

“大伟！进来，关门！”

孙大伟也摔得不轻，瘸着跑进来关上了门。

门一关上，就看见外面的人扶着黄老邪和老五走了。

看到他们走了，小北京才龇牙咧嘴地开始喊起了疼，这时小北京衣袖的左半边已经全是血了。

这也是小北京为数不多的挂彩之一。

两个小时以后，赵红兵到了医院，看见胳膊上缠着绷带的小北京，他咬牙切齿地说：“李老棍子，这事儿没完！”

二十六、小静版芍药使者

小北京被枪刺扎这一下可真不轻，成天绑着个绷带哼哼唧唧。

赵红兵一见他，总不忘嘲讽一句：“申爷，最近不说评书改唱歌了？你唱得也太单调了点吧。哼哼唧唧的太没劲，你唱的这是叫‘哎呀歌’吗？”

“你申爷我从小到大还没挨过刀呢，我当时就应该多扎他们几下。”小北京愤愤不平。

“呵呵，你想扎他们？他们还想扎你呢！听说李老棍子这几天还要找咱们。”赵红兵说。

“好呀，他们再动刀动枪我非宰几个不可。张岳不是要判了吗？听三姐夫说最多判三年。张岳那叫防卫过当，我也防卫过当宰了几个陪张岳去，省着他寂寞。”小北京恨不得李老棍子他们立刻找上门来，他小北京什么时候吃过这样的亏啊。

“行了，别学张岳。”赵红兵可不愿意搞出人命，“不管怎么说，你那天也太悬了。要是老五那天拿着沙喷子轰了你，我现在就该在医院数从你体内取出的铁砂呢。”

“哎，毁容就毁容吧，反正你三姐也不离婚，我长得这么精神又有什么用。”小北京挺幽怨。

“你再打我三姐的主意我阉了你。”

“你有高欢了，饱汉不知饿汉饥。”

“高欢要去北京读书了，马上就开学了，今天晚上就走。”

“那你又得自己解决了？你都磨得满手是老茧了，撸起来还有快感吗？对了，我给我爸妈打个电话，让高欢周末去我家吃吧！”

“别扯没用的了，琢磨怎么对付李老棍子吧。”赵红兵说。

“刘哥这人真不错，咱们应该再请请人家。上次咱们找人家帮忙，结果还是人家请的咱们，而当时和咱们都不熟，多不好意思。咱们俩大小也算是个老板，不请人家太不合适了。”小北京能佩服的人没几个，刘海柱就是其中之一。

“嗯，让刘哥也带几个兄弟过来，咱们也认识认识；你也把你认识的那几个小兄弟叫上；再叫上李四他们，咱们摆他个三四桌，好好乐和乐和。去贵宾楼订桌、点菜什么的让大伟去操办。我一会儿就去找刘哥。”赵红兵也想认识认识刘海柱的那些兄弟。

当天晚上，赵红兵在贵宾楼的二楼摆了三桌，大宴宾客30人。可是大家都到齐了，唯有刘海柱不到，大家都有点急。

“我下去看看。”赵红兵下去了。

原来，刘海柱早就到了，但是一楼的服务生看他的样子实在太过邋遢，说什么也不让他进，结果他和三四个服务生打起来了。服务生虽然人手众多，但哪里是刘海柱的对手。赵红兵下楼时，正看见刘海柱举着把椅子乱抡。

“住手！他是我朋友。”赵红兵赶紧喊停。

“赵老板，他是你朋友？”饭店老板也出来了。

“是我哥哥，你们怎么谁都敢打？”赵红兵是真怒了。

“抱歉，抱歉，不好意思。”老板不认识刘海柱，但他可真怕赵红兵。

“你们几个，给我哥哥道歉。”赵红兵气还没消。这也就是赵红兵脾气好，换了小北京，早就动手帮刘海柱打了。

刘海柱“嘿嘿”一笑，没多说话，上楼了。

半分钟后，头戴斗笠、身穿七分裤、脚踏黄胶鞋、光着膀子、身上流着汗、满手油污的刘海柱出现在大家面前。

众人纷纷起立。

当晚，30多人大醉而归。赵红兵完成了对刘海柱团伙和李四团伙以及小北京团伙的整合，黑道组织已初具规模。大家一致同意，这个团伙内，赵红兵和刘海柱是大哥。

未来的某一天，这个团伙将同仇敌忾，对付李老棍子。

又有人拿相机给他们照了张集体相，赵红兵坐在最中间，刘海柱站在他身后，大家都笑得很开心。这张相片上的人明显比去年国庆前那张相片的人多了很多，只是，少了张岳，少了李武，少了小纪。

那天晚上，小北京独自一人回到了旅馆。他发现，小静等在那里。

“听说高欢要去北京读书了？”小静还是很腼腆。

“嗯，明天就走。”小北京微醉。

“你说，高欢走了，红兵会不会喜欢我？”自从那次事情以后，小静已经很久没来骚扰赵红兵了。

“这要看你的策略和手段了。”小北京每次喝多了，讲话都特别有哲理。

“我能用什么策略和手段呢？”小静不解。

“需要我教你吗？再说，每个男人的喜好不同。”小北京懒洋洋地躺在太师椅上。

“你教教我。男人都有什么喜好？”小静好奇地问。

“比如红兵喜欢清纯的女孩子，我喜欢成熟一些的女人。”小北京这句话，换种说法就是“红兵喜欢幼齿，我喜欢熟女”。

“嗯，红兵肯定觉得我不够清纯了，那怎么办呢？”小静悔不该当初轻易地失身给那些小混混。

“你眼前的鸿沟，并不是红兵，而是高欢；想夺得红兵的心，必须先击败高欢。”小北京又开始琢磨馊主意了。

“我怎么能击败高欢呢？”小静真的不明白。

“400年前，日本剑圣宫本武藏与柳生剑圣决斗之前，柳生剑圣曾剑削芍药花赠与宫本武藏，让其知难而退，这个禅机你懂吗？”宫本武藏绝对是小北京的精神导师。

“不懂。”尚且青涩的小静怎么能明白如此禅理？

“关键在于，令其知难而退。”小北京不愿意多说了，他觉得小静很难理解他所说的话。

“嗯……”小静似懂非懂。

“你是否知道你的优势在哪？”小北京说完这句再也不多说，躺在太师椅上睡着了。

“嗯……”小静貌似懂了。

10天后，小静又来找小北京。

“申哥，可以告诉我高欢的地址吗？”

“可以，中关村大街59号87级XX系，高欢。”

“嗯，谢谢。”

“小静，你问这个干什么？”

“我明白了你所说的禅机。”

据小北京说，在开学两个礼拜后，高欢收到了具有傲人三围的小静邮寄过来的一件特大号胸罩，36F的。据说，胸部平坦的高欢接到这个胸罩后，认为小静要与她化干戈为玉帛，试了试，觉得不大合适，就放在了一边。

小北京听说这件事后头撞南墙500下，并说了两句话——

“小静，你能不能不要不懂装懂？”

“我是不是应该送给三姐夫一个特大号的避孕套呢？”

小北京又想起了三姐。

的确，三姐的那双大眼睛，杀人于无形，夺人魂魄于无影。

二十七、海枯石头烂

李老棍子能主动找上门来，这是赵红兵和小北京最期盼的事情。1987年的整个9月，赵红兵和小北京都在焦急等待的不安中度过。他们太期盼李老棍子能找上门来，好与其痛痛快快地恶战一场。尤其是小北京，他每天黄昏时分再也不出去讲评书了，而是在旅馆的吧台前不停地走来走去。在那吧台前十几平米的水泥地上，他每天都走上几千圈，眼睛死死地盯着门外。

那时，二狗真的不知道，这两个已经在战场上死过一次的人为什么会对即将到来的斗殴感到如此不安。

“申爷，你不走了行不行？看得心烦。”赵红兵或许也有一些焦虑不安，但他可从来没表现出来过，比小北京沉稳多了。

“红兵，快一个月了，你说李老棍子怎么还不来？”小北京还是没停下脚步，一圈一圈地走来走去。

“呵呵，我又不是李老棍子，我怎么知道？”无论赵红兵内心是否也同样不安，但他总能表现出举重若轻的轻松。别人看了他的态度后都会觉得心里很有底。

“红兵，当年我们都写过遗书，连长说让冲我们就冲了，是生是死就在一晚。当时我们都是坦然面对，没一个人犯尿，怎么这次我感觉这么心慌呢？”小北京还是在不停地转。

“当年我们面对的是越南鬼子，我们都想多杀几个。可现在面对的是同胞，是不是你觉得下不去手啊？哈哈。”赵红兵还是不忘调侃小北京。

“李老棍子这样的同胞算什么同胞？比越南鬼子还他妈的不是人！”小北京终于停下来，在他眼中，赵红兵就是最好的镇静剂。

现在，二狗终于明白身怀绝技且不惧生死的赵红兵和小北京为什么会那么不安了。

当年在老山前线，他们冲向高地时，之所以无畏，是因为他们身后站着的是共和国10亿人民，所以他们都胸怀正义，视死如归。他们深爱着共和国南疆的那座不知名的高山，那座高山上，留有他们班三个战友的鲜血。现在，那座高山上已郁郁葱葱，他们三个战友的身躯，已与那山融为一体，化作高山。

今天他们要面对的，是一个劣迹斑斑的老流氓，他们当然完全可以像当年杀越南鬼子一样杀了他。但现在站在他们身后的，已不再是那共和国的10亿人民，而是拿着手铐的警察。

这片土地，依然是他们深爱的共和国。而他俩，正在遭受由正义走向邪恶过程中那无与伦比的内心折磨。

“申爷，你现在越来越像张岳了，这不像你啊。”赵红兵说。的确，小北京这些天的确火大。虽然，在和黄老邪等人交手中没吃亏而且立足了威风，但是毕竟挨了一刀。他在枪林弹雨中都没吃过这样的亏。

“红兵，你说李老棍子会不会不来找我们了？他不来找我们，我们怎么给小纪报仇？”

“我们去找他。”赵红兵凝视着门外，幽幽地说。

二狗多年以后曾经看过一个故事，故事讲的是美国一个家庭的事：有一个很传统的美国家庭住在海边。这是个三口之家，成员是和蔼可亲的父母和一个十五六岁的女儿，生活得其乐融融。但是这个三口之家的平静被新进驻附近的一队美国士兵打破了，因为这队美国士兵个个英俊高大，气宇不凡。女孩子的父母每天都在担心正值青春期的女儿会被这些英俊的男孩子勾引，他们焦虑又不安，每天都在关心自己的女儿是否怀孕。终于有一天，女儿的妈妈冲回家哭着对丈夫说："我们的孩子怀孕了。"满脸泪痕的妈妈没有想到，爸爸听到这个消息后竟长长地舒了一口气："这一天终于来了，我们再也不用担心她怀孕了。"

迟早会到来的事，还是来得更早一些好。

无休止的等待，是一种折磨。

1987 年国庆节，赵红兵再次邀请刘海柱等人吃了一顿饭。这次饭的议题是如何主动出击约战李老棍子。吃饭的人除了赵红兵兄弟六人以外，还有李四带的五个人，刘海柱带的七个人，小北京带的七个人，一共是 26 个人。坐了三桌。

当晚，"第五届群殴讨论会扩大会议"在贵宾楼隆重召开。之所以称之为"扩大会议"，是因为主要发言的是赵红兵、小北京、刘海柱、小纪、费四、李四等六个曾参过军的人，与会的多数人都只有听的份儿。会议的主题是具体地分析李老棍子团伙，知己知彼，方能百战不殆。由于李老棍子团伙规模庞大，有经济利益在其中，并且还有保护伞，已具备黑社会雏形的一些特征，所以赵红兵等人从相互影响的七个方面进行了具体分析——

1. 风格：李老棍子对黄老邪等人的管理可以用"恩威并施"这个词形容。主要原因是李老棍子的手下都很怕成名已久的李老棍子，而且李老棍子又是他们的衣食父母。

2. 结构：李老棍子手下有黄老邪、土豆、老五等人，而老五等人各有 10 个左右的小弟。由下至上绝对服从，组织严密，垂直管理，整个团伙约有 40 人。

3. 成员：都是心狠手辣之辈，以两劳释放人员为主，手中均持有枪刺、三棱刮刀、沙喷子等杀人凶器。他们终日与古墓打交道，老远就感觉阴气森森，邪气得很。

4. 制度：根据为其团伙创造的利润不同而分红。盗墓立功、出货立功、讹诈立功、打架立功等都有物质奖励；为团伙坐牢的也有安家费，住院有医药费。虽然不是按月发工资，但是这个团伙的所有成员都有较为稳定的收入。

5. 技能：尽皆白丁之辈，个个身无长技。但正是如此，他们才异常凶悍。

6. 战略：李老棍子团伙一直定位为当地的第一流氓团伙，并希望利用此名气获得财富。

7. 共同的价值：A. 不惜一切手段获得财富；B. 在社会上扬名立万。

以上素材皆由刘海柱的兄弟提供，由赵红兵、小北京、小纪进行分析整理。

通过以上分析，得出了以下结论和计划——

第一步，约战：如果约战李老棍子，李老棍子必将前来应战。如果不来应战，李老棍子在江湖中的地位必将不保，这是他最不愿意失去的东西。最好约在市区西郊的江边，江边人烟稀少。

第二步，斗殴过程中：李老棍子手下心狠手辣且个个持有杀人的凶器，再基于其奖励制度，其手下必定在斗殴中凶悍绝伦，真正打起来有胆子的不在少数。约战的时间在我方准备一个礼拜以后，不给他们过多的时间准备。今天是 10 月 1 号，准备一个礼拜，到 8 号开战。

第三步，斗殴结束后：如有兄弟负伤住院，其他兄弟多多保护，提防李老棍子去医院补刀。同时，打听李老棍子的人在哪里住院，如时机恰当，我方也应去医院对其补刀。

一个小时的会开完，刘海柱等人对赵红兵、小北京、小纪三人在会议中表现出来的高超的分析能力和判断能力叹为观止，并对其制定的作战策略完全赞同。如果说是侠义的精神让刘海柱、小北京、赵红兵三人产生了一定共鸣的话，那么这次分析讨论会中，赵红兵所表现出来的冷静和缜密思维，让刘海柱更加认为赵红兵是个值得交的朋友。

在大家举起酒杯要喝下最后一杯准备离开的时候，楼下传来两个人怒骂和厮打的声音。大家听出来了，这是潘大庆和三扁瓜这对情敌打起来了。

小北京千不该万不该，不该带上了潘大庆，就是那个曾经泡了刘海柱兄弟的女人后躲在旅馆内避难的小兄弟。潘大庆是个小帅哥，但在打架时通常表现得较为懦弱，那次被刘海柱的兄弟吓得躲在小北京和赵红兵的旅馆里半个月不敢出来，足以说明此人胆小。虽然胆小，但是他始终认为小北京对他有恩，这次知道小北京被人扎了，他非要帮小北京报仇不可，死活也要来参加这次聚会。小北京本不愿带他这样一打架手就哆嗦的人过来，但是拗不过他，只得把他带来了贵宾楼。

打了半辈子光棍的刘海柱并不认为潘大庆抢走了三扁瓜的女朋友是什么大事儿，他在吃饭之前还让潘大庆和三扁瓜握了握手，并且把他们安排在一桌坐着，意思是让他俩好好聊聊。

碍于刘海柱和小北京的面子，三扁瓜开始时并没有什么过激的言辞，但几杯酒下肚，眼花耳热之后，三扁瓜的话开始不中听了。

“刘歌在床上的活儿不错吧？我可是深有体会。”三扁瓜酒喝多了，还记着这茬子呢。

“三哥你喝多了吧？”潘大庆低声说。

“没喝多，她 17 那年我就把她开了，她活儿怎么样我能不清楚？”三扁瓜这是故意斗气呢。

“三哥，她现在是我女朋友，我们不聊她行吗？”潘大庆被三扁瓜这两句话说得很不自在。

“什么女朋友啊，她不就是个‘马子’吗？我他妈的玩腻了。”三扁瓜未必真是玩腻了，只是上次去揍潘大庆反而被小北京打了一顿，一肚子火没地方发。他怎么也不敢再去惹小北京，这次碰上了潘大庆，借着酒劲发作了。

“你们慢慢喝，我去厕所。”潘大庆十分尴尬，但还不敢发作，只好借口去上厕所。

潘大庆前脚去了楼下的洗手间，三扁瓜后脚就跟了过去。在潘大庆上厕所的时候，三扁瓜去后厨拿了把锋利的菜刀。

潘大庆上完厕所裤子还没系好，三扁瓜已经站在了他的面前。

“姓潘的，是不是刚才三哥说的话，你不爱听啊。”三扁瓜背着手，拿着菜刀在挑衅。

“你可以侮辱我，但你不能侮辱刘歌。”

“谁侮辱刘歌了？她本来就是个骚货。你这个小白脸也不是什么好玩意儿。”

“你说话能不能注意点？”

“注意？我今天就花了你这张小白脸。”

三扁瓜冷不防一刀朝潘大庆砍过来，正砍在潘大庆的脸上。

“操你妈！”早就被三扁瓜说得怒火中烧的潘大庆被这一刀彻底点燃了，朝三扁瓜扑了过去，两个人一起倒在了小便池里。三扁瓜虽然手中有刀，但在近距离也施展不开，两人在小便池里厮打起来，滚来滚去。

在厮打的过程中，潘大庆的身上又挨了几刀。

“都他妈的给我住手！”刘海柱赶到后一声怒吼。

两个人都停了下来。随后，赵红兵等人也赶了过来。

“谁先动的手？”刘海柱的山羊胡子在抖，看得出，他怒了。

“柱子哥，是我。”一身臭味的三扁瓜低头说。

“三扁瓜，长能耐了是吗？”刘海柱怒不可遏。他本来以为，凭他的面子，他们两个人已经说和了，万万没想到又在厕所里打了起来，还动了刀子。

“柱子哥……”三扁瓜跟了刘海柱多年，知道刘海柱脾气发作起来是什么样，弄不好，刘海柱今天就会在这里剁了他。

“把刀给我！”谁都看得出来，刘海柱这是要砍三扁瓜。

三扁瓜没说话，低着头把刀递给了刘海柱。

“三扁瓜你记住，我和小申、红兵是兄弟，他们的兄弟也是我的兄弟。今天让你们坐在一起喝酒，你们就是兄弟。你对兄弟下死手，这也太不够道了吧！”刘海柱声色俱厉。

“我错了。”

“今天你怎么砍的这位小兄弟，我就怎么给你砍回来。”

刘海柱说着，拿刀就朝三扁瓜砍去。

小北京和李四同时出手拽住了刘海柱，一个抱腰，一个抓胳膊。

“刘哥，小潘也有不对的地方，今天这件事就到此为止吧。”赵红兵沉声说了一句。

赵红兵也只说了这么一句，说完以后，轻轻地拍了拍刘海柱，挽着刘海柱的胳膊就出了厕所。

刘海柱居然没再发作。

二狗一直怀疑赵红兵是不是会催眠术。为什么无论张岳那样的狼崽子，还是火药桶刘海柱，都能被他一句话就熄了火？

看来，一个沉稳的人所具有的魅力和影响力是无穷的。一个沉稳的人，能把好事变得好上加好，也能把坏事变得不那么糟糕。

随后，潘大庆被送到了医学院附属医院。不一会儿，他的女朋友——三扁瓜口中的那个破鞋刘歌也到了。

“医生，大庆他没事儿吧？”刘歌已经哭成了个泪人。

“没有生命危险，但是……”

“但是什么？”

“估计会毁容了。”

“那就好，毁容无所谓。”

“无所谓？”医生纳闷了。

“嗯。”

在这之后，潘大庆和刘歌曾有一段对话。当天，赵红兵的三姐带二狗到附属医院洗澡，正好目睹了这一幕。而且当天二狗的外婆也在，二狗的外婆说的一句话使二狗对这件事印象极为深刻——

“我对不起你，如果没有我，你不会挨这一刀。”刘歌趴在潘大庆身上说。

“刘歌，为了你，我什么都可以做。”

“大庆，是我不好。我知道你对我好，跟了你以后，我才知道世界上有男人会对女人这样好。就算是三扁瓜杀了我，我也不会离开你。就算是你变成了丑八怪，我也不会离开你。”

“嗯……我也一样。”

“我不能把我的第一次给你，但我愿意把我的最后一次给你。”

在回家的路上，二狗曾经问过外婆和赵红兵的三姐他们俩究竟在说什么。

“海枯石头烂。”二狗的外婆操着一口浓重的天津口音回答说。二狗的外婆也只说了这么一句。

十几年以后，二狗才明白，外婆这句“海枯石头烂”在男女的感情中究竟意味着什么。这是一种完全脱离了肉体的感情，这是刻骨铭心的相思，这是不惧流言飞语的勇敢，这是不计回报的付出，这是超越了世俗的超然物外的高尚情操。

而这“海枯石头烂”的感情，居然就这样产生在了世人眼中的一个小混子和一个“破鞋”中间。按常理度之，这样的感情貌似应该发生在柳永和李清照这样的才子和才女之间才是。

“幸好，是刘哥的人砍伤了潘大庆，而不是潘大庆砍伤了刘哥的人。”赵红兵在回到旅馆以后，对小北京说。

“嗯，不幸中的万幸。如果是那样的话，我们就没法再和李老棍子决战了。”

的确，想要驾驭好这个三十多人的团伙，正确处理好他们的矛盾，赵红兵还有很长的一段路要走。

1987 年 10 月 9 日，李老棍子接到赵红兵的口信：“明晚 7 点，西郊河边的大桥下，做个了断。”

“好。”李老棍子说。

第五章　激战

在20世纪80年代末到90年代初，无论谁被扣上全市黑道一哥的高帽，都注定了他每天将在不安中度过，有太多的人都在盯着这个实际上毫无意义且能惹来杀身之祸的名号。从来没有一个人可以在这个位子上稳坐两年。无论是谁，当他被戴上这顶高帽的同时，基本上已经被判了死刑，只是缓期几年执行而已。

二十八、告诉三姐，我爱她

1987 年 10 月 10 号，晴，黄昏，天边有彩霞。

这条江水，已流过千年，她哺育了江边世世代代的子孙，无怨无悔。今天，她依然在孤独地流淌着。

这川流不息的江水边上，坐着两个孤单的身影，天上，飞过一群南归的大雁。夕阳下，波光粼粼。

“红兵，东北的夕阳，很美，比北京的夕阳要美上许多。”

“想家了？”

“这里就是我的家。”

“呵呵。”

“红兵，你活着为了什么？”

“实现共产主义，解放全世界的劳苦大众。”

“能说点现实的吗？”

“为了我的亲人、高欢，我眷恋这滔滔的江水，还有我们眼前那巍巍的南山。”

“红兵，你拥有了高欢，饮过了这清澈的江水，踏遍了那座青山。你活着还为了什么？”

“一辈子拥有这些。”

“你是个幸福的人。我知道我活着为了什么，但我还没有得到。”

“呵呵，申爷，你活着为了什么？”

“嗯……我不想说。”

“你是不是怕死了？”

“是。”

“为什么？”

“我还没有和三姐上过床。”

“扑通！”小北京被赵红兵一脚踹到了江里。

一分钟后，湿淋淋的小北京默默地爬到了岸边，但没有上岸。

“红兵，如果今天我被打死了，告诉三姐，我爱她。”小北京低声说。

赵红兵看了他一眼，捡起一块石头，用力地甩向江里，在江里打出了3个水漂，沉默良久……

“嗯，我会告诉她的。”

赵红兵和小北京这对生死兄弟，在赵红兵这句话后归于沉寂，再没一人发言。

五分钟后，身后嘹亮的军歌传来，唱的是《打靶归来》，赵红兵和小北京都听了出来，嗓门最大的就是刚刚伤愈的小纪。回头一看，果然，小纪提着一把沙喷子正唱着军歌朝他们走过来，身后跟着的是李四、费四及李四的小弟、小北京的小弟等十几个人，也在跟着唱呢。他们个个手里都有三棱刮刀、枪刺这样的家伙，这都是在过去的几天里四处找来的。

“日落西山红霞飞 / 战士打靶把营归把营归 / 胸前红花映彩霞 / 愉快的歌声满天飞……”

“小纪，毛主席要是看见你拿着把破火药枪跟人家打架，他老人家还不得气死？还心欢喜？”小北京在红着脸说出了自己的心事后，完全放下了包袱，又恢复了往日那玩世不恭的顽主风范。

“嘿，那你和红兵什么都不拿就来打架，毛主席就不生气？毛主席怎么教导我们的？不打无把握之仗，不打无准备之仗。”小纪最爱和小北京贫。

“我和红兵都蔑视武器。工欲善其事，必先利其器，我和红兵早在几年前就已磨好了我们的武器。我们的武器就是意志。”小北京一旦开始贫，十个也说不过他一个。

“哎哟，申爷，你怎么湿淋淋的？这是刚磨炼完意志？”

“小爷我热了，下去冲了一下，凉快凉快。”

“李老棍子来了我就轰了他。”每次打架之前，孙大伟都威风凛凛，今天又拿着他那把从没开过火的沙喷子说出了豪言壮语。

“大伟啊，放过枪吗？你手别哆嗦就行了。”小北京还不忘嘲讽孙大伟。

“大伟，你朝李老棍子裆下打，听说他可没少糟践姑娘。”李四一向嫉恶如仇。

“哎哟，刘哥他们来了，今天刘哥真帅！”小北京看到了正走过来的刘海柱。

刘海柱的确格外有型：依然黄胶鞋、九分裤、大斗笠，但光膀子的外面多了一件黑色的披风。这件披风据说是拿十四中幻灯片教室的窗帘子改装的。他手里拿着一把宽背大砍刀，至于像三棱刮刀那样阴险的武器，刘海柱这样的大侠是不可能用的。7 年之后，二狗在电影《双旗镇刀客》中见过和他那天一模一样的造型。

那天刘海柱带来的七个兄弟最大的特点就是：手中的武器都用医院用的绷带牢牢地绑在手上。

大侠就是大侠，老混子就是老混子，经验的确有过人之处。把武器牢牢缠在手上，对方无论怎样也夺不过去，除非是把手腕砍断，把手砍下来。

“李老棍子还没到呢？”刘海柱杀气腾腾。

“呵呵，一会儿就会到吧。”赵红兵看起来很轻松。

“快到吧！我那边还有几个自行车没修好呢。”刘海柱不但是敬业爱岗的好典范，而且还始终都有必胜的信念，他坚信自己还能回去修他的自行车。

“他们来了。”一直盯着桥的赵红兵慢慢地说。赵红兵他们离桥约 500 米，从桥的一侧下来有一个陡坡，车是没法下来的。赵红兵远远地看见，李老棍子他们一行人把车停在桥上，从陡坡上走了下来。

赵红兵扔下烟头，身后的各位也都跟了过去。这时，天已经擦黑了。

赵红兵、小北京、李四走在最前面，脚步都是沉稳有力。大敌当前，有几个见惯了大场面的人走在前面，后面跟着的人踏实得很。队伍中再没有一个人说话。

李老棍子他们约有三十余人，也朝赵红兵等人走了过来。他们同样步伐缓慢而有力。

当相距 50 米时，双方都亮出了手中的武器。

越走越近。

忽然，一阵刺耳的警笛响起！

警察来啦！

大家都看见三百多米外的大桥上急速驶过来一辆警用面包车，并停在了陡坡的旁边。

“回头，跑！”小北京大喊一声，众人纷纷扭头就跑。

“把手里的家伙都扔到江里！”赵红兵边跑边喊。

大家边跑边把手里的刮刀和军刺都扔进了江里，以防被警察抓到携带凶器。可笑的是孙大伟被警察吓得忘了扔枪，拿着一把沙喷子舍命狂奔。

这下可苦了把武器绑在手上的刘海柱的几位兄弟，他们出来前绑得结结实实，在狂奔中怎么能解下？

“散开！分开跑！”小北京又喊。

大家四散跑开，消失在夜幕中。

一个小时后，小北京和小纪先回到了旅馆。

“咱们有人被抓住吗？”小北京问。

“我可没向后边看，你小子跑得也太快了吧！”小纪还气喘吁吁。

“我跑得还快？我看见李四和费四他俩比咱们跑得更快。”

“呵呵，跑得最快的就是大伟了，这死胖子身体素质也行啊。”赵红兵笑吟吟地站在门口。

“红兵，你也没被抓住？”

“我和刘哥都没怎么跑，跑了一会儿，回头看见警车上根本就没下来警察，我俩就慢慢悠悠地回来了。看见你们在亡命狂奔，我和刘哥这个乐啊。”

“没下来人？那警车打着警笛停在那里干吗？”小纪问。

“我也纳闷，看样子是看见我们跑了，他们就没下车来。”

“那李老棍子他们的人也没抓到？”

“咱们沿着江跑，李老棍子他们冲进了江西边的小树林。警察都没下来，抓什么抓？”赵红兵说。

“可惜了我那把沙喷子，要是知道警察不下来，我就不扔进江里了。那是我他妈的跟人家借的。”小纪说。

“李四和费四呢？我可是看见他们跑在我们前面，现在人呢？不会是又跑路了吧？”小北京挺担心这当年的“跑路双雄”。

“你才又跑路了呢！”费四、李四、孙大伟等带着十几个兄弟也出现在了旅馆门口，大部队回来了。

“呵呵，这下人齐了，刘哥呢？”小北京问。

“去他那修自行车的摊了，有几个自行车还没修完。我让他们过去把自行车推过来，半小时后，‘紫月亮’见。虽然架没打成，但大家都弄得担惊受怕的，咱们过去吃口饭喝点酒吧。”赵红兵说。

这一仗虽然没有打成，但是在当地黑道流传很广。流传广的原因不是因为接下来的恶战连连，而是因为都不明白为什么警察会得到消息。为什么警车赶到的时间那么巧？又为什么警察赶到后不下来？

这件事没人能弄清楚，但大家的猜测基本上都是一致的，那就是：一定是李老棍子报的案。

因为赵红兵等人找李老棍子是为了报仇，为了义气主动约的李老棍子，他们不可能报警。而李老棍子则不同，他眼中没什么义气，只有一个字——钱。如果他当时和赵红兵硬拼，未必能占到什么便宜，搞不好把自己也搭了进去，这对他来说可就不值得了，打这一架对他有百害而无一利。但如果不敢来，那他就栽大了，以后没法在社会上混了——20 世纪 80 年代的流氓，只要干过一次这样的㞞事，以后就没脸再混了。

李老棍子来参战，然后报案让警察来冲散这次斗殴，这样既又不失面子又避开了恶战。这样的行为符合李老棍子阴险的性格。

当然了，这一切都只是猜测，如今李老棍子早已化作黄土，更无法考证。

但后来可以确定的是，那天出警的的确是李老棍子的堂哥。

上天注定赵红兵和李老棍子今天必有恶战，李老棍子他是躲不过的。当天晚上 8 点多，赵红兵等人刚刚走进“紫月亮”，就看到了正在一楼吧台点菜的黄老邪。

二十九、那天我的血，已不再是为共和国而流

黄老邪这辈子算是栽在赵红兵、小北京、刘海柱这三个人手里了，他成名以后所遭到的毒打全是这三个人所赐，而且，每个人都不止一次毒打过他。无论怎么说，黄老邪在上世纪 80 年代末到 90 年代初也算是个狠角，伤人无数，但是他一见到这三个人就双腿打哆嗦，连跑都不会。从 1987 年 7 月赵红兵和李四差点把他打成植物人开始，整整一年多的时间，他几乎每次都是养好伤不到 10 天，就会再次被这三人中的某一位打入医院。

赵红兵和小北京推开门的时候，黄老邪正好回头，一双贼溜溜的小眼睛对上了四只炯炯有神的大眼。这次，黄老邪的三大克星一下来了两个。

据说，赵红兵和小北京看见黄老邪回头，两个人还齐齐地朝他微笑了一下。他俩都在想：找你黄老邪找不到，现在遇上了，看你往哪里跑！

而黄老邪一见到这二位朝他微笑，他居然也咧着嘴勉强笑了一下。黄老邪笑的时候，估计已经吓得肝胆俱裂了。

"红兵，他怎么笑得这么难看？"小北京和赵红兵一边向他走去，一边对话。他俩身后还站着同样笑眯眯的李四等人。

"他这就叫皮笑肉不笑。"赵红兵和小北京边说着边走到了黄老邪跟前。

小北京和赵红兵这次没直接打，而是上去一把抓住黄老邪的头发按了下来，不知道是他俩出手太快还是黄老邪被吓破了胆，黄老邪居然连伸手挡都没挡，完全放弃了抵抗。他俩每人抓住一侧的头发，又像是提着个大兜子一样把黄老邪拖了出去。黄老邪像是一只驯服的小狗，被赵红兵和小北京提着头发，猫着腰，连声都不出。

小北京打了一辈子胜仗，从没挂过彩，没想到一个多月前胳膊被黄老邪这样的鼠辈扎了一枪刺，现在都还没好利索，着实恼火。这次被小北京抓到，黄老邪是在劫难逃了。

把黄老邪抓出饭店，小北京抓着他的头发一抡，黄老邪就地摔倒。

那天，小北京由于被赵红兵踹下河把鞋弄湿了，所以晚上出来吃饭前换了一双冬天穿的军勾。

黄老邪倒地之后，小北京根本就没踢他，而是用军勾的鞋跟朝他身上、头上乱踩。狠踩了起码 30 下，黄老邪倒在地上双手抱头，蜷缩着像个虾米。

赵红兵、李四等人都没上手，他们都想让小北京一个人好好出这口恶气。

十几年后，由于总是组织、容留卖淫嫖娼，绰号已经改为“黄老破鞋”的黄老邪在回忆小北京的这次毒打时，心有余悸地说：“开始他每跺我一下，我都感觉是被汽车撞了一下；后来越来越重，每跺一下，像是被火车撞了一下。我已经喘不过气来了，真希望他能拿刀快点杀了我。终于，他跺在我的太阳穴上，我晕了，解脱了。”“我还被一脚跺在了脸上，把我的鼻梁骨跺断了，我以前要比现在帅很多。”黄老破鞋还加了一句。

看来无论岁月如何流转，绰号怎么改变，黄老邪装逼的情怀依旧。

在打架中，小北京就是喜欢用气势取胜。可能在打架时，没有比用鞋跟“跺”人更能击溃对方心理防线的方式了，而此种方式，最适用于对付黄老邪这样无恶不作的流氓。

“挨打的是老邪！”

“那个人就是赵红兵！”

小北京刚刚把黄老邪跺晕，耳边就传来了嘈杂的声音。昏黄的路灯下，冲过来 30 余人，领头的，是李老棍子。

原来，黄老邪是来这里为李老棍子等人订桌点菜的。他腿上挨了小北京的一枪刺，伤还没好，所以今天没去河边赴战，先过来这边点菜，没想到却遭遇了这飞来的横祸。

“谁是李老棍子？”赵红兵也朝对方走了过去。他身后，李四等十几个兄弟紧紧跟随。

“我是。”一个戴着能遮住半边脸的大黑框眼镜、看起来阴森森的人回答说。

“我是赵红兵，我在找你。”赵红兵说得平平淡淡。

“刚才在河边让你跑了，现在我就废了你。”李老棍子说着就拔出了一把三棱刮刀，他身后的兄弟也亮出了武器。

赵红兵等人一看到对方都亮出武器，心里齐声暗叫：坏了！

他们的武器都在奔跑中扔到了江里！现在他们全是赤手空拳，面对着这群手持凶器的狼，今天非吃大亏不可！

二狗这时想起了 2007 年春节回老家过年时，二狗爸爸说要养一只藏獒，二狗就上网查关于藏獒的资料，却误入百度的“老虎吧”，掉进了“老虎和狮子谁厉害”的一个“大水坑”里。那个“水坑”至少有上万个回帖，已经吵了好几年，全是在争论究竟是老虎厉害还是狮子厉害。在感叹国人的确有闲情逸致的同时，二狗也困惑了，究竟是老虎厉害还是狮子厉害呢？第二天是大年初一，赵红兵一大早来二狗家拜年。二狗问：“二叔，狮子厉害还是老虎厉害？”赵红兵不假思索地回答：“我不知道。但是我知道，弄清楚的方法只有一个，那就是把老虎和狮子放在一个大坑里都饿上三天，再扔下一只山羊，看老虎和狮子谁活着出来那么谁就最厉害。无论怎么样争论，都不如做一些实际的实验来得准确。”

这就是赵红兵式的思维和解决问题的方式：从不去做无谓的争吵，只愿意去做一些能证明问题的实践。

赵红兵和李老棍子，一个是老虎，一个是狮子，他俩谁更厉害，今天就要见分晓了。

但，这是一场不公平的决斗，因为赵红兵这只老虎已经被拔了牙，他的兄弟们已经全部把武器扔到了江里。

“李老棍子，今天我一定宰了你！”小纪今天见到扎了他一刀的李老棍子，一改往日的嬉皮笑脸，咆哮着喊。

“操你妈，我崩了你！”李老棍子身后的一个兄弟举起沙喷子，对准了刚刚说要宰了李老棍子的小纪。后来知道，这个拿着沙喷子的人，就是李老棍子手下下手最狠的土豆。

“就他妈的你有枪？”费四站了出来，手中拿着孙大伟的沙喷子，对准了土豆。在两个小时前奔跑时唯一没扔掉武器的孙大伟终于将这把沙喷子派上了用场，这把沙喷子也是赵红兵他们当时唯一可用的武器。

当时两伙人的距离大概是三米左右。沙喷子三米以外把人打死的可能性不大，但其威力不可小视，挨上一枪就是几十颗铁砂，打到身上或许有些一辈子都取不出来了。

“你崩一个试试？”费四继续喊。

“操你妈！别激我！”土豆喊。

费四双眼一瞪，咬牙就要开枪。

和费四相识多年的赵红兵看到费四这架势，就知道他肯定会开枪！费四这个敢用手去抓军匕刀刃的人什么不敢干？赵红兵和李四齐齐蹿上去抓土豆的枪管。

“轰！”“轰！”费四和土豆的枪先后打响。

费四先开的枪，这一枪打在土豆的脸和脖子上。

几乎在同一时间，土豆这一枪也打响，多数铁砂都打在了要去抓枪管的赵红兵的右手掌上。赵红兵那已经断了三根手指的右手，几乎被打烂。

冲在最前面的赵红兵右手挨了这一枪以后，小腹也挨了一刀。赵红兵左手抓住那只拿着军匕的手，一脚踢中了对方的下阴。同时，赵红兵的大腿又被冲过来的李老棍子用三棱刮刀扎了一刀。

小北京一脚踹飞李老棍子，双方混战了起来。

李老棍子的人都有刀，赵红兵等人顿时处于下风，胆子小的已经四散跑开。但小北京、李四、费四等人不能跑，因为赵红兵已经重伤跑不动了。他们如果跑了，赵红兵今天非被李老棍子扎死不可。

除了李四抢过来一把刀外，其他人全是赤手空拳。只打了不到 30 秒，小纪的腿上和胳膊上已经各挨了一刀。

再这样下去，不用三分钟，今天这哥儿几个肯定全死在这里。

正在这时，一辆只剩下两个轱辘的自行车向人群连冲带撞杀了进来。

骑自行车的人头戴斗笠，脚踩黄胶鞋，身披黑色披风，手持宽背大砍刀。

赶来赴宴的刘海柱和他的几个兄弟到了。他们手中可是个个有家伙，两个小时前在河边跑时绑在手中都没扔掉。

自行车倒地，刘海柱的宽背大砍刀第一刀就砍向李老棍子的脑袋，李老棍子躲闪不及，只好抬左手一架；紧接着刘海柱又是一刀，这刀砍在了转身向后跑的李老棍子的后背上。

宽背砍刀可不同于西瓜刀和菜刀这些轻型武器，这可是能要人命的。

“都他妈的住手！谁再动我崩了谁！”三扁瓜也赶到了，手里拿着一把五连发猎枪。

这东西可比沙喷子威力大多了。

没有一个人再动。

二狗听说，自从原子弹问世以后，世界上的大规模战争少了很多。看来，原子弹这种第一杀人凶器，才真是真正救世的菩萨。

三扁瓜手中的五连发猎枪，此刻就是原子弹。

三扁瓜不是费四，他也不敢贸然开枪，只是想震慑住对方。

刘海柱看见了倒在地上的赵红兵。

“快送红兵和小纪去医院！”刘海柱喊。

“你们快点滚！”看到重伤的赵红兵，刘海柱没心情再和李老棍子打了。

小北京拦下一辆出租车，抱着赵红兵上了车。

几个月以后，小北京和赵红兵曾有一次对话——

“其实你抱着我上车的那一刹那我还是有意识的，我清楚地看到那辆出租车是蓝鸟，但这以后的事情，我就全不知道了。”赵红兵说。

“上车以后，车里录音机放的歌是《十五的月亮》和《血染的风采》，司机要关掉录音机，我没让他关。”小北京说。

“为什么不让他关？”

“我想，听到这样的歌，你就不会死。因为你虽然失去了意识，但是听着这两首歌，会让你想起老山前线。当录音机里唱到‘共和国的旗帜上有我们血染的风采’时，我对你说：‘红兵，你记着，班长让我们好好活着。’”

“可那天我的血，已不再是为共和国而流。”赵红兵幽幽地说。

小北京没再答话，深深地吸了一口烟。

据那天同车的李四说，在送赵红兵去医院的路上，他第一次也是唯一一次看见小北京落泪，而且哭相很难看。虽然小北京忍着一声都没哭出来，但眼泪和鼻涕全流了下来，浑身颤抖着的小北京也不知道擦。

三十、瓷器碰玉器

与李老棍子街战之后，由于双方各打了一喷子，而且赵红兵和李老棍子都身受重伤，这件事引起了不小的轰动。

对于李老棍子来说，真正意义上的挑战者终于出现了。他不能不慌，不能不报复。他不能失去的东西只有两样：1. 钱；2. 江湖地位。

在这一战中，李老棍子被刘海柱砍伤；土豆被费四一枪击中了脸和脖子，虽然没有致命，但完全毁容了，虽然他以前长得也不好看，但毕竟还像个人，现在已经不像人了；黄老邪被小北京打得多处骨折，浑身上下没一个好地方；扎赵红兵一刀的那个人，也就是被赵红兵踢到下阴的那个人，几年后去了啤酒厂上班，据后来他的同事说：他那东西再也无法勃起了，赵红兵当年那一脚，把他的两个睾丸踢得粉碎。

据说，从住院的那天起，李老棍子就开始计划如何去医院给赵红兵补刀了。

在20世纪80年代末到90年代初，无论谁被扣上全市黑道一哥的高帽，都注定了他每天将在不安中度过，有太多的人都在盯着这个实际上毫无意义且能惹来杀身之祸的名号。从来没有一个人可以在这个位子上稳坐两年。无论是谁，当他被戴上这顶高帽的同时，基本上已经被判了死刑，只是缓期几年执行而已。李老棍子之后的张岳、李四、李武、三虎子、勾疯子、老古等人莫不如此，只有最低调也是最少插手江湖事的赵红兵活到了现在。

他们的结局可分为两类：1. 被仇杀；2. 被正法。如果仅仅是被打残或者被捕入狱，那只能说是他们的幸运了。

二狗曾经不解为什么赵红兵能活到现在，而且还能活得这么好。

“二叔，当年四叔、张叔等人和你一起成名，如今全没了。而你是他们公认的大哥，名声比他们还响，为什么你如今日子过得这么舒坦？”

“二狗，我从小把你带大，你应该了解我做人的两条原则：1. 绝不干缺德的事儿，40年来我一件伤天害理的事儿都没干过，在这条道上，能坚持这条原则的没几个；2. 绝不让自已毁在鼠辈手里。我的这两条原则是我能活到今天的原因。”

“二叔，第一条我当然懂，第二条我不大明白。难道只要你不想毁在鼠辈手里，就一定能不毁在鼠辈手里？这是你能决定的吗？”

“我是玉器，从不与瓷器碰。我想碰的，那一定也是玉器，如果有瓷器非要找我来碰，那我就躲着；如果躲都躲不开，我就去找愿意和他碰的瓷器去碰他。”

“二叔，那我不懂，为什么我七八岁的时候，你和李老棍子那两年打翻了天？难道你那时候就不怕你这玉器碎了吗？”

“那时候，我是瓷器，李老棍子是玉器。”赵红兵笑了，扔给二狗一个苹果。

“嗯，就算你那时候是瓷器，也是景德镇的瓷器。”二狗也笑了。近些年来，二狗每年和二叔在一起的时间都不多，但每次和他的对话都感觉受益匪浅，他总是一针见血且极具哲理和人生感悟。

“不是景德镇的，那时候我就是咱们北郊土产日杂门市当年卖的两毛钱一个的瓷器。我和李老棍子打了两年，我就变成玉器了。当然了，当时我和你四叔、申叔他们和李老棍子打架时，我们没想到要扬名立万，只是看这个败类太不顺眼。”赵红兵又笑了。

听完这一席话，二狗才明白江湖大哥为什么是江湖大哥；为什么赵红兵已经10年没动过手打架了，而且做的生意也和黑道无关，到现在全市江湖中人聚会的时候还一定要把他请去坐在最中间，最当红的黑社会头子还要敬酒点烟道一声“红兵大哥”。这应该不仅仅是因为赵红兵从不干伤天害理的事儿，显然，他做人的哲学也起到了很大的作用。

李老棍子显然没有赵红兵这智慧。当时他是玉器，却在紫月亮饭店门口之战结束后，天天琢磨着要来碰赵红兵这个瓷器。

赵红兵被送到市一院后，经过紧急抢救，第二天终于脱离了生命危险，住在四楼的病房，这是赵爷爷安排的单间。小纪的伤无大碍，但也需要住院治疗，住在二楼的病房。在不到一年的时间里，小纪已经是第三次住进医院。小纪在医院住得时间太长了，见过的病友太多了，已经成了半个大夫，对所有的外伤都有所了解，经常和大夫讨论治疗方法。

小北京担心李老棍子等来医院补刀，借来了三扁瓜那把五连发猎枪，日夜守在赵红兵的身边。记得在赵红兵住院第三天，二狗去探望时，摸过赵红兵的头，滚烫。而小北京则看起来十分憔悴，没了往日的意气风发，沉默得很。

“如果李老棍子找来，我一定要干了他！”在陪床这几天，小北京已经不止一次说过这句话。

“小申，这个仇我们一定要报，但怎么报也要看情况。”李四劝小北京。

“如果他不找来，那就等红兵伤好以后，留给红兵亲手解决！”小北京说。

“小申，你回旅馆吧，旅馆那边这几天都没人打理，一团糟。这边我来看着，怎么样？你总信得过我吧？”李四说。的确，李四的身手不在小北京之下。

“那你那边生意怎么办？”小北京问。

“天也冷了，我那几张台球案子也不摆出去了，废品回收那边有费四一个人也就行了，我最近没什么事。”李四说。

在这兄弟八人中，李四和赵红兵性格最为接近，都是话不多、讲义气、比较正直、做事情比较沉稳。和赵红兵相比，李四打架下手更黑，更是有仇必报。当年在二虎家门外，在零下几十度的气温下足足等了一夜，就足以说明他身上的确有股隐忍的狠劲。

上世纪90年代，江湖上曾有句话说：宁可得罪红兵大哥，也别得罪了四哥。可见李四的确惹不起。

李四和赵红兵最相似的一点是：除了打架以外，其他违法的事儿绝对不干。小纪、费四和孙大伟则不同，他们只要是不太伤天害理，都会去干的。比如那次小纪等人要去挖古墓，李四就是宁可得罪了兄弟，也不去跟着干。

李老棍子的人来找赵红兵时，小北京刚刚走了不到一个小时，二狗也刚刚走了不到一个小时。

他们没先找到赵红兵，而是先找到了住在二楼的小纪。

不知道他们是从什么途径知道赵红兵和小纪是在市一院住院的，但可以确认的是，他们只知道小纪和赵红兵在这里住院，却不知道住在哪里，而且不知道这两人没住在同一个病房。他们问了二楼值班室的护士，才知道小纪住在二楼的某个病房。

他们是四个人到的医院，领头的老五一瘸一拐，他被小北京扎了一枪刺，腿还没好利索。老五拿着一把五连发猎枪，他带的三个兄弟，其中有一个带着一把沙喷子，另两个都拿着三棱刮刀。虽然带了枪，但他们绝对不是抱着杀人的目的来这里的，而是想再捅赵红兵几刀给李老棍子报仇。他们手中的枪是用来吓唬人的，真正要用的还是管叉和刮刀。只有到万不得已的情况下，他们才会开枪。

据说，老五等人推开小纪病房门的时候，伤得不怎么重的小纪正在和临床的病友下象棋。由于小纪伤得不重，所以没有专门的人来给他陪床。而且大家也知道，李老棍子的人主要是想找赵红兵的麻烦，所以也没安排人去特意保护小纪。

“谁是纪东海？”老五问。

小纪连头都没抬，光听这声音就知道是有人补刀来了。

“纪东海在隔壁。”小纪向左一指，还是头都没抬，继续下象棋。

“谢谢啊兄弟。”老五没参与紫月亮饭店门口那一战，他不认识小纪，听到小纪这句话，转身出了病房。

病房门刚关上，小纪忍着腿伤的剧痛，跑到病房的窗边，打开窗户就从二楼的病房跳了下去！

小纪这下虽然摔得不轻，但还没有摔得腿折筋断，打个滚就站了起来。

“红兵！李老棍子的人来了！”小纪边喊边向医院住院部后面的传染病房方向跑。小纪熟悉地形，他知道只要跑几步，就从医院的后门出去了，谁也追不上他。

尚在半昏迷状态的赵红兵肯定是没听到小纪这一嗓子，却被老五听见了。

“妈的，上当了！”老五恼怒至极。

老五冲到小纪的病房，推开窗户，拿着五连发猎枪就朝小纪刚才喊的方向开了一枪。当然了，黑夜中，这一枪什么都没打到。

这一声枪响，正在陪床的李四听得清清楚楚。普通老百姓听到这一声枪响，或许会认为是双响之类的，但曾上过前线的李四听到这低沉的“轰”的一声，一下就听出了这绝对是枪响。李四拿起小北京留下的五连发猎枪就走出了病房，开始向二楼跑去，他知道，小纪可能出事了。

“上三楼，赵红兵肯定在这儿住院！”老五带着兄弟就冲上了三楼。

李四刚跑到三楼，就听到了几个人急匆匆上楼的脚步声。他心里清楚得很：就是这几个人了。他们是要找赵红兵，现在带赵红兵跑肯定是来不及了，而且也没地方跑，只能和他们硬拼了，先下手为强。

出乎李四意料的是，这些人根本就没上赵红兵所在的四楼，而是到了三楼的护士值班室，问三楼有没有叫赵红兵的病人。

李四看见他们去了三楼值班室，决定不去追，留在三楼的楼梯口。这个地方不但有墙做掩体，而且还有逃生的路，可攻、可守、可逃，他们几人想上四楼，必经此楼梯。

果然，一分钟后，这几个人从三楼的值班室出来了，朝三楼的楼梯口走来。“赵红兵肯定在四楼了。”他们中间有人说。

看来，这群连野兔子都打不到的土流氓不得不和这位身经百战的退伍解放军战士比比枪法了。

李四通过脚步声来判断他们与楼梯口的距离，当他们走到离三楼的楼梯口 15 米左右时，李四端起枪探出了头。他知道，猎枪这个东西毕竟不是军队里的步枪，超过 20 米，枪法再好也很难打得准，五连发的有效精准射程就在 20 米之内。毕竟李四只是想伤人，不到万不得已不会去主动杀人，他可不想因为失去准头失手把人打死。

“轰！”李四的五连发在老五等人猝不及防时骤然打响。

这一枪打在了老五身边那个拿着沙喷子的兄弟的腿上，被枪击中那位惊得把手中的沙喷子都给扔了。在 15 米左右的距离，李四可以拿五连发指哪儿打哪儿。

“操，中埋伏了！”老五一声惊叫，拖起受伤倒地的兄弟就进了右手边的一个病房。后来知道，这个病房里只住着一个老头。

李四后来开玩笑说，老五这句“中埋伏了”让他想到了《乌龙山剿匪记》，令他真动了剿匪的念头。

李四双手持枪，低着身子迅速向刚才老五等人躲进去的病房冲去。

倚到病房门口，他开始冷静地听病房里面的脚步声。他准备根据脚步声音作出判断，隔门透射！

约五秒后，李四隔门朝里面就是一枪，这次又是朝着人腿打的，他可不想杀人。李四的枪法和耳朵都很准，这一枪又打中了一个人，后来知道，是擦着老五的小腿过去的。

这一枪打完，里面也打来了一枪，这是老五隔着门朝外开了一枪。

这样胡乱打的一枪怎么可能打到一直倚靠在墙边的李四？

李四朝里面又是一枪，这次李四是胡乱打的。他知道，他再打一枪，里面的人精神非崩溃不可。

事后，小北京和赵红兵对李四冲下四楼、以三楼楼梯为掩体、偷袭成功、低姿快速奔近、隔门透射等一系列动作赞不绝口。“如果让我去，我或许也能把他们都打跑，但是肯定没四儿干得这么漂亮。”一向骄傲的小北京如是说。

果然，在李四最后这一枪过后，老五等人都推开窗户跳了下去。小纪刚才跳的是二楼，而老五等人跳的是三楼，幸好，这个病房的正下方是自行车棚。

这一次，李四打出了威风，一战成名。

在确定对手逃跑了以后，李四把枪藏在怀里，去了二楼小纪的病房。

“小纪呢？”李四故作没发生任何事情，微笑着问。

“刚才跳楼跑了！”小纪的病友说。

“他没事吧！”

“没事！那小子腿有伤，跑得却比谁都快。”

“呵呵，那我走了。”

李四故做镇定地走出了小纪的病房，然后撒丫子就跑！

他知道，今天在医院里，两帮人一共开了五枪，警察非来不可。

三十一、不讲道义的混子，那叫下三烂

李四逃跑后约一个小时，警察找到了赵红兵。是三楼的一个值班护士报的案。

根据后来警察的问话，可以判断这个护士应该是这样对警察说的：“他们开始冲进来四个人，问我有没有叫赵红兵的病人住在三楼，我查了一下资料没有这个人，他们就转身走了。刚走不到半分钟，我就听到一声枪声，我出去一看，只见一个人双手端枪，猫腰屈腿，快速冲到308号病房外面，然后朝里面打了一枪，我就吓得躲了回去。我没有看见开枪那人的样子，但他身手极其敏捷，持枪和奔跑的姿势比电视上看到的还专业，一看就是受过专业训练的。”

“你叫什么名字？”警察问。

“赵红兵。”赵红兵昏昏沉沉，看样子随时都有可能再度晕过去。

“刚才楼下发生了枪战，知不知道是怎么回事？”

“不知道。”

“你的伤是怎么回事？听医生说你挨了两刀还被火药枪打了一枪。”

"被打的。"

"被谁打的？"

"不认识。"

"不认识为什么打你？"

"不知道。"

"你别总说不知道，我们这是对你的安全负责。"

"真不知道。"赵红兵说了这些话，很费力。

"你不要以为说不知道我们就没法破案了。"

"我真不知道。"

警察也没法对这个已经重伤的人再继续问下去了。

警察正对赵红兵这一问三不知极度恼火时，一个更让他们恼火的人出现了——小北京又回来了。小北京一回到旅馆，就看到了高欢给赵红兵寄来的一封信，他想让赵红兵高兴高兴，就忍着疲倦把信送了过来。

"哎哟！警察叔叔好！"小北京边问好，边行了个少先队员的队礼。

"你是谁？"警察也乐了。

"赵红兵的战友。"

"听口音，不是本地人吧？"

"我是北京人。"

"来我们这里做什么？"

"和赵红兵在这里做生意啊，我们在火车站旁边开了个旅馆，你们不知道吗？我们那里可没有卖淫嫖娼的啊！不过我可以告诉您哪家有卖淫嫖娼的。"小北京说完，一脸坏笑地坐在了赵红兵的旁边。

"我们是刑警队的。我们是来调查刚才的枪战的，你卖不卖淫不归我管。"

"呵呵，看您说的，我去卖淫，谁买啊？"小北京听到刚才有枪战，心里一惊。不过他看起来还是很镇定，和警察调侃了起来。

"呵呵，你别贫。刚才你说赵红兵是你的战友？你们当过兵？"

"是啊，82 年的兵，85 年复员的。您当过兵没？"

"当过。"问话的警察听到小北京这么回答，朝身边一个警察点了点头。

"我和赵红兵都是侦察兵，您呢？"小北京最爱跟人套近乎。

"我和你一样，也是侦察兵。你们还有没有别的战友在这里？"

“唉，没有了。我们班的战友牺牲了几个，留部队的有几个，只有我和赵红兵复员了。”小北京虽然玩世不恭，但是一说起牺牲的几个战友，总是特别不舒服。

“刚才在三楼的枪战你知道吗？”

“不知道啊！怎么啦？有枪战？死人了没？坏人抓到了吗？用不用我帮你们去抓？”小北京虽然继续耍着贫嘴，但他确实十分想知道刚才的枪战究竟是怎么回事。他心里已经明白，肯定是李四跟李老棍子的人打起来了。

“谢谢，不用。不过据我们了解，他们其中的一帮人是在找赵红兵。”

“啊！是吗？警察叔叔，那您可得保护好赵红兵。”

“嗯，我们怀疑枪战的另一方和你们有关。赵红兵的伤是怎么回事儿？”

“怀疑我们？冤枉啊！我刚才回旅馆去了，然后收到了这封信。我是给赵红兵送信来了，我们旅馆的服务员可以证明！冤枉啊！”小北京看起来冤枉死了。

“我们也没说是你，我在问你赵红兵的伤是怎么回事！”

“被坏人打的。警察叔叔，你可一定要抓到他们啊！”小北京从警察的言语中基本确定李四肯定没被抓住，踏实了许多。

“被谁打的？打成了这个样子。”

“不知道。”小北京故做良民状。他的良民形象的确能欺骗大部分群众，但是他骗不过这些目光如炬的刑警。

“被打成这样为什么不报案？”

“哎哟，我还真把报案这茬儿给忘了！这不赵红兵才脱离危险嘛！我也准备这几天就去派出所报案，明天早上一上班，我就去，成不？上次我们旅馆有客人丢了钱，我报了案，你们来了以后问我问了两个小时，然后又做笔录又按手印的，小偷到现在不也是没抓到？还有一次，我们旅馆的客人丢了手表，我又报了案……”

“行了，等过几天赵红兵的伤好一些了，我们会再来的。明天早上你来我们刑警队吧！我们也不打扰病人休息了。”

“哎，您这就走了？上次我们客人的手表……”小北京看样子还没说够。

“那不归我们管。明天早上别忘了！我们走了。”

“警察叔叔再见。”

“别抬举我了，我可没你这么大的侄子。”警察甚是恼火，哭笑不得。

警察前脚走，后脚赵红兵的三姐进了病房。

“三姐，来啦！我正和红兵念叨你呢，我说呀……”小北京又要开始贫。

“你这破孩子，刚才是不是跟那两个警察又耍贫嘴了？”赵红兵三姐似笑非笑地看着小北京。

“三姐，敢情您刚才一直趴在门外听我们聊天啊！”

“谁有空听你们聊天！我刚才进来时听见那俩警察说：‘刚才那小子怎么那么贫啊！’我一想，除了你还能有谁？”

“是这样，那俩警察遇到点儿麻烦，想咨询咨询我，听听我的意见。我也是想协助他们破案，人民警察也不容易。”

“你少给警察添点乱就什么都有了！算三姐求你，以后你们别出去惹事了行吗？这次多悬啊。”赵红兵的三姐这几天看起来也有点憔悴。

“可以，我答应你，但是你也要答应我一个条件。”

“什么条件？”

“让我亲你一口。”每次看见赵红兵三姐白里透红的脸蛋，小北京就心神荡漾。

“你实在想亲的话，三姐给你买头母猪，你亲它去吧。”赵红兵三姐的嘴厉害着呢。

“不干，你比母猪好看多了。”小北京认真地说。

“你说什么？”赵红兵三姐微愠。

“我说错话了，三姐你没母猪好看！”小北京扇了一下自己的嘴巴。

“你……”

第二天，小北京就去了刑警队“报案”。结果可想而知，他又是胡说八道了一通，耽误了警察不少办案时间。

警察没有找到受害人，且枪战中无人死亡，警察也没有足够的证据证明的确和赵红兵有关，这件事也就不了了之了。

高欢给赵红兵寄来的信纸叠成了一个“心连心”的造型，赵红兵收到后苦恼不已——他以前右手虽然断了三根手指头，但是折纸和拆纸没有任何问题；如今右手又被火药枪打了一枪，只剩下一只手能用，连拆信纸都不行了。高欢每次给赵红兵写信，赵红兵都珍藏着。“心连心”的造型虽然简单，但是折起来很复杂，他怕把信撕坏，舍不得用一只手拆。几次努力尝试未果，无奈之下，他只好在收到信的第二天晚上，让小北京帮他拆开。当天，二狗也在旁边。

小北京拆开后大声朗诵了起来：

“一别已月余，甚念。前日，我登上了香山。看那秋风起，北雁南归，不知，你是否也看到了天边的那同一只大雁？在这关山千里外、万里他乡中的香山，秋风秋雨秋木秋花秋意甚浓。幸好，你我还可以看到同一轮秋月……”小北京声情并茂地朗诵完，感叹不已：“太他妈的肉麻了。”赵红兵羞得满脸通红，但他没法下地，只得任由小北京读下去。

赵红兵收到这封信就开始愁了——现在只有一只手好用的他，怎么折一个“心连心”给高欢回信呢？总不能告诉她自己斗殴受伤了吧！

赵红兵让小北京按着高欢的样子叠一个“心连心”，可小北京虽然聪明绝顶，却对折纸这种女孩子干的活儿一窍不通，他琢磨了整整一个星期才学会叠“心连心”，但是，有一道工序叠得不对，“心连心”中间的那段显得特别窄。

“红兵，学会了叠‘心连心’，我也要给三姐写信。”小北京挺兴奋。

“哦，就你那破字，还是别写了吧。”躺在床上的赵红兵还忘不了冷嘲热讽。

“我可以把字练好再写，我得和三姐讨论国家大事，讨论哲学。”

“滚远点！”赵红兵笑骂了一句。

小北京后来有没有给赵红兵三姐写信二狗不知道，可以确认的是，从那以后，小北京的确经常拿着一本“庞中华”字帖练字，而且后来还练了毛笔书法。到了现在，他写的毛笔字已经龙飞凤舞，属于专业级水平了。

这次枪战之后，李老棍子手下的三员大将都受了伤，他一时也没法组织力量对赵红兵反扑。而赵红兵伤得不轻，只能在床上老老实实地躺着，也无力找李老棍子报仇。

他们休战了一个月。

一个月后，这平静又被李老棍子的手下老五打破了。这次他不但打破了平静，而且坏了混子的规矩。据说这次是老五自己想报仇，并不是李老棍子让他去的。

大概是1994年的夏天，赵红兵的三姐带着二狗去市体委新开的露天游泳馆游泳。那天赵红兵的三姐穿了件黑色的比基尼，当年全市的女人没有几个敢穿这么暴露的泳装，但是一向比较时尚且受过高等教育的赵红兵的三姐敢于和国际接轨，她看见挂历上的女孩子这样穿，就买了一件穿了。赵红兵的三姐一到游泳馆，就吸引了几乎所有男人的目光。

但五分钟后，再也没有一个人看赵红兵的三姐了。因为老五来了。

已经混得十分落魄的老五在1994年前后的职业是蹬“板的”，他是趁着露天游泳馆的人不注意，逃票进来的。只见他进来以后，把衣服一脱，里面只剩下个已经分辨不出颜色的三角裤衩，“扑通！”一声就跳进了水里，大家赫然发现，他手里竟然还拿着一条毛巾！

老五是到游泳池洗澡来啦！

只见他用毛巾在身上，一搓就是一堆泥卷子！看得前来游泳的人瞠目结舌，在目瞪口呆几分钟之后纷纷上岸。于是偌大的游泳池，成了老五的澡堂子。

而老五面不红心不跳，视其他人为无物，继续用力地搓着他身上的泥卷子。

从那以后，赵红兵的三姐再也没去过那个露天游泳馆。

由“游泳馆搓澡”那件事儿可以看出，老五这个人不但粗鲁无知，而且连起码的道德都没有！他一个人把澡洗了，别人还怎么游？

黄老邪虽然的确不怎么样，但是人家最起码还装装，老五是连装都不装。

他这样的人，干出坏了规矩的事儿，一点儿都不奇怪。但他一定为他干的这事儿后悔。

在枪战后的一个月，伤得不重的老五打听到，那天开枪的人是李四。他对李四的枪法很打怵，但又非常想报仇，怎么办？他想出了个阴损的办法——去找李四家人的麻烦。

在老五找李四家人的麻烦之前，当地的混子没有一个因为斗殴去找对方亲人麻烦的，这样的事儿为当时的混子所不齿。但人家老五不考虑这个。

老五去李四家的时候，只有李四的大哥在家。那天是中午，李四的大哥早上上班没带饭，回家来吃了。

李四的大哥刚把饭做好，就听见自己家玻璃“哗”的一声，碎了。

“谁家的孩子？”李四的大哥以为是哪家的顽童干的，边说边走出院子，推开了门。

“我干的！”老五瞪着那双无知且无畏的眼睛，身后还跟着三四个小混子。

“你为什么打碎我家玻璃？”

“打你家玻璃？我还想打你呢！你是李四什么人？

“我是他大哥。”

“打的就是李四的大哥。”

老五上去就抽了李四的大哥一耳光。

李四的大哥也不是好惹的，上去就还了一耳光。

随后，几个人围攻上来。李四的大哥可没有李四那样的身手，几下就被打倒在地，门牙也被打掉了。

下午李四就知道了这件事。看到门牙被打掉的大哥他沉默不语，回头就去医院找了赵红兵。

“老五去了我家，把我大哥打了。”李四双眼在冒火。

“这叫什么玩意儿！他还是个男人吗？这叫下三烂！”赵红兵也怒了。

“嗯，没见过这么混的。”

“四儿，等我出院，咱们去找他。”赵红兵基本上快痊愈了，但还是需要在床上躺一段。

“红兵，不用了，我自己能解决。我过来只是和你打个招呼。”

“四儿，别急，等我出院，咱们一定好好修理他。”

“不用了，红兵。”李四说完就走了出去。

“你小心点！”赵红兵看李四这个样子，知道老五是没好了。

“我有分寸。”李四远远地回了一句。

老五可能不知道，他这次绝对踩过了李四的红线。就算老五把李四打一顿，可能也没有他打李四的大哥一顿后果严重。

亲人因为自己而遭到一顿毒打，又有几个人能够承受？

人，都是有底线的。一旦被人踩过了这个底线，就什么事儿都干得出来。

三十二、以牙还牙

李四这次谁都没想找，他认为自己就能解决这件事。费四非要跟他一起去，李四说什么都不同意，他可知道费四这人的凶悍本性，一旦打起架来，说不定得惹出多大的麻烦。帮李四看台球案子的那几个小兄弟也都义愤填膺，嚷嚷着要跟李四去报仇，全被李四拒绝了。李四给他们的任务是：查一下老五的行踪。

李四只想亲手为大哥报仇。

李四是二狗见过的最能忍耐、报复心理最强的人。为了报仇，他能忍常人所不能忍，而且心思缜密，做事极少有漏洞。

这事儿，如果换了是张岳，他会一刀把老五给解决了；如果换了是费四，他一定会冲到老五家去跟老五血拼；如果换了是赵红兵，他一定会光明正大地再和老五约一架；如果换了是孙大伟，他一定会哭着喊着来找这几位哥哥给他报仇；如果换了是李武，他一定会用更卑劣的手段进行报复；如果换了小纪和小北京……二狗不知道这两个满脑子馊主意的人究竟会想出什么办法收拾老五，但可以确定的是，他们没有一个人会像李四这样忍耐好几天，然后耐心地等待机会偷袭老五。

一个星期后，李四手下的一个小兄弟告诉他，老五这些天一直在招待所和一个暗娼混在一起。

李四点点头，没说话。

二狗认为，“乱叫的狗不咬人，咬人的狗不乱叫”这句话绝对是个真理。一只狗真想去咬人的话，它一定全神贯注地准备咬人，哪有心情乱叫？二狗小时候见过太多出言恐吓、耀武扬威的流氓，一旦打起来，最衰的就是这样的人，比如黄老邪、路伟。而像张岳、李四、费四这样的人，打架前话都不多，甚至有点沉默，从不去恐吓谁，但是一出手就让人胆寒。

李四虽然有信心一个人击败老五和他手下的那几个小混混，但他不想做无谓的冒险。他想抓到老五落单的时候动手，这样他有 100% 的把握拿下老五。用当年江湖上的话说，“四哥就喜欢玩阴的！”后来还有人怀疑，是不是李四当侦察兵时在前线因为急躁吃过大亏，被领导批评过，给他心里留下了阴影，所以后来这么能忍。

李四有点顾忌老五手中的那把五连发，所以，他要从背后下手。

那天，李四确定老五又和那个暗娼进了招待所。于是，他从第二天早上7点，就在招待所对面的一个小饭馆靠门口的位置坐了下来，点了一桌子冷菜，他知道，这次等老五出来，不知道究竟要等多久，再热的菜也会凉的，不如干脆点一桌冷菜。点完菜，他又要了一瓶白酒，随后就把账结了。

老板从来没见过这么奇怪的客人，一大早来了就点上一桌冷菜和一瓶白酒，然后把账结了慢慢喝。

李四一根接一根地抽烟，小口小口地抿着酒，眼睛一刻也没离开招待所的门口。

老五和那个暗娼出来时，已经是下午3点钟。这时，酒量极好的李四居然在这6个小时中只喝了二两白酒！

李四一跃而起，抄起了早就看好的放在桌子上的特大号且极厚的玻璃烟灰缸。

“老板，借你的烟灰缸用一下！”说着，李四拿着烟灰缸就走了出去。

“哎，好呀！拿去用吧。”老板一头雾水：这个奇怪的客人借烟灰缸干吗？

这个老板哪里知道，李四是要拿这个烟灰缸去敲老五的牙！

老五打掉了李四哥哥的一颗牙，李四要去敲掉他满嘴的牙！

老五和那个暗娼朝北边走去，看样子是饿了，要去吃饭。李四快步走到老五身后，抓着烟灰缸朝老五的后脑和脖子处就是重重的一击，同时又向老五的脚踝狠狠踹了一脚。老五当场倒地。

后来二狗曾经问过李四：“为什么你总是朝后脑和脖子的连接处打？”

“以前当兵的时候，教官告诉我们，那里是人中枢神经最密集的地方，如果想把人制服又不想杀人的话，重击那里是最好的选择。”

“为什么你们又爱向脚腕子和膝盖猛踹？”

“打架的目的不是为了花哨，而是要重伤对方或者将对方击倒。而膝盖和脚腕是人支撑点中最脆弱的地方，所以这是最好的选择。”

老五被击倒后，李四迅速上前，单膝压住他的左侧肩膀，“啪啪”两下，把老五的两条胳膊关节都扭脱了。

老五在一秒钟之内，完全丧失了抵抗能力！

“你知道我是谁吗？”李四抓起了老五的头发。

“不知道。”老五还挺硬。

“告诉你，今天是李四敲的你的牙。今天敲掉的是你的牙，下次你再这么狂，我要的是你的命！”李四说完这句，再没废话，举起烟灰缸就朝老五的嘴砸去。

事后得知，老五下巴被打断，鼻梁骨被打断，还被打掉了九颗牙。

老五彻底被李四打服了。他虽然无知且无畏，但是李四一下接一下地铆足了力气去敲他的牙齿，他是真怕了。从那以后，老五很少在社会斗殴中出现，也慢慢脱离了李老棍子的团伙。

李四这次也算是救了他，否则老五按照以前的轨迹发展下去，现在要想见到他，是不是必须到南山公墓呢？谁也不知道……

这次敲了老五的牙以后，李四的名气更大了，成了当时这个团伙里名气仅次于赵红兵的人物。日后人们再提起赵红兵他们时，已经不再说“红兵他们”，而是“红兵、李四他们”。

在赵红兵养伤期间，张岳判了，两年。

在李四打完老五以后没几天，李洋来看赵红兵了。那时，赵红兵也快出院了。

“红兵，最近和高欢联系了吗？”李洋问。她们三个整天在一起的女孩子，只有她没有考上大学。

“联系了啊，她最近过得很好！”赵红兵说。

“嗯，我也和她联系了。张岳判了，知道吗？”虽然李洋只和张岳出来吃过一次饭，玩过一次，但她很喜欢张岳，这辈子非张岳不嫁了。

“知道。才两年，现在已经过去半年了，在看守所里也算刑期的，再过一年半也就出来了。”

“嗯，我前几天去六监看他了，他现在过得很好。”李洋说。

“我出院后也去看看他，我真的很想他。那天还是我硬要他去自首，也不知道这是对是错。”

“你没错，让他投案就对了。”

“嗯，我出院了就去看他。”

10 天之后，赵红兵出院，第一件事儿就是去六监看了张岳。据说，张岳本来皮肤就白，在看守所的那段时间，他的皮肤又白了许多，没有血色。

“红兵，你来了。”看样子，张岳在监狱里过得很舒服。

“呵呵，来看看你，你现在怎么样？”

“前几天李洋来看我时说你出事儿了。红兵，等我出去！”

“我们的事情已经解决得差不多了，你在里面还好吧？没人欺负你吧？”

“我被欺负？哈哈哈哈。”张岳笑了。

“哈哈。”赵红兵也大笑了起来。他也知道，能欺负张岳的人可能还没生出来呢。

“你在里面也别再惹别的事儿，好好改造。”赵红兵劝他。虽然赵红兵也不是什么善茬，但他显然比张岳理智多了，总是苦口婆心地劝张岳别惹事。

“我不惹事，绝对服从党和政府的教育。过段时间，或许我还能弄个中队长当当。”

“祝你升官。”

探监回来的赵红兵对小北京说了一句话：“现在我怎么看张岳的眼睛那么阴鸷啊？”

“以前张岳的眼睛就不阴鸷吗？”正在认真练书法描红的小北京头都没抬，说了一句。

第六章　谈判

总之，1988 年的上半年是赵红兵过得最安逸的半年。在这半年里，他主要的两个仇人都和他在表面上谈和了。他不用担心被人暗算，成天喝得晕晕乎乎，只等着高欢放暑假。

要是生活永远这样安逸，就好了。

三十三、停战

据说老五住进医院时，黄老邪垫在鼻子下的石膏刚刚拆掉。

老五和黄老邪两人相顾无言，唯有泪千行。

“这要是再继续打下去，非出几条人命不可。”李老棍子在老五的病房里说。

“那大哥你说怎么办？”黄老邪确实是被打服帖了，巴不得快点停战。

“和他们谈谈吧，不打了。再打下去两败俱伤，公安局还得找上门来。”李老棍子说。李老棍子这个人绝对有杀人的胆子，但他只愿意为钱去杀人，他觉得和赵红兵他们这样打下去，实在是没有必要。自从医院枪战以后，李老棍子就觉得赵红兵他们的确不好对付，现在老五又被打成这样，李老棍子也有点怕了。

“唉，也只有这样了。”黄老邪很无奈。

“那这样，老邪。你找个时间约他们谈谈吧？”

“我？”黄老邪一听让他去谈，吓都吓死了。他一想到要见赵红兵和小北京，两腿就打哆嗦。

“咱们这些人里就你最有文化了，你不去谁去？”李老棍子还给黄老邪戴了顶高帽。

“哎……”黄老邪被说得挺高兴。

“真的，就你最有文化了。”李老棍子重复了一次。

“你说得也是，我倒是有点文化。我去就我去吧。”黄老邪最喜欢听别人说他有文化，一顶高帽被戴上，连小北京和赵红兵他都不怕了。

赵红兵听到李老棍子要来找他和谈的消息也挺高兴，毕竟，近半年来成天这么提心吊胆地过日子，感觉实在不怎么样。而且，他们也算是在这连续多次的斗殴中占足了便宜，该报的仇也报了，该打的人也打了。

停战，赵红兵现在求之不得。

当天晚上，“第六届群殴讨论会”在一片喜庆的气氛中召开。在20世纪80年代，赵红兵这兄弟几人绝对算是有钱人：赵红兵和小北京经营的旅馆生意非常好；小纪、费四、李四经营的废品回收生意也相当红火；孙大伟的租书店收入也还可以。所以，当时这哥儿几个一吃饭就是去当时全市最好的饭店。会议的主题是：1. 讨论当前敌我形势；2. 选出谈判代表并确定谈判大方向；3. 总结对李老棍子的作战经验。刘海柱、三扁瓜等人也应邀列席会议并发言。

一、对当前敌我形势的判断

1. 李老棍子方已经伤残严重：土豆被送到省城治疗，黄老邪现在出门还需要拄拐杖，老五刚刚入院不久。李老棍子虽然已经基本伤愈，但由于手下的大将重伤太多，目前已经无力组织反扑。

2. 李老棍子方已经打得身心疲惫：毕竟已经连续打了小半年，这样担惊受怕的日子李老棍子恐怕也过够了，而且，他手下的黄老邪和老五也已经被我方彻底打服。

3. 我方的伤残情况：目前，在紫月亮饭店门前受伤的赵红兵和小纪已经基本痊愈，如果再次发生斗殴，我方可全员出战。

4. 我方斗志昂扬：尤其是李四的医院阻击战和招待所前对老五的偷袭，极大地鼓舞了我方的士气。

总之，目前的形势对我方极其有利。虽然在开战之前我方处于劣势，但由于作战方针得当及刘海柱大哥的支援，我方目前已处于上风。

二、选举谈判代表

选举谈判代表的要求是：能说会道，脸皮厚，一定不能是我方曾和对方发生过激烈冲突的人，以免在谈判中再次发生冲突。

谈判原则是：绝不赔偿对方的医药费，而且要李老棍子向小纪道歉。

经过讨论，大家一致认为孙大伟最合适。

“大伟，咱们这些人里，就你最能说了。”赵红兵说。

“嗨……我说说还可以，但是申爷更能说啊！”孙大伟还挺谦虚。

“大伟，小申曾经毒打过黄老邪，还捅过老五，他不大合适。”李四说。

“那实在不行，我就去吧。”孙大伟其实最爱干这事，就是假装谦让一下。

那天，是冬至日。孙大伟把黄老邪约到了一家饺子馆。

据说谈判的那个夜晚，天公十分作美，下起了纷纷扬扬的大雪，给这场“世纪之战”平添了几分悲凉的色彩。

雪夜中，一个孤单的背影走向一家破旧的小饺子馆。路灯下，依稀可以看到这是一个壮硕身躯的背影，他身穿20世纪80年代流行的烟色风衣，足踏军勾靴。仅仅从背影看，这不是孙大伟，这分明是许文强！强哥！

“吱——”出租车刹住车，车门开了，从车厢里先伸出来一根残疾人用的拐杖。黄老邪，到了。

“黄老邪？”

“嗯，您是？”

“孙大伟。”

爱装逼的人之间都有心灵感应，他俩见面后相视一笑，一起走进了那家饺子馆。

雪花，落在了孙大伟的身上。

孙大伟轻轻地吹了吹。

孙大伟吹的不是血，是雪。

三十四、和解

窗外，雪停了，北风呼啸。破旧的饺子馆内，熊熊的炉火燃烧着。

“你好。”黄老邪轻轻地掸了掸身上的雪花，微笑地看着孙大伟，眼神很迷离。

“久仰，老邪。”孙大伟报以同样迷人的微笑。其实，孙大伟一直想来两句文词，但一时实在想不起来，只能说出了干瘪的“久仰”二字。

“蒜泥要吗？”服务员问。

“不要。”两人异口同声地说。

“吃蒜会有异味的。”黄老邪轻声说。

“对！”孙大伟说。

“要喝什么酒？”服务员又问。

“酒厂里打的没勾兑过的原浆白酒。”

“好！好酒！真正会喝酒的人都只喝这个。”

1987年的70度原浆白酒，爱装逼的人都爱喝这个。

“酒是好酒，可是我不知道我能喝多少。”黄老邪沉思着，看着杯里浓稠的原浆说。

“我给你讲个典故吧！”

“请说！”

“有一匹小马，驮着一袋子食盐去赶集，路过一条大河。于是它问正在河边的一条老水牛水有多深，老牛告诉它水很浅，才没过膝盖。小马信以为真，正准备过河的时候，一只松鼠拦住了它。松鼠告诉小马说河水很深，前几天就有一个伙伴被淹死了。小马不知该信谁才好，于是决定回家问妈妈。回到家中，小马把在河边的经历跟妈妈讲了。妈妈对小马说：‘孩子，河水有多深，你自己试一下不就知道了？’小马依言，又来到河边。这回，它既不听老牛的忽悠，也不听松鼠的劝，而是小心翼翼地趟过了河。结果，它发现河水既不像老牛说的那么浅，也不像松鼠说的那么深。”孙大伟微笑着讲完了他的典故，也就是小学课文《小马过河》。

“哈哈，好故事，这个故事我好像在哪儿也听过。大伟你说得对，我能喝多少不能听别人说，我要自己喝！”

“……”孙大伟微笑着颔首不语。

“我是李老棍子的朋友，今天我来，是想和你们交个朋友。”

“多一条朋友多一条路。”

“大伟你说得对，多一个朋友多一条路。你刚刚讲完那个《小马过河》的故事以后，我也想起了一个故事：一只乌鸦口渴了，到处找水喝。乌鸦看见了一个瓶子，瓶子里有水。可是瓶子很高，瓶口又小，里边的水不多，它喝不着。怎么办呢？乌鸦看见旁边有许多小石子，它想出办法来了。乌鸦把小石子一个一个地衔来，放到瓶子里。瓶子的水渐渐升高了，乌鸦就喝着水了。”看来黄老邪小学一年级时学习成绩也不错，见孙大伟引经据典讲了《小马过河》，他灵机一动，想出了他所知不多的几个故事之一——《乌鸦喝水》。

“哦，你的意思是？”

“当乌鸦喝不到水的时候就想到了石子。假如你是乌鸦，多一个朋友你就多一个石子。”尽管有些牵强，但黄老邪还是灵活运用了《乌鸦喝水》这个“典故”。

“哈哈，对！”

“以前我们之间的确有一些误会，但这没什么，以后我们就是朋友了。”

“你说得不错，过去的事情就让它过去吧。但是你大哥开始扎了小纪一刀，这个……”

“土豆现在在北京住院，老五的嘴也被砸碎了，李老哥也被砍了两刀，你黄大哥我现在还拄着拐呢。大伟你看，这仇报得是不是差不多了？”

“黄大哥，正所谓冤有头债有主，李老哥扎了小纪一刀，事情总归由他而起。”

“那你的意思是？”

“好吧，我再给你讲一个故事：小山羊和小鸡做朋友。小鸡请小山羊吃虫子。小山羊说：‘谢谢你！我不吃虫子。’小山羊和小猫做朋友。小猫请小山羊吃鱼。小山羊说：‘谢谢你！我不吃鱼。’小山羊和小狗做朋友。小狗请小山羊吃骨头。小山羊说：‘谢谢你！我不吃骨头。’小山羊和小牛做朋友。小牛请小山羊吃青草。小山羊说：‘谢谢你！’小山羊和小牛一同吃起了青草。”孙大伟小学一年级时肯定比黄老邪学习要好。

“大伟，你的意思是？”

“我们想要什么可能你并不知道，我们想吃草你们却给我们虫子、小鱼和骨头。”

“那你究竟是想怎么样？”

“让李老哥给小纪赔个不是。既然我们以后都是朋友，赔个不是没什么大不了的。”

“这个……”

“如果不想给小纪赔不是也可以。”

“怎么讲？”

“那就继续打。”孙大伟微笑着说。

“这个……我回去和李老哥商量一下吧！”

“最后奉劝你一句，这也是一个典故：一只小猫和一只老猫一起去河边钓鱼。小猫在钓鱼时总是三心二意，一会儿去捕蜻蜓，一会儿去扑蝴蝶，结果一条鱼也没钓上来。老猫告诉它，做事情要一心一意，三心二意不会钓到鱼的！后来小猫一心一意，果然钓上了鱼。这件事情告诉我们，你们应该安心去做你们的古董生意，别总掺和打架什么的破事儿，否则将一事无成！”看到没？孙大伟还会总结中心思想！

虽然二人皆胸无点墨，但是孙大伟连着说出了《小马过河》、《小山羊》和《小猫钓鱼》三个典故，而黄老邪使了半天劲，只说出了个《乌鸦喝水》。这就是差距。

孙大伟走了，微笑着。街上行人已不多，走在昏黄的路灯下，他的内心忽然泛起一阵凄凉与孤寂。

高手，总是寂寞的。独孤求败心中的寂寥，又有几人能解？

在孙大伟和黄老邪谈判过后的一个星期，李老棍子去了小纪的废品回收站，向小纪赔了个不是。

为了“小纪兄弟对不起了，当时李老哥也是一时冲动”这句话，双方共付出九人重伤的代价。

这，值得吗？

这件事情过去以后，大家又可以安心做生意了。赵红兵和小北京的旅馆经过一年的良性运转，当时至少有了8万元的积蓄。继续承包旅馆是必然的，而且，赵红兵已经和这家国营旅馆的负责人打好了招呼，他准备把一楼改成饭店，在下次签合同时，把这条写进去。

小北京已经开始准备装修的事儿了，等续签完承包合同，他就开始装修。

临近元旦的某天，李四来到赵红兵的旅馆。

“红兵，现在事情终于解决了，咱们终于可以踏踏实实地做生意了。”李四说。

“呵呵，是啊。”赵红兵的话不多，总是微笑着。

“你们这是准备装修饭店了？”李四问。

“是啊，这几天小申就在张罗装修这事儿呢。以后咱们就在自己家吃了，呵呵。”

“你们这生意做得真不错。”李四说。

“你的生意也不错啊，又有台球，还收废品。”

“呵呵，我那台球案子，现在天冷了早不摆出去了，也就是夏天的时候能赚点钱。”

“那你开个台球室不就行了？现在全市也没几家。”

“倒是想开，没钱啊。大伟问他妈妈了，图书馆楼下的那个大厅出租，一年的租金要两万块，我手头也没那么多钱，所以还是不开了。”

“图书馆一楼的大厅是个好地段，两万一年真不贵。”赵红兵说。

“可是我哪来那么多钱啊？”

“你真的很想在那儿开台球室吗？”

“当然了，开在那里肯定赚。5 毛钱一‘杆’，一张台球案子每天至少可以收入 30 块，我要是摆八张台球案子，稳赚啊。”李四其实也很有生意头脑。

“这样吧，等会儿小申回来，我问问他我们交完承包费用再装修完饭店还剩多少钱。如果钱够的话，那就先借给你。我想两万块应该是拿得出的吧。”赵红兵说。赵红兵这人最大的缺点就是懒得管钱，他也从来不清楚自己有多少钱，幸好他有小北京这样一个算账精细的铁哥们儿。

“呵呵，要不干脆这样，你和小申也入股吧。这台球室算你们的股份。”

“这倒无所谓，只要你生意撑起来就行，我和小申这边收入也可以。”

“就这么说定了，算你和小申的股份。”李四也不好意思向赵红兵借那么大一笔钱。

“呵呵，你呀。”赵红兵笑了。

1988 年春节以后，李四终于有了自己的“码头”——台球室。

营业的第三天，他的台球室就来了个仇人兼顾客——二虎。

三十五、我只是想找你来要点医药费

1988年农历大年初八，这天是高欢的生日，她自从放寒假回家就和赵红兵成天腻在一起，这天过生日，当然更要在一起过。赵红兵也邀请了李四、孙大伟等人一起去他的饭店喝酒，庆祝高欢的生日。东北的春节多数人都吃两顿饭，也就是早上10点左右一顿，下午3点左右一顿。那天下午，大家又都喝多了。

当天下午李四离开后不久，他的台球室里来了一个小混混，要和台主打台球。

在上世纪80年代，通常打台球的都是两个朋友一起来，对打，但是也有少数的人一时找不到朋友只能独自去打。一个人怎么打？台球室的老板通常都备有一两个专门陪打的人，陪打的通常台球技术都较为精湛，称为“台主”。李四这里的台主是一个叫王宇的小兄弟，李四不在的时候，他同时还负责收银。王宇的台球技术精湛，是全市有名的台球高手，在上世纪80年代，就已经能打出“梭杆”等高难度的球。

这个小混混和王宇打台球的时候不停地骂骂咧咧，也不知道是在骂球还是在骂人。王宇虽然火气很大，但这毕竟是他大哥李四的生意，他也不好发作。两人连挑五杆，王宇全胜。

当王宇把最后一颗决胜球——黑八打进底洞时，那个小混混发话了。

“黑八是我的球，你凭啥把我的黑八打进去了？”

“黑八是你的球？会玩吗？”王宇已经忍耐半天了，现在有点按捺不住了。他看出来了，这小子就是来找碴儿的。

“你他妈的说什么呢？”小混混拿着台球杆子朝王宇走了过来。

“你知道这是谁开的台球室吗？”王宇还是不好发作。毕竟，如果他在台球室里打了人，李四回来肯定要骂他。

“我不管是谁开的，你把我的黑八打进去了，这钱我不付。我走了！”小混混转身就要走。

“你站住！想白玩也不看看这是什么地方？”王宇怒了。

“我操你妈！”小混混拿着球杆冷不防朝王宇戳了过来。王宇躲闪不及，被台球杆把嘴给戳破了，伤得不重，但是看起来挺吓人。王宇盛怒之下抡起台球杆朝小混混打了过去，台球杆砸在了小混混的头上，这下砸得不轻。

王宇不仅台球打得好，单打独斗也很厉害，虽然他没练过什么功夫，但是出手快，下手狠，常人根本不是他的对手。他知道在近距离交手中长长的台球杆很难发挥真正的作用，便顺手抓起一颗台球，朝小混混砸了过去，出手极快，砸中了小混混的面颊。小混混被这一台球砸得头昏眼花。

王宇抓起小混混的头发，抓着台球向他连续乱砸几下，把小混混打得满头是血。

“滚！”王宇说。

“你他妈的等着！”小混混捂着脸走了出去。

“等着就等着，我看你有多大本事。”

两个小时后，天擦黑的时候，王宇等来了二虎和他的六七个兄弟。绰号已经改为“二瘸子”的二虎穿了一件旧军大衣，双手对插揣在军大衣的衣袖里，走路慢慢悠悠的，一瘸一拐，胡子拉碴，整个人看起来很颓废，只有一双小眼睛闪着精光。

这下王宇明白了，这个小混混就是二虎派来找碴儿闹事的。

“二哥，就是他！”小混混指着王宇说。

“他拿台球砸的你，是吗？”二虎问那个小混混。

“是。”

“那好，他拿哪颗台球砸的你，那你再拿哪颗台球去砸他。他要是敢还手，今天我就废了他。”

小混混抄起一颗台球就朝王宇走了过去。

王宇的眼神依旧桀骜不驯，身后有李四等人撑腰，他根本不怕二虎。他顺手也抓起了一颗台球，看着那个拿着台球的小混混一步一步地走近。

距离一米时，两人同时出手抓起台球砸向对方。

这次，又是王宇出手更快，他手里抓的台球砸在了小混混的眼眶上，而那个小混混的台球砸在了灵巧闪过的王宇的肩膀上。

小混混“嗷”的一声惨叫。

“上！”二虎冷冷地从牙缝里挤出这个字。

二虎身后的几个兄弟一哄而上。

王宇寡不敌众，很快被打倒在地。他双手抱头蜷在地上，这是李四教他的——被打的时候双手抱头，双腿并紧，把脸蜷在双腿之间，保持婴儿在母体中的姿势，这样，可以在挨打时受到最小的伤害。

“住手！”刚刚在赵红兵饭店喝完酒的李四站在了台球室的门口。

李四聪明得很，他看见对方人多，不愿意正面和二虎他们发生冲突，好汉不吃眼前亏。

“还认识我吗？”二虎叼着烟，眯着小眼睛看着李四。

“二瘸子，筋都接好了？”李四说。

“你知道我今天来是干什么吗？”二虎把双手对插在袖管里，懒洋洋地说。

“不就是专门来找碴儿惹事吗？”

“不，我是想找你来要点医药费。”

“医药费？”

“你们把我和我弟弟伤成那样，我也没报案，还算够意思吧？”

“嗯，是。”

“我在床上躺了小半年，现在腿也落下了残疾，今天来跟你要点医药费不过分吧？”

“要医药费就要，你打我兄弟干吗？”

“如果你不给医药费，我的兄弟就天天来你这里打台球，直到凑够了医药费为止。”

“那我要是不给你医药费也不让你的兄弟来这里打台球呢？”

“兄弟们，把这几张案子都给我划开！”二虎一声令下，他身后的兄弟拔出匕首作势要划台球案子的桌布。

“住手！二瘸子，你要多少医药费？”

“5 万。听说你们最近生意都不错，这点小钱没问题吧？你把医药费拿出来，咱们的旧账就一笔勾销了。”

“5 万？”

“少一分都不行。”

“呵呵，你先走吧，我考虑考虑。”

“嗯，给你几天时间筹钱，过了正月十五我再过来。”

“行啊。”李四脸上一直保持着笑容，其实恨得牙根都痒痒。

二虎走了之后，李四回到旅馆去找赵红兵。小北京、赵红兵、高欢三个人都在，赵红兵又喝多了，躺在床上睡得很熟。

“小申，刚才二瘸子来找我了。”

“二瘸子是谁？”

“记得那次闹花灯吗？被你一脚踢翻的那个，后来我和费四不是废了他嘛。”

“他不是叫二虎吗？”

“呵呵，被费四把脚废了，没好，现在改名叫二瘸子了。”

“他来找你干吗？”

“说是要医药费，其实就是看我最近手头有了几个钱，讹钱来了。”

“四儿，这人怎么这么不开眼啊，怎么谁都敢惹？再来要钱咱们再收拾他一顿。”

“我也是这么想的。申爷，把红兵叫起来。”

小北京走到门外，掰下一大块冰凌子，塞到了赵红兵的被窝里：“红兵，你抱着，我给你弄的暖水袋。”

赵红兵一声惨叫，被冰醒了。

旁边站着的高欢笑得花枝乱颤。

“红兵，二虎今天来找我了，说是要医药费，还打伤了王宇。”

“要医药费就要医药费，打人干吗？”赵红兵被彻底冰醒了。

“看他那意思是，如果我不给钱，他就要天天到我那台球室闹去。他这么闹，我以后的生意怎么做啊？”

“按道理说，他被你们给废了也没报案，咱们出点医药费也是应该的。”

“嗯，你说得对。但是他这要钱的方式太操蛋了，这简直是来讹钱。而且，他一开口就是5万，咱们哪来的那么多钱！”

“呵呵，这钱咱们不能给。如果说他来和咱们好说好商量，给他一些医药费也是正常的。但是他这么闹，如果我们给了钱，那我们以后也没法混了。”

“那你说怎么办？”

“甭管他在东郊有多大的势力，他要是再来，咱们就和他继续打。”赵红兵伸了个懒腰，轻轻松松地说。

李四就等赵红兵这句话呢。的确如李四所说，二虎要医药费本身并没有错，但是要钱的方式让人难以接受。二虎对赵红兵等人缺乏足够的认识，他或许以为做生意的人都为求财，多一事不如少一事，只要他们每天去闹，李四一定会乖乖给钱。但赵红兵、李四等人都是把名声和面子看得比生命还重的人，怎么会屈服于他这样的无赖？

同一件事，通过不同的方式去做，结果很有可能是不同的。如果二虎不去台球室捣乱，而是直接向李四要医药费的话，可能李四还真能拿些钱给他。

“我看他们今天好像带了枪。”李四说。

“毛主席怎么说的来着？决定战争的绝对不是一两件先进的武器。朝鲜战争的时候，‘美帝’不是有原子弹吗？他们打赢了吗？所以说，一切反动派，都是纸老虎！”小北京插话。

“他下次什么时候来？”赵红兵问。

“他说过了正月十五再来找我。”

“在正月十五之前，我们去找他。告诉他一声，让他先准备点医药费吧，他又要住院了。”赵红兵说。

“红兵，你们又要去打架啊。”高欢看样子很不高兴。

“不是要打架，是有人欺负我们。”小北京笑嘻嘻地说。

“申哥，还有人敢欺负你呢？我怎么成天看见你欺负别人。”

“这话说得可不对，虽然架没少打，但我可真没欺负过人。”小北京说。

“高欢，现在也不早了，我送你回家吧！”赵红兵说。

雪夜，空旷无人的大街上，昏黄的路灯下雪花在飞舞，偶尔还能听到几声鞭炮响。

凄厉的北风呼啸着，刮在人的脸上像刀子一样。脚踩在雪地上，发出“咯吱咯吱”的声音。

两个人偎依着慢慢地走着。

“红兵，这架非打不可吗？”高欢轻声地问。

“非打不可，因为这件事因我而起。”赵红兵说话的声音不大，但语气很坚定。

“红兵，打架究竟是充实了你的精神生活，还是丰富了你的物质生活？

我真不知道，你究竟想从打架中得到些什么。”高欢很是不解男人为什么要打架。

“我压根儿就没想过要从打架中得到些什么。”

“你们都曾经有令人羡慕的工作，却个个不务正业。现在呢？都失去了公职。”高欢很是担心赵红兵再闯什么祸。

“现在过得不也很好嘛，呵呵。”

“从我认识你的那一天，你就在打架。到了现在，右手已经伤成了这个样子，还在打。我想让你告诉我什么时候才能结束。”

“我被打死了，也就结束了。”赵红兵笑笑说。

“可能有一天，你真的会被打死，到时候我就得守寡了。”

“在我心中，兄弟情义和爱情同样重要。”

“在我心中，只有爱情。”

“也有很多女孩子喜欢金钱。”

“红兵，你不了解女人。每个女孩子都希望拥有真挚的爱情，能和自己心爱的人长相厮守，她们可以为这爱情抛弃一切，奋不顾身。而恋爱的对象未必要很有钱，甚至可以很潦倒。真爱，是每个女孩子心中最大的梦想。当她们无法得到真挚的爱情时，才会退而求其次去追求物质生活，通过变本加厉地追求物质生活来消除那逝去的爱情所带来的幽怨。追求爱情的女孩子，是幸福的；而一心追求物质的女孩子，是痛苦的。因为，疯狂地追求物质，是她们在已经无法得到爱情后的无奈宣泄。”

“或许吧。”

“我有爱情，我很幸福。每个有爱情的女孩子都是世界上最幸福的人。真爱，或许只有一次。红兵，答应我，当心点。我真的很担心你，我不愿意失去我的幸福。”

“我不会有事的。”赵红兵幽幽地说。

一阵猛烈的北风吹过，两个人偎依得更紧了。

三十六、农村黑社会

在20世纪80年代，东北的农历春节极其热闹，正月十五以前很少有商铺营业，这段时间大家都很闲，亲朋好友们整天聚在一起喝酒聊天。

大年初九，兄弟几人聚在了李四的台球室，讨论如何对付二虎，准备讨论完后就去饭店喝酒。那天，二狗和晓波也跟着去了。当天大概有十几个人在李四那里打台球，他们兄弟围着李四的收银台说话。

“咱们去年打了一年架，想不到过个年还得打架。”去年重伤过两次的小纪抱怨。

“这就叫树欲静而风不止。”小北京坐在李四的桌子上，笑眯眯地说。

“呵呵，说这些都没用，反正这次架我们必须打。”赵红兵说。二狗一直不明白，为什么赵红兵和小北京关系那么好，他俩一个是一句废话都不愿意多说，另外一个是多数情况下只说废话。

“不就是个二虎吗？”费四根本不怕曾经是他手下败将的二虎。

“费四，二虎肯定怕你，因为你是大虎啊。”小纪说。“虎”是东北方言，翻译成标准汉语就是“莽撞、无所畏惧、做事只图一时痛快、不计后果”。这个词的词性是形容词，通常和“逼”连用，“虎逼”这个名词既是褒义，也是贬义。因为无论谁被称做虎逼，都足以证明此人打架勇猛，但同时，也说明此人无头脑。

“嗯，也是，张岳进去以后，费四就是咱们兄弟里的头号虎将了。”孙大伟一本正经地调侃费四。

“别瞎扯，我肯定还废了他！”费四又瞪起了他那双大眼。

赵红兵生平从不怕任何人，但是他说过，他一怕张岳瞪着眼睛撇着嘴咬牙，二怕费四瞪着眼睛喘粗气。这两位有了这个表情的时候，就算是赵红兵，也拦不住了。

“别说这些没用的了，一会儿该吃饭了，咱们说说为什么二虎今天才找上门来要医药费。”赵红兵说。

大家也都有这疑惑，因此，一提到这事儿，大家都沉默了。过了一会儿，小北京说话了。

“我认为有五个原因。”小北京这话一出口，大家都知道，小北京又要长篇大论了，于是都静静地听着没插话。小北京继续说了下去。

“第一、二虎被费四废了以后在医院里躺了小半年，在这小半年里他没办法报仇；等他出院以后，咱们已经开始与李老棍子连续恶战，他也乐于坐山观虎斗。

“第二、他最得力的助手，也就是他的弟弟三虎子，在医院那次折了进去，所以二虎那边也是元气大伤，没有足够的把握能和我们抗衡。

“第三、他是无赖，成天靠讹人家的钱活着，而现在咱们手头也算有几个小钱了，他又有要医药费的借口，不讹咱们他讹谁？

“第四、现在四儿在江湖中的地位和一年以前大不一样，一年以前你只是个出手狠辣的毛头小子，但经过和李老棍子的几次恶战，现在已经是响当当的人物。二虎可以败在一个毛头小子手里，但是他不能败在和他齐名的人的手里。败在一个毛头小子手里，他可以说是遭了暗算；但如果败在一个和他齐名的大哥手里，他以后就要矮上三分。在四儿成名的同时，二虎的心理也发生了一些微妙的变化。所以，他就算是豁出老命，也得把这面子赚回来。

“还有第五点，也就是最重要的一点，那就是，四儿现在安安分分地经营台球室，如果他总派人来闹，那肯定是无法继续经营下去。商人，都是求财的。他抓住了四儿这个心理弱点，所以敢来讹钱。

“综合以上五点，我们就可以分析出，二虎为什么过了一年多才来找我们了。”小北京总结道。

“精辟！”李四由衷地赞叹。

“那我们就让二虎看看，我们是不是做了生意以后就怕他了。”小纪被二虎扎过，终于有了报仇的机会。

“找人，约二虎明天晚上出来。就约到你的台球室，跟他会一会。”赵红兵说完，捻灭了烟头。

“用不用把柱子哥再找来？”孙大伟有点胆怯。

“不用了，我们自己解决。刘哥已经帮我们够多了，现在他也有自己的小生意，别去烦他了。”赵红兵说。

“走吧，喝酒去！”小北京说。

李四随后找了个小兄弟去通知二虎，让他明天晚上过来“拿钱”。然后几个人浩浩荡荡地去了饭店喝酒。

席间，赵红兵又喝多了。小北京和小纪轮流背着他回旅馆。

费四和李四带着二狗和晓波回到台球室，说是有烟花放。孙大伟过了一会儿也跟了上来，他说好像是忘了锁租书室的门。

接下来这场血战是二狗亲眼目睹的，到现在已经过去了20年，但二狗依然清晰地记得那天血战的每一个细节。

二狗同时还记得，那天血战的时候，天空上有很多绚丽的烟花。这些烟花在记忆中只有图像，没有声音。一如记忆中血战的场面，只剩下一个个仿佛黑白电影一样的片段，没有厮杀声，只有汩汩的鲜血。每一个场面，都足以将常人吓得肝胆俱裂。那天，在图书馆门前那条一向熙熙攘攘的大街上，没人围观这次群殴，没人敢围观这次群殴。

李四回到台球室以后，拿出了一大把“钻天猴”，让满头裹着绷带的王宇带二狗和晓波出去放。

晓波放第一个“钻天猴”的时候就伤到了，“钻天猴”上天的时候，烧到了眼睛和鼻梁之间的那个部位。晓波是个坚强的孩子，连哭都没哭。

不过这可吓坏了李四等人。毕竟是刚把赵红兵的侄子带出来就伤到了，回头没法面对赵红兵。

“大过年的，不吉利，有血光之灾。”孙大伟打趣说。孙大伟又说中了，他简直就是中国当代的诺查丹玛斯。

孙大伟话音刚落，王宇就冲了进来：“二虎他们来了，来了两车人。”二狗先冲了出去，看看究竟有多少人。一出去发现的确是两车人。

一辆农用三轮车上，起码坐了20个人，挤得七扭八歪，像是杂技团一样，人正纷纷往车下跳。另外一辆是三轮摩托，就是东北常见的那种用摩托车改装的三轮车，前面是摩托，后面是一个小棚子，从后面开门。通常里面可以坐三四个人，但是那天那辆三轮摩托的后门开了以后，人一个接着一个地跳了出来。二狗现在回忆，那天从那辆三轮摩托上跳下的人起码有9个！天知道他们在里面是用什么姿势挤的。总之，二狗每当回忆起那天那个三轮摩托上跳下来的人，就想起电子游戏《名将》里，第六关那些从一个个暗门中走出的小兵，仿佛无穷无尽。

郊区的流氓团伙就是有城乡结合部的特色，不但交通工具比较农村，而且使用的武器除了枪刺、管插以外，还有镰刀、镐头等农具。

那天，二虎等人没带枪，全是冷兵器。可能，他们来市区也只是想立威，不是想杀人。

一分钟后，二虎等人站在了门口。从三轮摩托上出来的人个个拼命地抖手和腿，估计是麻了。

“你们还要命吗？”费四根本没废话，边吼边举着一把铁锹冲了出去。这把铁锹，也是那天孙大伟、李四、费四、王宇四人唯一的武器。

费四这一冲加上冲着人群没头没脑拍的这一铁锹，不但极具气势，而且打得二虎等人措手不及。

李四等人跟着这一铁锹冲了出去，他们想跑。因为他们知道，如果被堵在台球室里，这就是个死局。

费四这一铁锹拍在了二虎的肩上。二虎双手抓住了铁锹的把，奋力要夺。紧跟在费四身后的李四奋起一脚，踹在了二虎的胸口。本就是腿跛的二虎撒开了抓住铁锹的双手。

费四又拿起铁锹乱抡起来。二狗看得清楚，费四疯了一般挥舞着铁锹，他眼前已经分不清是敌是我，他有好几下砸在了孙大伟和王宇的身上。

对方人太多而且手里都有家伙，他们无法突围。

最先挨扎的是走在最后面刚出图书馆的孙大伟，他被一管叉扎倒在地，然后被围拢过来的人猛踩。孙大伟双手抱头，根本没有机会再站起来。二狗猜测，当时踩孙大伟最狠的那个，肯定是个农民，因为他踩的姿势一点都不像是在打架，而是像农民在刨地。

李四看见孙大伟倒下，回头去救孙大伟，离开了费四。四个人一开始保持得很好的队形散了。

李四抢过一支管叉，连砸带捅，打跑了围在孙大伟周围的几个人。他伸手去拉孙大伟的胳膊，一拉之下，李四觉得软绵绵的，好像孙大伟已经没什么反应了。原来，孙大伟的胳膊已经被钢管打得断了几处。李四单手抱起了孙大伟的腰，一把推回台球室：“快回去！”李四把孙大伟推进台球室后，站在了门口。同时，他的肩膀被枪刺狠扎了一下。

李四身负重伤还在奋战的时候，失去了李四保护的费四在拍倒了几个人后也被夺去了铁锹，身中四刀倒地。刚才他抡的铁锹，现在被二虎等人拿来拍他了。费四在七八个人的刀和钢管的围攻下，再也没机会站起来。

王宇夺过了一把锋利的镰刀，闭着眼睛一通乱抡，杀出一条血路，冲了出去。他是那天他们四人中唯一冲出去的人。

一分钟后，李四倒地。双手抱头，蜷得像个虾米。

暴打两分钟之后，二虎等人终于停了。

地上躺的是李四和费四，这两个当年废了二虎的人。那天，积雪很厚，台球室里的灯光照在外面洁白的雪地上，可以看见有十几块大黑斑，那是血。有费四的，有李四的，也有二虎他们的。

二狗现在想：之所以记不起当年所有的声音，是因为声音太惨烈，二狗不敢回忆，故意从记忆中将其抹去。而血腥的场面虽然二狗更加不愿意回忆，但是场面太血腥，在记忆中挥之不去，反而增强了记忆。

人越想刻意去忘的东西越忘不掉。

半小时后，李四和费四被送到医院。一小时后，赵红兵等人赶到医院。

“我还记得二虎家，现在我去三扁瓜家借他那把五连发。”刚刚酒醒的赵红兵只说了这一句话。

大家当天还都纳闷孙大伟究竟去了哪里，为什么整整一夜都不见人。二狗和晓波找遍了图书馆，也找不到他。

第二天，大家都看到了孙大伟。孙大伟自己一个人走到了医院，一瘸一拐，手臂耷拉着、晃荡着。原来，他在图书馆三楼的女厕所里躲了一夜。他不敢出来，他怕了，真怕了。

他见到躺在病床上的李四之后，“哇”地哭了出来，一句话都没说出来。

“大伟，我知道你讲义气，但是以后咱们打架，你还是少参与吧。”第二天赵红兵见了孙大伟以后，对他低声说。

孙大伟还是没说话，点了点头，眼睛里全是泪水。

三十七、男儿有泪不轻弹

赵红兵心里万分愧疚。如果不是闹花灯时他和二虎等人发生冲突，也就不会有后来的李四和费四与二虎结仇，他俩或许到现在还在安安分分地上班；如果不是他坚持不给二虎医药费，要与二虎火拼，也许二虎就不会在今晚动手重伤李四等三人。看着眼前这个半昏迷的、曾经冒死在医院里开了三枪保护他的李四，赵红兵心都碎了。

越遇上大事，赵红兵就越沉默。在医院里，他只说了一句话，说完以后静静地站了大概半个小时，转身走了。小北京紧紧地跟了出去，他知道赵红兵要去干什么。

赵红兵和小北京二人向来焦不离孟、孟不离焦。后来曾经有人开玩笑说，他俩除了在和各自的老婆上床时不在一起，其他的时间都是在一起的，连上厕所都是一起去。二十几年来，一直是这样。

从医院出来以后，赵红兵和小北京直接去找三扁瓜借枪，小纪留下来陪费四他们。

这次，赵红兵这个团伙的战斗力降到了最低点，曾经的兄弟八人中，两人入狱，三人重伤，能动的只有赵红兵、小北京、小纪三人，已经无力再组织力量反扑了。这血海深仇不能不报，怎么报？只能玩阴的——奇袭！

“红兵，借枪干什么？不会又是打架吧？”三扁瓜从他家的煤堆里拿出了那把五连发。由于李四几个月前在医院开了三枪，三扁瓜现在还担惊受怕，生怕哪天公安局找到这把枪。

“不打架，明天我们去南山上打点野味。我们饭店现在要吃野鸡、野兔子的比较多，市场也没卖这东西的。”小北京接过话说。他知道赵红兵撒不了谎，替赵红兵说了。

“打打兔子什么的还好，可别再拿它打人了。要是你们再拿它打人，我就把这把枪送给你们哥儿俩了，省得以后犯事儿还把我咬出来。我现在可算知道了，你们几个是真敢开枪啊！”三扁瓜这把枪拿了好几年，还真一枪也没开过，但是这枪到了赵红兵等人的手中，没几天就打响了。

“呵呵，送我？那我就笑纳了，明天叫我们服务员把钱给你送来。我缺个枪玩儿呢，我以前当兵就是因为喜欢枪。”小北京无论什么情况下都能和人贫几句。

“唉，两个小祖宗，只要你们别拿这枪再去打人，我送给你们还倒贴钱。”三扁瓜愁眉苦脸。其实，三扁瓜的性格和他的大哥刘海柱差不多，都是性情中人。虽然小北京打伤过他，但是一杯酒喝完，三扁瓜再也不记这个仇了，把赵红兵等人都当成了自己的兄弟。他现在是真知道赵红兵这帮人胆子太大，没他们干不出来的事儿。

“呵呵，三儿，我们走了。”小北京再没答话，和赵红兵转身走了。

赵红兵和小北京从三扁瓜家出来，直接叫车去了东郊毛纺厂宿舍。赵红兵记忆力很好，他清楚地记得二虎家的方位。

晚上 10 点左右，赵红兵和小北京来到了二虎家门口。

一年多以前，赵红兵他们曾经一行 7 人来到这个门前。那时他们个个意气风发，多数都有正经的职业，视打架为生活中的调剂品。结果就是在这个门前，他们遭受了出道以来的第一次重挫。从那以后，他们已经经历了无数次恶战，每天都在提心吊胆地过日子，打架已经成为生活中的一部分。如今，那天来这里的 7 人中，只有赵红兵和小纪两人还是活蹦乱跳的。但即使是赵红兵和小纪，在 1987 年也差点被扎死，而且赵红兵的右手，被土豆轰了一喷子后也接近报废。

赵红兵站在二虎家的门口，欷歔不已。吃一堑，长一智，这次，赵红兵不会再敲二虎家的门了。

赵红兵对小北京使了个眼色，两人齐齐蹿上了二虎家门房那两米多高的房顶。

是的，二狗曾经在旅馆前听小北京说评书连播时说过，他们班身手最敏捷的就是他俩，当时执行任务时一个接近 90 度的绝壁，只有他俩能攀上去。小北京所言非虚，纵然赵红兵右手已经接近完全残废，但他依然连抓带蹬，两下就到了房顶。

二虎家是典型的中国上世纪 80 年代的东北民居，一个两进的房子：前面的一排是仓房，也叫门房，也就是仓库和地窖的所在地，通常比较矮；后面是主房，也就是主人休息吃饭的地方。门房和主房之间，是一个长约十几米的院子，用来停放自行车之类的。二虎家的房子是一排七家的尖脊大瓦房，每一家中间都由一个院墙隔开。

赵红兵和小北京上了门房顶，往正房里看究竟房间里有几个人。他俩担心又像上次一样，这里聚着十几号人，拿着三支枪。如果再是这样，他俩今天晚上的事儿就不好办了。经过观察，他俩发现，二虎家三间房间里只有一个房间亮着灯，但窗户上钉着塑料布，无法看清里面究竟有多少人。

小北京手一挥，沿着墙头跑向了主房。赵红兵随后跟了过去。他俩都可以在宽不到 15 厘米的墙头上快速奔跑！而且还是猫着腰！两三秒钟后，他俩就蹿到了主房的房顶。他俩的脚步极其轻盈。据说，连邻居家的狗都没叫。

赵红兵和小北京在主房的房顶上待了不到五分钟，房间的灯灭了，但没有一个人出来。赵红兵和小北京心里明白，电视转播结束了。

灯熄了却没人出来，这说明二虎的那些兄弟肯定不在这里，否则不可能这么早睡。

为了印证他俩的判断，小北京掀起了房顶上的一块瓦，用膝盖一顶，瓦片碎成两半，他抄起一块朝二虎家门房的大铁门掷去。“当”的一声脆响，邻居家的狗叫了起来；小北京紧接着又扔了一块，又是“当”的一声脆响，方圆半里的狗都叫了起来。

“谁呀？”房间里一个苍老的声音喊了一句。

外面当然没人答话。

小北京又掰碎了一块瓦。“当当”两下又掷在了二虎家的大铁门上。

“谁呀？”伴随着这个苍老的声音，刚才漆黑的房间打开了灯，紧接着门灯也打开了（门灯也叫天灯，通常在每家正房门的正上方，靠近房檐的位置）。二虎家的门灯是个足有 200 瓦的大灯泡，赵红兵和小北京就趴在这个灯的正上方。他俩都知道，这个高强度的灯是个盲点，正常人看到这盏灯的时候，都需要一小段时间来适应光的强度，而再看清这灯后面那黑压压的一片，又需要一小段的时间。而这段时间，他们瞄准、射击都够了。

正房的门打开，一个佝偻的背影走出，下身穿着一条毛裤，外面披着一件军大衣。显然，这是二虎的爸爸。他不是赵红兵和小北京要攻击的对象。

“谁呀，这么晚敲门？”这个佝偻的背影走向了门房的大门。

当二虎的爸爸临近大门时，赵红兵和小北京齐齐从近三米高的房顶跃下，掀开二虎家主房的门帘子就钻了进去。赵红兵在前，小北京在后。

这时，他俩已经对二虎家有了初步的判断。扔了四块瓦片都没人有反应，足以说明二虎家今天晚上没有任何准备。而二虎可能在的房间，一定是西面大两间之一。因为刚才亮灯的东面的房间，显然是二虎爸爸所住的房间。

赵红兵快速撞开了西面房间的门，顺势一个前滚翻蹿到了炕前。小北京紧随其后，顺手拉开了房间的灯，然后单膝跪地，一只手托枪，一只手扣着扳机瞄着炕。两个人的动作极其连贯，一气呵成，毫无纰漏。

炕上空无一人。

他们紧接着又以同样的方式撞进西边第二个门，炕上同样空无一人。

从他们进入第一个房间到发现第二个房间也没有人，前后加起来不超过10秒。

后来小北京说，赵红兵一个前滚翻蹿到炕前，是为防备他拉灯的一刹那有人从炕上翻起——如有人在那一刹那起来，赵红兵将一击将其制服；而自己单膝跪地持枪瞄准，是为防备炕上睡着两个及更多的人。别说那天炕上没人，就算是有五六个持枪的人，也会败在赵红兵和小北京的手下。

赵红兵和小北京随后快速蹿到刚才亮灯的东边那间房，以同样的方式进入了那个房间。

这次他们发现，床上半躺半坐着一个白发苍苍的老太太，正目瞪口呆地看着他俩。

小北京一挥手，和赵红兵一起出了房门走到院子里。他俩都明白，二虎今天没回家。

据说，从他俩到二虎家门口的那一刻起，两人就没有一句语言上的沟通和交流，全是靠眼神和手势。

在院子里，他们迎面遇上了走路颤巍巍的二虎的爸爸。

“你们是谁？”二虎的爸爸还顺手抄起了顶门的门杠。

“市刑警队的。”小北京从容地回答。

“来我家干什么？”

“你养了个好儿子！”

说完，赵红兵和小北京打开门不紧不慢地走了出去，院子里留下目瞪口呆的二虎的爸爸。二虎的爸爸还真相信了赵红兵和小北京俩人是刑警队的，因为，自己的三个儿子究竟啥样他最清楚。现在，二虎是他三个儿子中唯一一个没有蹲监狱的。

后来，曾经有人因为在二虎家扑空这件事儿揶揄过赵红兵和小北京：“二位向来冷静，怎么这次没看好就下手？这不是打草惊蛇了吗？”

赵红兵和小北京各回答了一句。

“当时我的酒还没彻底醒，我实在等不及了。”赵红兵说。

“奇袭就在于一个‘奇’字。再者说，就算抓不到二虎本人，也要给他精神上极大的摧残，让他知道，我们想去他家要他的命，是探囊取物。”小北京得意地说。

两人出了二虎家门，还很有礼貌地把铁门关上了。曾经的解放军战士，和土流氓的素质就是不一样。

“四儿和费四他俩也打伤了二虎的不少小弟，他们一定去了医院，咱们挨家去医院找人。今天晚上找不到二虎，以后就难办了。”赵红兵说。

赵红兵和小北京刚刚离开胡同口约30米，准备走上正路叫车，一辆打着刺眼强光的三轮摩托迎面驶了过来，速度还不慢。

“丫真操蛋，打什么大灯啊。”三轮摩托迎面开过，小北京忍不住骂了一句。

“小申，你看！”赵红兵低声对小北京说。

这辆三轮摩托停在了二虎家的胡同口。摩托车后门打开，下来了两个人，其中一个一瘸一拐，根据走路的姿势判断，一定是二虎。

赵红兵和小北京回头快步朝三轮摩托车走过去，距离约15米的距离，两人停下了脚步。因为他俩知道，15米的距离，已经进入了小北京猎枪的有效射程。但如果走得太近，一旦二虎等人也有枪，小北京的枪法优势就无从体现了。

“二虎！”赵红兵喊了一嗓子。他喊这嗓子的目的绝对不是为了提醒二虎，而是为了确定眼前的这个瘸子究竟是不是二虎。与此同时，小北京已经做好了射击的准备，就等二虎答应。

“哎，谁呀？”二虎转过身来。

几乎是在二虎回答的同时，“轰！”小北京手中的猎枪发出一声低沉的闷响。

二虎“嗷”的一声惨叫，这枪打在了他的大腿上。

“二哥，上车！”二虎身边的兄弟拉起二虎就向三轮摩托的后门冲去。二虎本来就行动不便，这次又挨了一枪，行动更是不便。还好，当时他们距离三轮摩托只有两三米的距离，连拉带拖，几步就到了三轮摩托的后门口。

二虎的兄弟先蹿上了车，拼命往上拉二虎。

“轰！”小北京第二枪打响。

这一枪正中二虎的屁股。

随后，二虎被他的兄弟拉上三轮摩托，关上了后门。三轮摩托踩下油门，向远处驶去。

小北京和赵红兵都没追。整个过程他俩甚至连一步都没动，只有小北京悠闲打鸟似的不紧不慢地开了两枪。尤其是第二枪，正开在二虎他们最慌乱的时候，和第一枪有个明显的时间差。

赵红兵这边越是冷静，二虎那边越是慌张。心理上的战术，没有人比小北京运用得更好。

等三轮摩托大约开出 10 米，小北京又冷笑着朝天上漫无目标地开了一枪。这也是当天小北京打的最后一枪。这一枪，是小北京学李四去年在医院里开的第三枪，纯粹是吓唬人玩儿的。

这一枪，果然引起了正在加速的三轮摩托上的一片惊呼。因为，小北京的前两枪实在太准了，弹无虚发，这第三枪自然让他们人人自危。三轮摩托上的人，在黑暗中还没来得及看清对方究竟有多少人、多少支枪，就已经转身上车逃命了。

“二虎不会报案的，他伤费四不比咱们伤他轻。如果进去，他和咱们同罪。”在回去的路上，赵红兵说。

“他也不敢报案。”小北京说。小北京从来都这么自信。

晚上 12 点左右，小北京和赵红兵回到了医院。费四的麻烦是大了一些，刚刚手术完，做的全麻，虽然没有生命危险，但神智还不清醒。李四情况好一些，已经躺在了住院部。

“四儿，事儿小申已经替你办好了。”赵红兵抓着李四的手，趴在李四的耳边轻声地说了一句。

李四下巴刚刚被接上，打了封闭，还说不出话。

李四紧紧地攥着赵红兵的左手，眼睛睁得大大地看着赵红兵，眼泪随后淌了下来，嘴角和脸部的肌肉不停地抽搐。

这个爷们儿动了情。

这是男儿泪，英雄泪，只为兄弟之情而流。

三十八、封神榜

正月十五，赵红兵得知，二虎不但没报案，而且他受伤以后根本都没敢在市里住院。因为怕赵红兵去医院补刀，二虎在一家医院简单处置了一下，就被送到了省城治疗。

赵红兵知道，这次，他是把二虎给打服了，彻底打服了。

一个月后，刘海柱找到了赵红兵。

“昨天二虎的一个朋友来找我了，他的那个朋友和我以前是‘战友’(狱友)。他知道咱们俩的关系，来找我是想让我帮忙和你谈和的。呵呵。”刘海柱说。

“谈和？”赵红兵没想到二虎主动来谈和。

“是啊，他还让我给你带来了 3 万块钱，算是费四他们三个人的医药费。”刘海柱说。

“呵呵，刘哥你既然都说话了，那这事儿也就这样算了吧。”赵红兵一向尊敬刘海柱。

“哈哈，你不要管我。如果你还想继续打，那你就继续，就当我没来过。如果你觉得医药费不够，我再去帮你要。”刘海柱挺实在。

“不打了，现在已经打到这地步了，再打下去非出人命不可。”赵红兵说。

反正仇也报了，他也厌倦了这样打打杀杀、成天提心吊胆的生活。

“那你把钱收下吧。”

“嗯。”

三个兄弟重伤，这本来是出悲剧，但硬让小纪等人给搞成了喜剧。因为，重伤的三人加上总去陪床的小纪，四个人中有三个人在这次长达数月的治疗中找到了生命中的另一半。

第一个成功泡上护士的是小纪。

小纪最大的优点就是敏而好学，不耻下问。从他拜李老先生为师学考古，就可以看出他的确是个爱学习的人。而且他极聪明，学什么都特别快。在过去的一年中，他不但学习了有关文物的很多知识，而且由于曾三次重伤住院，接触了不少病友，认识了不少市里的外伤名医，对外伤的治疗方法已经有了相当深刻的认识，成了半个大夫。而小护士多数都是卫校或医学院高护班毕业，只会护理，对于治疗一知半解。

小纪陪床无聊时经常找漂亮的小护士聊天，跟她们大谈外伤的治疗方法。小纪专业的理论能力加上非常能忽悠，使这些小护士折服不已。其中有一位很漂亮的小护士对小纪非常崇拜，这个小护士当时大概只有十八九岁，青春可人，叫斌斌。小纪看准苗头后果断下手，连废品回收站的生意都不去照顾了，交给了李四的一个小兄弟去打理，自己每天泡在医院里。在开始的半个月，他每天在医院的目的肯定是为了给李四等三人陪床，但到了后来，他的目的已经是泡斌斌了。

到了三月中旬，小纪成功地约了斌斌出来吃饭，两人基本上确立了恋爱关系。

“小纪你每天泡在医院里干吗？”小北京也看出来小纪是想泡小护士了。

“我？陪床啊。”小纪一脸无辜。

“有你这么陪床的吗？成天在人家护士值班室里。”小北京一脸坏笑。

“我这陪床，是陪医院的小护士上床。”小纪笑得很淫荡。

“把床都上啦？这样陪床好啊，我也来陪床。”小北京挺嫉妒。

“还没，不过快了。我想快把生米煮成熟饭，这样她只能非我不嫁。你来陪床，也好，你陪四儿上床吧！”小纪是真喜欢上了斌斌，一心一意地想和人家结婚。

“别介，我对四儿没兴趣。不过我支持你和小护士搞对象。”

“为什么？”

“你身手那么差，以后打架肯定总挨揍，再受伤就不用住院了，直接回家就行了，反正家里有护士。”

“嘿嘿，还是你想得周到。要不我让斌斌也给你介绍一个小护士？”小纪说。

“我不喜欢护士，我喜欢医生。”

“喜欢医生？哪个医生？”

“三姐啊！三姐不是医生吗？儿科大夫。”小北京一提起三姐，俩眼睛就放光。

“别瞎扯，人家都结婚了。”

“我可以等她离婚。”

“人家两口子关系好着呢。”

“唉，我会耐心等待的。我今年24，三姐夫已经28了。你看看我的手相，我生命线特别长，起码能活到90岁。三姐夫的手相我看过，他使个大劲也就活到70。我等到三姐夫老死了以后再和三姐结婚。”小北京目光挺坚定。

“嗯，你能活1000岁，千年王八万年龟。”

看样子，这辈子小北京是非三姐不娶了。

第二个泡上护士的是孙大伟。小纪凭着满腹经纶和油嘴滑舌征服了斌斌，而孙大伟则是因为“胆小得可爱”被护士小姐喜欢上的。自从孙大伟的“女友”去年考上大连工学院，就彻底和他断绝了联系，连春节回来都没有找过孙大伟。孙大伟很是伤心，那时的他正处在爱情的空巢期。

爱情来的方式多种多样，很少有雷同的爱情。但因为“胆小得可爱”被人爱上，恐怕世界上仅孙大伟一例。

事情的起因是这样的：

由于孙大伟手臂多处骨折，在接骨的时候有一处没有接好，但直到两个多月以后拍片子的时候才发现。没有接好只能重新接，医生提出的解决方案是拆掉插在骨头里的钢钉，砸断已经长错的骨头，重新接！

虽然医生的解决方案极其恐怖，但孙大伟无奈之下只好接受。

据说，孙大伟刚上手术台，看见医生手里的剪子和锤子以后就吓得晕了过去，但孙大伟坚称自己没被吓晕，还听见了砸自己骨头的声音。

在二次手术后的第二天早上，迷迷糊糊刚睡醒的孙大伟看见有一个小护士手里端着个盘子向他走了过来。孙大伟睁大眼睛一看，笑容可掬的小护士边走边从盘子里拿出了一把剪刀！

这把剪刀和昨天手术时医生手里拿的一模一样！

“嗷！”孙大伟一声凄厉的惨叫，晕了过去。

一分钟后，孙大伟悠悠醒来，首先映入他眼帘的，又是这把剪刀！

“嗷！”孙大伟再次晕了过去。

孙大伟彻底患上了“锤子、剪子恐惧综合征”，至今，他家里依然把锤子和剪子都锁在抽屉里，绝对不许放在明面上。

这个小护士感觉孙大伟实在胆小得太可爱了，太好玩了。从那以后，她有事没事就找孙大伟聊天。孙大伟比较贫而且擅装逼，很快就与这个小护士打得火热。不久，他们就开始谈婚论嫁了。

“当装逼犯遭遇爱情，爱情也变得很装逼。”小北京评价孙大伟说。

李四恋爱的对象是费四的亲妹妹。费四的妹妹长得很漂亮，和她哥哥一样有一双大眼睛，脾气也像她哥哥一样暴躁。李四的性格比较沉稳，两人正好互补。

费四的妹妹很欣赏李四的正直和勇敢，属于女追男，一拍即合。

“四儿，你这是蔫坏，居然打起了兄弟妹妹的主意，不像话。”小北京说。

“你难道就没打三姐的主意？”李四说。

“我只是打主意，我没下手啊！”小北京辩解。

“你倒是想下手，人家三姐让你下手吗？”李四也是一脸坏笑。

“唉……不提了。”一提到三姐，小北京就很惆怅。

平时这兄弟几个生意都很忙，即使空下来也是聚在一起喝酒，很少和女孩子联系。这次重伤住院，这哥儿几个不得不老老实实地在医院里躺着，有了和女孩子沟通的时间。二狗始终认为，其实这几个人应该感谢二虎才是。

等到这哥儿几个出院以后，他们忽然发现自己已经成了江湖中人人景仰的人物。因为，与二虎这一战，又极大地增加了他们的声势。江湖人都知道，赵红兵他们不但个个敢动枪，而且还个个都是玩枪的行家。

1988 年春夏之交，有无聊人士按照《射雕英雄传》中“东邪西毒南帝北丐中神通”天下五绝的方式，给当时市里战斗力最强的几个混子团伙排了名。

记得当时的排名是“东二虎、西老棍、南疯子、北卫东、中红兵”，另有一说是“东李四”，而不是“东二虎”。因为赵红兵家住市中心，所以是“中红兵”。由这个排名可见，赵红兵等人的名气已经足够大了。而且，大家都对“中红兵”印象深刻，认为他是最厉害的，因为在《射雕英雄传》中，中神通是天下第一高手。

这个排名里没有刘海柱，是因为当时刘海柱已很少插手江湖事，只是凭借独树一帜的造型颇具名气。其当时的江湖地位，有点像没有参加华山论剑的铁掌水上飘裘千仞——虽然没有进排名，但是依然很厉害。

三十九、1988 年的上半年是安逸的半年

1988 年的整个上半年，赵红兵等人基本上没有与其他团伙发生冲突，打了近两年的架，可算是休息了半年。二狗认为主要原因有如下几点：

1. 最爱挑起事端的费四等人长期住院，小纪也长期混在医院。赵红兵和小北京把饭店和旅馆经营得红红火火，广迎八方客，没空去打架。

2. 赵红兵等人已经闯出了名号，借给小混子几个胆子，也不敢去招惹赵红兵等人。而以前和他们发生过激烈冲突的李老棍子、二虎等势力较大的团伙，也从心里怕了这几个永不服输的退伍兵。李老棍子和二虎等人都是混子，混子毕竟不是黑社会。那时候中国还没有黑社会。

3. 毕竟赵红兵等人当时都不是以打架为生的人，他们打的架多数是被人欺负以后的反击。而且在当时，打架绝对不是赚钱的买卖，绝对是赔钱甚至赔命的买卖。他们打架的精神支柱是义气和侠气。

4. 赵红兵从不为兄弟及刘海柱以外的其他人出头。当时赵红兵名气已经相当大了，经常有一些混子受了欺负找到赵红兵，想让赵红兵为其报仇。遇上这样的情况，赵红兵总是帮忙调解，从不会出手相助。这是赵红兵做人的哲学，他从不欺负人，也不和与自己人没矛盾的人动手。

5. 最重要的是，赵红兵从不主动生事。

赵红兵的饭店生意相当不错。虽然店面不是很大，但是小北京经营有方，饭菜质量一流，很快就成了火车站一带最红火的饭店。虽然他们的饭店和市区里面的大饭店比还是有相当的差距，但收入还是很可观的。

赵红兵的朋友其实并不是很多，当时除了这些兄弟以外，和他走得比较近的只有刘海柱。赵红兵成天无所事事，而当时的兄弟多数又在医院里躺着，因此他总琢磨着找刘海柱拼酒。

二狗认为，赵红兵在那段时间特别爱喝酒有如下几个原因：

1. 小北京实在太能干，把该赵红兵干的活儿都干了。

2. 高欢不在身边。

3. 他自从看了孙大伟借给他的《名剑风流》以后，认为自己比较像书中的俞佩玉，然后喜欢上了古龙。古龙小说中的大侠通常都爱酒如命，所以赵红兵深受影响。

酒品如人品，赵红兵和刘海柱两人其实酒量都极差，但是酒胆和酒品都极好。只要两人一见面，肯定全喝多，倒霉的必然是小北京，他总要照顾两个醉鬼。赵红兵有个最大的缺点，那就是逢酒必醉。虽然他酒后从不闹事，但是有三个致命的恶习。一是醉酒以后喜欢展示自己惊人的弹跳能力；二是醉酒以后走到哪儿睡到哪儿；三是醉酒后喜欢随便在街上找一条彪形大汉进行秘密跟踪，只跟踪盯梢，其他的赵红兵不干。

每个人醉酒后都有毛病，有人爱哭，有人爱笑，有人爱唱，有人爱冲动，有人爱睡，但是像赵红兵醉酒后有如此奇怪的毛病，二狗见到的还真不多。前两条毛病尚可以理解，但第三条毛病着实令人费解，而且十分瘆人。试想，如果是你半夜在街上走，忽然发现后面有个人在跟踪，你能不怕？

当然了，赵红兵自己回忆说，他酒后的第三条毛病极少发作，印象中只发作过三次。

至于前两条，二狗从小到大没少目睹过，尤其是在上世纪80年代末，赵红兵特爱喝酒的那段时间，二狗基本上每个周末都会目睹一次，而且这俩毛病还总并发。

二狗依稀记得，有一天下午，赵红兵带二狗去铁路二中看打篮球。之所以是“看打篮球”而不是“打篮球”，那是因为赵红兵的右手已经连球都拍不成了，但赵红兵非常热爱篮球运动，高中时打得特别好。所以，虽然那时候已经打不成了，但他还是希望看别人打，过过眼瘾。

去看篮球的时候，赵红兵已经醉得连路都不认识了，还是二狗给带的路。

那天，铁路二中的篮球场上有六个高中生在打半场，水平确实是衰了点。赵红兵拽了把椅子坐在篮球场边，眯着眼睛半睡半醒地看着这群高中生冷笑。

“你他妈的笑啥，要么你上来试试？”有个学生被赵红兵的冷笑激怒了，嘴里不干不净。当然了，这个学生肯定不知道他眼前这位就是赵红兵。

“拿来！”赵红兵没计较那个学生嘴里的不干不净，伸左手要来了篮球。

只见赵红兵单手运球，从场边带球几步就跑到了篮下，借助跑之势腾空跃起，单手灌篮！成功！

在场的学生都惊呆了。赵红兵的个头也就是1米8左右，这个身高他们全校应该没一个可以扣篮的！

不过，他们更惊的还是在后面。

“咔嚓”一声，赵红兵由于酒后没掌握好火候，加之篮筐质量差，他居然把篮筐给拽了下来。赵红兵撒手后，那个篮筐和固定篮筐的板子都耷拉了下来……

学生们都很景仰。“谁把篮扣成这样？真厉害！”有学生问。

“他，在椅子上睡着了的那个！”

“他怎么睡成那样？”

赵红兵已经坐在椅子上睡着了。刚刚塑造起来的灌篮英雄的形象，马上被其极难看的睡姿给破坏了。

二狗还记得有一次，又是某个夏天的周末的晚上，赵红兵和刘海柱又喝多了。小北京想扶赵红兵去旅馆的三楼睡觉，结果一转身的工夫，赵红兵不见了。

10 分钟后，赵红兵不知道从哪里登上了三楼的楼顶。

“刘哥，我能从这个三楼的楼顶跳到对面那个二楼的楼顶！”三楼顶上的醉猫赵红兵，笑嘻嘻地朝正走出他们饭店的刘海柱喊。

刘海柱抬头一看，旅馆这个三层楼距离对面的二层楼至少有 15 米，就算是世界跳远冠军，也未必能跳那么远！

刘海柱吓得酒醒了一半，这要是真跳了，赵红兵还不得非死即残？

“红兵，我知道你肯定能跳得过去。我叫小申也过来看你跳，好吗？等我把他叫出来。”刘海柱了解赵红兵的性格。赵红兵有什么好吃的、好玩的总惦记着小北京。

“刘哥你快点。”

刘海柱三步并作两步进了饭店：“快上三楼顶上把红兵抓下来，他要跳楼！”

小北京转身就往楼上跑。

当走出饭店的刘海柱再抬头看三楼的楼顶时，已经看不见了赵红兵。

半分钟后，映入刘海柱眼帘的是气喘吁吁地站在三楼楼顶的小北京。

“红兵呢？”刘海柱真是着急了。

“他躺在楼顶上睡着了。”小北京无奈到了极点。

“红兵，你以后再喝多我就拿根绳子把你捆起来，省得你到处乱蹦。早晚有一天，我得被你吓死。”每次赵红兵酒醒后，小北京总是怒气冲冲。

“嘿嘿……下次不这样了。”一向稳重的赵红兵，每当被别人提到他喝多了乱跳乱蹦，总是脸红着讪笑。

二狗想：可能就是因为赵红兵平时太沉稳了，不爱说话又不爱动，所以喝多了以后才这么“热爱运动”。

至于赵红兵酒后跟踪路上行人的事，次数虽然不多，但有一次还被人家报了案——

赵红兵在一条彪形大汉身后无声无息地跟踪，把人家吓了个半死。等派出所找到跟踪人家到了门口，并继续坚持在人家门口盯梢的赵红兵时，赵红兵酒还没醒。

“你为什么跟踪人家？”

“我是侦察兵！”赵红兵在醒酒室里醒完酒被提审，但酒还没完全醒。

“你都复员多少年了，还侦察什么？”

“就算是普通公民，也有保卫祖国的义务！”

“这和你跟踪人家有什么关系？”

“他可能是特务！”

“啥？特务？哪来的特务？这年头还有特务？你凭啥说人家是特务？如果真有特务，我应该把你送到国家安全局吧！”

“不知道，反正我听见了发电报的声音，我不会听错。我听到电报声以后就看见他了，然后我就跟踪他。”

“电报？”

“是的，电报声，没错。”

当晚赵红兵就被放了，派出所认为他是酒后出现了幻听、臆想。

小北京去保他的时候，酒已经醒了一大半的赵红兵还在坚持说他听到了电报声：“我们怎么会听错电报声？”

“嗯，你不会听错，快回去睡觉吧！”小北京郁闷得不知道该说什么好了。

另外两次赵红兵跟踪人家，也都是在1988年上半年，他都说是听见了电报的声音，但是不知道从哪发出的，所以他只能看到可疑的人就去跟踪。而且每次赵红兵就算是酒醒以后，也坚称自己听到了电报声。

总之，1988 年的上半年是赵红兵过得最安逸的半年。在这半年里，他主要的两个仇人都和他在表面上谈和了。他不用担心被人暗算，成天喝得晕晕乎乎，只等着高欢放暑假。

要是生活永远这样安逸，就好了。

第七章　入狱

多年以后，赵红兵曾无数次在酒后提到那天去公安局自首的路上他听到的这首歌。他说，那时他想到家乡的风，望着家乡的云，听到“归来吧，归来哟”这句歌词，更加坚定了他回到“党和人民这边来”的信念。

四十、陈卫东、赵山河

当赵红兵在1988年上半年每天醉生梦死时，市区北面的陈卫东一伙迅速壮大了起来。陈卫东团伙当年的主营业务是地下色情业。“1988年，我学会了迷踪拳，打败了霍元甲，抢走了赵倩男……”从这首当年的童谣就可以读出，当时人们对于男女关系的态度已经不再像以前那样保守。

陈卫东是老流氓，1983年严打前是与李老棍子、刘海柱、张浩然等人齐名的大混子。此人又小又瘦、形容猥琐、一肚子坏水，但他至死都认为自己是个帅哥——市里的第一帅哥。据说，长得歪瓜裂枣的陈卫东不但自认是个帅哥，而且还有偶像，他的偶像就是《水浒传》中的浪子燕青。他也学着浪子燕青的样子给自己文了身。二狗当年就曾经见过一次：文的是几条龇牙咧嘴的龙，不但画功极差，而且颜色深深浅浅，完全是粗制滥造，乡镇级水平。

如果说赵红兵和刘海柱等人尚有几分侠义精神的话，那陈卫东就是个不折不扣的败类。1988年前后，陈卫东年约35岁，但已经有些驼背了，外号陈罗锅。据说，当年他性病缠身，而且他的几个小兄弟也是，医学上这叫交叉感染。

陈卫东几乎和刘海柱、李老棍子、张浩然等人在1987年同时出狱，他们在号子里就相互认识，但是关系都不怎么样。据说在狱中刘海柱就经常收拾陈卫东，而陈卫东也最怕刘海柱。出狱以后，刘海柱去修自行车，李老棍子盗古墓和贩卖文物，张浩然先是砸杠子后来被张岳捅死了。可以说，他们三人的所作所为无论是好是坏，和普通民众的关系都不大。但陈卫东的所作所为却是臭名昭著，因为他所从事的行业是组织卖淫。

上世纪80年代，在当地，组织卖淫的人是极度被鄙视的。即使是街上的小混子，也瞧不起这样的人。那为什么陈卫东还能混得出去？二狗认为有三个原因：

1. 陈卫东在1983年前就已经成名，是名副其实的老混子，以前打过不少恶仗，名气不小。

2. 虽然从事色情业为人所不齿，但是他通过组织卖淫的确赚了不少钱，有钱人办事总是容易一些。

3. 他的表弟当年看完电影《少林寺》以后就离家出走，说是要去少林寺学武术。虽然少林寺肯定没去成，但是的确学了一身武艺回来，号称当年全市单挑第一，有不少小兄弟跟着他混。陈卫东的表弟总带着人帮他打架。

陈卫东的这个表弟当年不到20岁，真正成名是在陈卫东死后，也就是1996—1997年。那时候《古惑仔》正在热播，大家发现，陈卫东的这个表弟无论外形和气质，都和“山鸡”极为相似。所以，在这里，二狗就把他称之为赵山河。

陈卫东和赵山河的关系，是“狼狈为奸”这个成语的最好注解。

据说，狼虽然凶恶，但是智商不怎么样，真正坏的其实是“狈”，这个动物前腿比较短，经常趴在狼的背上，专给狼出馊主意。狼的凶狠加上狈的阴险，这还得了？

陈卫东是狈，赵山河是狼。虽然狼更加凶残，但他还是要听狈的。而且陈卫东这只狈，要比赵山河这匹狼大上十五六岁。

陈卫东的饭店开在市区北面的钢窗厂附近，约有20几张桌子，饭店里的妓女通常还兼服务员。饭店刚开张时，生意并不好，主要是附近的人不知道这个饭店是个地下妓院。

很是恼火的陈卫东，想出了个极度香艳的办法吸引顾客。

他的办法是：让他店里所有的妓女，在给客人上菜时要刻意地走走光；上午或者下午不忙的时候轮流去饭店外站着，没事儿更要有意无意地走走光。

这一招虽然有伤风化，但是极其奏效。很快，他的饭店就已经门庭若市了。

他开的饭店，名字叫“青原鹿”。很快，市里就出现了一句顺口溜——要想家庭不睦，请到城北青原鹿。可见他这个饭店有多么的伤风败俗。

1988年6月的某一天下午，中午喝了不少酒的三扁瓜和两个朋友路过陈卫东的饭店，看见了正在陈卫东饭店门口搔首弄姿的几个女孩子。

“妹妹你大胆地往前走啊！往前走……”三扁瓜的一个朋友喷着酒气，冲着饭店门口的几个妓女唱着当时热播的《红高粱》的插曲。

“风啊，刮啊，刮啊，把她的裙子刮起来！”三扁瓜希望来一阵风，把她们的裙子吹起来。

三扁瓜等人虽然总和刘海柱在一起，但是他们没有过刘海柱那样的苦行僧生活，他们还是很好女色的，喝醉酒了，见到妓女，当然要调戏一下。

“东哥，那几个人在那穷得瑟，看见了没？”一个妓女向坐在饭店门口台阶上的陈卫东诉苦。“得瑟”这个词也是东北话，其他的中文词汇很难准确诠释这个词，大概是有嚣张、飞扬跋扈、招人烦等几层意思。

陈卫东放下手中的小镜子和木梳，站了起来。小镜子和木梳是陈卫东的必备家什儿，基本上是走到哪里就带到哪里。据说，他经常对着镜子唱费翔的《读你》。“读你千遍也不厌倦”，照着小镜子的他每每唱到这一句，就会严重和这歌词产生共鸣。

“兄弟几个，进来吃饭不？”陈卫东说。

“吃什么吃？没看我们都喝完了？”三扁瓜最爱酒后惹事，上次和潘大庆酒后在厕所里打了一架就是明证。

“那你在这里撩哧我们的服务员干吗？”陈卫东说。（“撩哧”就是东北话中骚扰的意思）

“服务员？是小姐吧？”三扁瓜笑嘻嘻地说。

“兄弟，说话注意点！”陈卫东说。据说，当天只有陈卫东一人在饭店，他也不敢和三个人打。

“你让谁注意？你是谁啊？”三扁瓜不认识陈卫东，跃跃欲试想上去动手。

“我叫陈卫东，去打听打听去，这片儿谁不认识我姓陈的？”陈卫东不但对自己的容貌自恋，而且对自己的名气十分自信。

“我叫三扁瓜，去市区打听打听去，谁不认识我姓张的。”三扁瓜学着陈卫东的语气说。

“行啊，你也把号留下了。改天我找你会会。”陈卫东知道，凭自己肯定打不过他们三个。

“不敢来找你三爷，你他妈的是孙子！”三扁瓜嚣张地说。

“对，谁他妈的屄，谁是孙子。”陈卫东一看今天打不起来了，高兴着呢。

三扁瓜等人大摇大摆地走了。“不敢来找你三爷你是犊子。”三扁瓜临走时又重复了一遍，可能他在心里认定陈卫东不敢再去找他。

三扁瓜等人刚刚离开，陈卫东就对服务员说：“把赵山河找来！”

四十一、太极梅花螳螂拳

当天晚上，赵山河就开始带着几个兄弟在全市的主要娱乐场所瞎溜达，目的是找到三扁瓜毒打一顿，给他的表哥陈卫东出口恶气。

在陈卫东眼中，他手下妓女的权利不容侵犯，这是他的根本利益。虽然可以来这里嫖娼，但绝对没有免费调戏他手下妓女的权利。如果有人侵犯了他这个根本利益，他就要进行武装镇压，绝不能让三扁瓜开了这个先河。

二狗依稀记得，当年赵山河的发型是“圆寸”，也就是把头发剃得只留下很短很短，紧贴着头皮，他这个发型，酷似美剧《越狱II》中的那个华裔FBI手机男。赵山河不但发型一直引领当地混子的潮流，穿着打扮也时尚得很，当年他喜欢穿一条喇叭裤，上身是一件全是纽扣的黑色夹克衫。当年，他这件全是纽扣的夹克衫全市只有一件，绝版。总而言之，赵山河的这个造型，乍一看，很摇滚。

虽然赵山河造型出众，但这不是他成名的主要原因。他的成名还是基于其武艺高强，“单挑”挑遍全市无敌手。

据考证，赵山河离家出走四处拜师学艺的几年中，学到了一套叫“太极梅花螳螂拳”的拳法。

赵红兵和小北京曾经说，赵山河的这路拳法顾名思义，是集中华武术之大成之作。拳法是螳螂拳的精髓，重意不重形；出手是太极劲，借力打力；梅花是说拳脚如梅花般纷至沓来，让对手防不胜防。因此，称之为“太极梅花螳螂拳”。

赵山河当年每次打架前的口头禅就是：“单挑还是群殴？”赵山河之所以有自信给对手出选择题而不是必答题，缘于他对自己拳脚的自信。

据说有一次，赵山河自己一个人和当地的三个小混子发生了冲突。

赵山河又忍不住说出了自己的口头禅：“单挑还是群殴？”

那三个小混子一听，靠，他自己一个人，谁傻逼啊跟他去单挑？趁着人多势众快把他拿下！“谁他妈的跟你单挑？上！”说罢，三个小混子一哄而上，看样子是要围歼赵山河。

结果恰恰相反，这三个小混子被赵山河一个人给歼灭了。

赵山河虽然很客气地给他们出了道选择题，但是，无论这三个小混子怎么选择，都会把这道题做错。

当年，学武术的人通常都认为自己是个大侠，讲义气。赵山河也讲义气，但只对陈卫东一个人讲义气。

当天晚上，赵山河就找到了正在铁路工人文化宫打台球的三扁瓜。

“谁是三扁瓜？”赵山河带着三个人，走路大步流星，带着一股风就进了铁路工人文化宫。

“我就是！”三扁瓜放下了台球杆。

“你知道我是谁吗？你知道你得罪谁了吗？”赵山河气焰十分嚣张。

“我管你是谁！”三扁瓜挺不屑。

“告诉你，我叫赵山河，陈卫东是我表哥。你知道我为什么来找你吗？”

“有事儿说事儿，别他妈的磨叽！”

“别装，容易受伤。”

“小逼崽子，不就是来找我的吗？别他妈磨叽了！”三扁瓜说着走了过来。三扁瓜虽然身手不怎么样，但是生平最不怕打架。

“单挑还是群殴？”赵山河又很绅士地习惯性问了一句。

“单挑？挑飞你！”三扁瓜说着一脚就踹了过去。

赵山河轻轻向后一闪，抓起三扁瓜的脚腕子向后一拉，三扁瓜当场倒地。赵山河紧接着朝三扁瓜身上乱踢，踢得极重。

看样子，赵山河是真想让三扁瓜住几个月院。

赵山河的三个小兄弟成天跟着赵山河混，也有些拳脚，三扁瓜的兄弟根本就不是人家的对手。两分钟以后，台球室里一片狼藉，地上躺着不住呻吟的三扁瓜和他的几个兄弟。

“记住！我打你就是个玩儿，划你就是个船儿。以后没钱别他妈的去我哥那儿穷得瑟！”赵山河扔下一句话，扬长而去。

当天晚上约 9 点左右，浑身是伤的三扁瓜去找正在赵红兵饭店喝酒的刘海柱。这天，刘海柱和赵红兵两个人又喝多了，躺在旅馆的三楼睡得很死，无论怎么叫也叫不醒，只有小北京还相对清醒。

“三儿，怎么弄的？”

“申爷，下午我去钢窗厂那边溜达，和陈卫东骂了几句，晚上他就让他表弟来找我了。”

“陈卫东，就是开‘青原鹿’的那个？”小北京虽然没彻底醉倒，但也有七八分醉意了。

“就是他。”

“他怎么就那么牛逼？”小北京一向有一股老子天下第一的爷气。

“叫醒柱子哥吧。”

“不用了，你看他俩还能起来吗？我去吧！”小北京说。

在二狗的记忆里，这貌似是小北京唯一一次为赵红兵以外的人出头。小北京谁都不服，从来没把哪个混子放在眼里，但他到现在都不曾承认自己是个混子或曾经是个混子。因为，他虽然极擅长打架，但从来就没想过要混黑社会，他打架只是为了保证自己和赵红兵不受欺负。他这次帮三扁瓜，最重要的是他有着一颗感恩的心。毕竟，在和李老棍子打架时，刘海柱和三扁瓜等人二话没说抄起家伙就来帮他们；在和二虎打架时，三扁瓜又冒着风险把枪借给了他们。如今三扁瓜被打成这样，他再不出手，也枉被大家尊称一声“申爷”了。尽管“申爷”二字在大多数情况下都带有开玩笑的意味，但小北京每次听到都觉得十分受用。

“我让厨师热热菜，三儿你们在这慢慢吃，我一会儿就回来。”小北京说完就走了出去。

“申爷，行吗？我们和你一起去。”

“不用了，你们先吃口饭吧。”小北京拎起头盔走了出去。

在打这次架之前的一个多月，小北京和赵红兵刚刚买了台红色的幸福牌摩托车。这摩托车噪音极大、车身很重、马力很足，骑在马路上很是拉风。小北京喜欢高速飙车，每天骑着这摩托车招摇过市。通常是，马路上的人刚刚听到摩托车发出的轰轰的噪音，转身去看时，却只能看见小北京摩托车后面冒出的白烟了，可见小北京的车开得有多快。

唯一敢坐小北京摩托的就是赵红兵，尽管赵红兵不敢开得那么快，但是他敢若无其事地坐在小北京的摩托上。他对小北京的为人和骑摩托车的技术有着同样的高度信任，这是他俩无数次把性命交到对方手上才铸成的无可比拟的彼此信任。甚至有可能，赵红兵对小北京技术的信任要超过小北京对自己技术的信任。

小北京和赵红兵第一天把摩托车买来时，赵红兵的三姐也在，小北京嚷嚷着要送三姐回家。三姐从小没少坐过轿车，但从没坐过摩托车，感觉很新鲜，就上了小北京的摩托。不必说，肯定是一路风驰电掣。据说，那天小北京把赵红兵的三姐送到她家楼下时，赵红兵的三姐已经吓得不会下摩托车了，呆呆地在摩托上坐了一分钟后，放声哭了起来，哭得花容失色。为此事，赵爷爷严厉地批评了小北京。

忘说了，小北京送赵红兵三姐那次，不但是三姐第一次坐摩托车，也是小北京人生中第一次骑摩托车。上车之前，小北京认真地看了一遍说明书，刚刚知道了哪个是离合、哪个是油门、怎么挂挡。

“你早晚得骑摩托上树！以后别开那么快了。”第二天，缓过神来的三姐对小北京说。

“三姐，我还没和你结婚呢，我能死吗？”小北京痴痴地看着三姐那圆睁的杏目。

“要想死得快，就骑两脚踹。”赵红兵笑吟吟地评价说。

根据当地交通部门统计，截止2000年，在当地，20世纪90年代购买摩托车的近900名消费者中，幸存至今而且身体没残疾的只剩下不到200人。当然了，小北京就是其中之一。

小北京一阵风似的孤身一人杀到陈卫东的饭店时，陈卫东的饭店依然门庭若市。毕竟，陈卫东的饭店和普通饭店不一样，虽然其他的饭店这时间已经打烊了，但人家陈卫东这边才刚刚开始。

小北京到了青原鹿门口，摘下头盔挂在摩托车的车把上，摩托车火都没熄。

“陈老板在吗？”小北京进去后，微笑着问服务员。

“在呀，你是？”服务员听小北京一口地道的北京话，还以为是陈卫东生意上的朋友呢。

“我是他朋友，找他有点事儿，麻烦您帮我叫一下。”北京人是出了名的礼貌，对服务员说话都称呼“您”而不是“你”。

“好呀，你等一下。”

“谢谢。”

几分钟后，獐头鼠目的陈卫东东张西望地走了过来。

“谁找我？”

“陈老板，您好，是我找您。”小北京边客气地说着，边伸出手走了过去，貌似要和陈卫东握手。

“你是？”陈卫东虽然也伸出了手，但他满腹狐疑。

“呵呵，您不认识我了？”小北京离陈卫东越来越近。

当两人的手就要握在一起时，小北京突然一拳重重地打在了陈卫东的小肚子上，随后抓起陈卫东的头发就是一电炮。

还没等陈卫东明白过来是怎么回事儿，已经被小北京打倒在地了。

原来，小北京听三扁瓜说赵山河会武术，以为陈卫东也会点武术，他所以笑里藏刀，打了陈卫东一个措手不及。

小北京随手抓起身边的一个白酒瓶子，抓着陈卫东的头发开始朝陈卫东猛砸。小北京抓人家头发的手形和普通人不一样——他抓住人家的头发后，手指向右扭上 90 度再用力向上一扳，抓得是结结实实。

陈卫东再怎么说也是称霸一方的枭雄，混了这么多年还真没挨过几次打。这次，不但被打而且还是被抓着头发打，这可能是他最狼狈的一次——被偷袭了，没办法。

后来小北京说，虽然地痞流氓打架时爱抓头发，但是如果抓到一个多少会点武术的人的头发，绝对不是件好事。因为抓头发这样的低级擒拿，破绽太多，最少有 7 种方法可以破解。他之所以敢抓着陈卫东的头发连踢带打，是因为他艺高人胆大，陈卫东随便怎么样也逃脱不了他的手掌心。

“三扁瓜是我的朋友，还是刘海柱的兄弟，以后你再敢欺负他，我废了你！”小北京对着满脸是血躺在地上的陈卫东吓唬道。

说完，小北京转身快步离去。

这时，赵山河出现在了饭店的门口。据说当天他喝多了，刚出去吐，吐完正好看见小北京打完陈卫东转身要走。

“把他给我拦住！”陈卫东踉跄地站了起来，对着赵山河喊道。

“单挑还是群殴？”已经喝得迷迷糊糊的赵山河又给小北京出选择题了。

“单挑！”小北京斜着眼睛，冷笑地看着赵山河，声音洪亮且干脆地说。

四十二、天女散花

“那就出去比画比画吧！”赵山河怕弄坏了饭店里的东西。

“出去吧！”小北京琢磨着，出了门以后跑起来更加方便。

小北京单挑绝对不怕赵山河。赵山河虽然身手出众，但和小北京相比顶多半斤八两，而小北京却比赵山河多了一股机灵劲儿。如果单挑，小北京应该不会输给赵山河，他有这自信。但小北京怕的是赵山河身后的那三匹狼——即使小北京把赵山河打败，刚才扶着赵山河出去吐的三匹狼一定会一哄而上；再加上店里的服务生，今天晚上小北京非被留在饭店门口不可。

小北京就是小北京，当年枪林弹雨都毫发无伤，今天岂会在这些土流氓面前吃亏？

高手过招，决定胜负的通常是一两下。这两个人，一个是每日勤练武术并深谙太极梅花螳螂拳精髓的功夫小子，另一个是经历过战火并经常思索武与禅的退伍侦察兵。

饭店外的众人寂静无声，个个屏住呼吸。

赵山河屈膝提腰，做寒鸡步，凝神备战。据小北京后来回忆说，凭借他多年对人的感觉，那一刻，他明显感觉到对方精气充盈，含而不露，绝对是个打架的好手。

小北京最具智慧的一幕出现了！

小北京当即摆出了八卦游身掌的架势！

这一下，可把赵山河等人震住了！他们都想：我靠，拍电影啊？当时混子们成天打架，但还真没人在打架之前先亮出招式，基本都是冲上去乱打一通，即使是赵山河的太极梅花螳螂拳，也没有固定的招式。当时武侠片正大行其道，大家都对中国传统武术有着近乎盲目的崇拜。当赵山河看到小北京的掌势、淡定的气质、似是而非的步伐，一时也愣了愣神。

其实，二狗知道，小北京根本就不会什么八卦游身掌，他在部队里学的都是生死搏击，根本就没什么花架势。他之所以能标准地做出“八卦游身掌”的架势，是因为他看过一本在上世纪80年代十分流行的叫《武林》的杂志，上面有介绍这路掌法的一篇文章。在这生死关头，小北京用上了。

正如庄子所言，“且夫水之积也不厚，则其负大舟也无力。覆杯水于坳堂之上，则芥为之舟，置杯焉则胶……”小北京之所以能做出这架势并且把对方吓得一愣神，关键还是在于他基本功扎实、身手过人、打架时面不改色心不跳。如果换了二狗，打架时摆出这架势，非被人嘲笑终生不可。

八卦游身掌，顾名思义是以步伐移动为精髓。趁着赵山河等人愣神，小北京边“八卦游身”边往摩托车附近靠。

紧张的场面令人窒息。

小北京突然抓起挂在摩托旁边的头盔，向离他约两米远的赵山河的头部重重地掷了过去！

赵山河等人万万没想到，眼前这个一代宗师风范的小北京，会突然对赵山河下手，而且用的还是“暗器”！精神正高度集中的赵山河顿时手忙脚乱，下意识地伸手架开了砸来的头盔，门户大开。

小北京掷头盔是虚招，实际上他是想分散赵山河的注意力。当赵山河胡乱招架迎来的头盔时，小北京朝着赵山河的小腹一脚踹了过去。小北京这一脚是“踹”的，不是“踢”的——他知道，如果踢的话，很难一脚把多年习武的赵山河踢倒；而“踹”虽然很难把赵山河击伤，却可以将其击倒。

果然，小北京这一脚狠狠地踹在了赵山河的小腹上，把赵山河蹬飞出去两三米。

一脚踹完，小北京回头转身推起摩托车就跑，助跑几步飞身上车加满油门，在“轰轰”的发动机轰鸣声中绝尘而去。小北京一开始就知道，进了饭店以后可能有危险，所以他连摩托车的火都没熄。

饭店门口只留下了捂着肚子的赵山河、鼻青脸肿的陈卫东，以及目瞪口呆还没反应过来刚才是怎么回事儿的赵山河的三个小兄弟。

等他们反应过来的时候，只能看见小北京的摩托车冒出的白烟了。

事后有人调侃小北京说："申爷，踢一脚就跑可不是你的风格啊！"

"我和他单挑前，又没约定几局决胜负或者不准用什么其他的家伙。我只一脚就把他踹飞了，我赢了。赢了我当然就走了。"

等小北京风驰电掣般骑摩托车回到旅馆时，厨师还没把三扁瓜等人的饭菜热好。他从去青原鹿到回饭店，也就用了15分钟。路上大概用了8分钟，连说带打用了7分钟。

第二天，酒醒以后的赵红兵和刘海柱知道了前天晚上的事。

"我看，陈卫东等人绝对不会善罢甘休的。他未必知道小申是谁，但是他肯定知道三扁瓜是你的兄弟。"赵红兵说。

"嗯，估计这架还得继续打下去。这事儿没你们哥俩的事儿，我自己就能收拾陈卫东。"刘海柱说。

"刘哥，你的事儿就是我们的事儿。"小北京说得很诚恳。

"以前在号子里的时候，我成天收拾陈卫东，他最怕的就是我。"刘海柱说话的时候依然冷峻。

"不管怎么说，那也是以前了。现在没听三扁瓜说吗，陈卫东的表弟带着几个小混子，成天帮着陈卫东打架。你不得不防。"

"那你说我怎么防？我修车的摊儿是不是也不用出了？听'蝲蝲蛄'叫唤我还不种庄稼了？"刘海柱无论对谁说话都是那么强横，赵红兵等人都知道他这人面冷心热，早就习惯了。

"我倒不是这个意思。总之，如果到时候你遇上了什么事儿，别忘了通知我们一声。"赵红兵说。

刘海柱没说话，轻轻地拍了拍赵红兵的肩膀，走了出去。刘海柱那被山羊胡子遮住的嘴角，还露出了一丝不易察觉的微笑。

这个微笑，是他对赵红兵和小北京所表现出来的义气发自内心的真情流露。

刘海柱说得没错，陈卫东的确是怕他。但是有人不怕他，那就是赵山河。

今天的赵山河等人，恰如两三年前的赵红兵等人，初出茅庐，不知畏惧为何物，鹰隼试翼，风尘吸张。

赵山河和赵红兵的不同之处在于：赵红兵是因为不畏其他混子的欺负而在不经意间成名，赵山河则是一心想灭掉市区所有大混子，然后在江湖上扬名立万。两人的出发点不一样。

据说，在小北京从青原鹿离开的几天后，赵山河曾经和陈卫东有如下对话：

“哥，你能不能查出那天晚上是谁踹了我？这仇我非报不可。”赵山河说。

“是谁我不知道，但肯定是刘海柱的兄弟或者是朋友！”陈卫东说。

“那咱们就去找刘海柱！”赵山河初生牛犊。

“慎重点。上了点岁数的混子，谁不知道刘海柱是出了名的打架不要命？”

“打架不要命怎么了？我们也打架不要命，怕他干吗？”

“兄弟，刘海柱混社会那会儿你还小，他以前那些事儿你都不知道。”

“哥，你把他说得那么牛逼，他现在不就是个修自行车的吗？他如果真那么牛逼，他还能去修自行车？”

“那你是什么意思？”

“找刘海柱去！收拾他！不把他收拾了以后怎么混？我就不信我打不过他！”赵山河是下定决心要和刘海柱斗上一斗。

“你当然能打得过他。但是很多事儿，不是打架就能解决的。”陈卫东到底是老江湖。

“我以前上学时总被人欺负，那时候你还在里面，不能给我报仇。现在我花了这么大的力气，学了这么长时间武术，不就是为了成名吗？”

“成名？成名以后的事儿呢？你能应付得了吗？”

“哥，那你成名也这么久了，不也活得好好的？”

“我要是像你这样见谁跟谁斗，早就被人打死了。”

“哥，你别忘了，那天他来咱们饭店，先打的可是你。”

“那你到底想怎么样？”

“找刘海柱，干他一顿！”

“干完呢？”

“干完就完了啊，还能有什么事儿？”

“你说没事儿就没事儿啦？人家刘海柱这十多年都是白混的？他不但自己兄弟不少，而且跟赵红兵他们关系很好。赵红兵他们可个个都是拿枪就敢朝你轰的人物。”

“赵红兵他们算个 JB ？你让他朝我来一枪试试。”

“跟你说不明白，你爱干什么干什么去！”

“我非干了刘海柱！”

“我说了，你爱干什么干什么去，和我无关。”陈卫东和他这个表弟显然有点代沟。

赵山河的想法和说法，在当时很多人都难以理解。人们都不明白：为什么他会为了成名连死都不怕；他想在江湖中成名，究竟是为了什么。

人要有点理想，这没错。只是，有的理想是严重扭曲的。

赵山河的理想，形成在他没有形成正确的是非观之前。

他眼中只有名气没有是非，更没有一点点侠义。

当流氓不再古典，流氓就会变得很名利。

还好，现在写的是 20 世纪 80 年代，还是古典流氓的天下。

四十三、破鞋

据说，如果不是赵山河的红颜知己拦着他，他肯定第二天就去找刘海柱算账了。

赵山河的红颜知己姓毛，叫毛琴，是个相当有故事的人。

毛琴有着姣好的面容和性感的身材，一双勾魂的丹凤眼总是四处朝着男人瞟，但当男人色迷迷地看她时，她又故做羞涩地低下头。这招，最让男人受不了。毛琴太了解男人的心理了——没一个男人喜欢过于豪放的女子，每个男人都喜欢表面上清纯羞涩，到了床上却如狼似虎的女子。而她，就是个中极品，让男人欲罢不能。她是个妖精，能看透男人心事的小妖精。

根据小道消息，毛琴 17 岁那年就被陈卫东拖到郊区的高粱地里给办了，陈卫东是他的第一个男人，也是她深爱的两个男人之一。陈卫东让她体验到了性的快乐与美好。从此，她一发不可收拾，基本上睡遍了全市除赵红兵等人以外的所有大混子。当时的她，真的很傻很天真。二狗知道，她也一直想睡帅哥赵红兵，但赵红兵一直没有让她得逞。

那时候毛琴多次被人带到赵红兵的旅馆开房，基本上每次都会换人，堪称夜夜当新娘。二狗清楚地记得有一次毛琴调戏赵红兵的全过程。那天，毛琴来赵红兵的饭店吃饭，可能她也喝了点酒。

“赵老板，你那漂亮的女朋友呢？”毛琴抿着嘴笑着对赵红兵说，一双凤眼直勾勾地盯着坐在吧台里的赵红兵。

“开学了，在北京呢。”赵红兵比较腼腆，每次被女人盯着看，都自己先把头先低下。当然，赵红兵这腼腆的动作，可能更加激发了毛琴的挑逗热情。

“什么时候回来啊？”毛琴还是似笑非笑地看着赵红兵说。

“7月份暑假回来。”赵红兵出于礼貌，抬头看了毛琴一眼，迎来了毛琴那直勾勾的眼睛，赶紧又低下了头，假装看账本。

“呵呵，赵老板不找个临时的女朋友啊？”毛琴轻佻地看着赵红兵，继续调戏。

“我……我找不到。”是个人就有弱点，赵红兵从来都对调戏他的女人一点办法都没有。他这个人比较绅士，一辈子也不肯对任何一个女人说出粗话。

“赵老板这小伙子这么精神，哪个姑娘不喜欢啊？”毛琴说这句话时的样子，像是要吃了赵红兵一样。

“我真找不到。”赵红兵显然有点烦了，但依然表现得很有风度。

“你看我怎么样？配得上你赵老板吗？”毛琴看赵红兵怎么也不上钩，有点急了。平时她勾引男人，哪有这么难。

“我配不上你。”赵红兵虽然烦得不行，但说完这句话以后还是礼貌性地笑了一下。

“看你说的，姐姐我就喜欢你这样的。”毛琴真急了，直接来赤裸裸的挑逗了。

“我……”赵红兵无可奈何。

“哈哈，赵老板你是不是还是童男啊？”毛琴笑得很放肆。

赵红兵这下真恼了，不再答话，低头翻起了账本。

“我是童男！”忍了半天没说话的小北京笑嘻嘻地举手了。

“是真的吗？让姐姐验验？”

"咳，不敢让你验啊。"小北京故做思考状惋惜地说。

"为什么呢？"

"我怕得病。"

"怕得什么病？"

"某传染病。"

"你……"毛琴气得说不出话来，转身离去。

"小申你说话太过分了，怎么说毛琴也是跟我们开玩笑呢。你看你，把她惹恼了吧？"赵红兵对小北京说。虽然赵红兵心里想的是欢天喜地送瘟神，但他还是觉得小北京说话有点过分。

"红兵，我要是不在这儿，她今天非在这里把你强奸了不可。我这是给你解围呢！"小北京得意扬扬地说。

"呵呵，你就看看你那破嘴，把你认识的女人全得罪了，你说说你哪个没得罪。"赵红兵也知道，小北京这嘴是改不了了。

"三姐我就没得罪，她可喜欢我了。"

"滚犊子！"

就这样，毛琴想勾引赵红兵但总是无法得手。

上文提到过，毛琴生命中深爱着两个男人，其中之一是陈卫东，另外一个就是赵山河。虽然毛琴阅男无数，而且在认识赵山河以后继续放浪形骸，但这并不影响毛琴与赵山河间那炽热的爱情。可能，身强体壮、年纪轻轻的赵山河可以让她在肉体上得到莫大的欢愉。毛琴和赵山河的关系亦师亦友亦亲人。开始时毛琴是作为赵山河的"准嫂子"出现在赵山河面前的，这是亲人；后来又和赵山河上了床，成了赵山河在床上的老师；平时，她又和赵山河是无话不谈的好朋友。但同时，她还和陈卫东长期保持着不正当的关系。总之，关系很混乱。

当毛琴和她的亲密"战友"赵山河在那天晚上激情过后，赵山河提起了要和刘海柱打架的事儿。

"明天我非去收拾刘海柱不可！"赵山河说。

"刘海柱？你知道他是谁吗？知道李老棍子吗？刘海柱砍了他两刀，他后来都没敢再去找刘海柱。"

"那是李老棍子没刚儿。"

“老棍子没刚儿？全市有几个敢惹他们的？”

“我不管那个，他刘海柱不是出名吗？我专打出名的。”

“你还是和你哥商量商量吧，别轻举妄动。”

“我跟我哥商量了，他也真他妈的没刚儿，亏我那么崇拜他。”

“我认识你哥哥10年了，你认识你哥20年了，你说说你哥是胆小的人吗？”

“嗯，我哥倒不是胆小的人，但这次他真尿了。”

“不是你哥尿，实在是刘海柱不好斗。刘海柱是出了名的打架不要命。那一年，他一把镐头平了全市大大小小几乎所有的混子。那时候你还小，不知道。”

“那你说怎么办？”

“刚才我说了，李老棍子和他也有矛盾，要不我问问李老棍子愿不愿意帮你？”

“就收拾个修自行车的，还需要找人帮？”

“刘海柱兄弟不少，朋友也不少。赵红兵他们你知道不？他们和刘海柱是铁哥们儿。我去赵红兵的饭店，经常看见他们几个聚在一起喝酒，关系铁着呢。”

“我哥也是这么说的。要不你明天先去跟李老棍子打个招呼？”

“你哥现在在做生意，有些事儿他想帮你也不方便。如果你真把事儿惹大了，姐帮你找点社会上的人吧。”毛琴和赵山河虽然上过无数次床，但依然以姐弟相称。

“事儿真惹大了，我哥肯定也帮我。”

“那肯定。”

毛琴真的很爱赵山河，她可以为了帮助赵山河，去和自己不感兴趣的男人睡觉。

之所以说毛琴和“不感兴趣的人睡觉”，是因为她在第二天找李老棍子时认识了黄老邪，并且，当晚黄老邪就睡了毛琴，当然，也可以说是毛琴睡了黄老邪。

二狗认为：黄老邪这样的男人，很难让女人提起兴致。当然，也不排除毛琴的口味的确很重、很独到。

根据后来事情的发展，以及二狗对黄老邪和毛琴二人的了解，二狗揣测了一下当夜两人一夜激情后是怎么对话的：

“我弟弟要去收拾刘海柱。”毛琴温柔地说。

“刘海柱？”黄老邪一听这名字，吓得快尿了。他当然还记得，刘海柱就是那个当年掐着一把破菜刀追了自己好几条街的人。

“怎么？你怕啦？亏我还以为你是条汉子。”毛琴略带鄙夷。

“我黄老邪怕过谁？”黄老邪深深地吸了口烟，悠然地吐了个烟圈，“我和他以前有仇，早就想收拾他了。”

黄老邪打架不行，但是装逼很行。这次，阅男无数的毛琴真看走了眼。

四十四、有多少爱可以乱来

黄老邪吐出的烟圈缓缓升起，凝结在空气中的烟圈慢慢散开，消散在空气中。

的确，只有2.5元一包的大生产牌香烟，才能吐出如此厚重又如此曼妙的烟圈。黄老邪喜欢大生产香烟，挚爱大生产香烟。他认为，大生产香烟那呛人的烟味中，有一种常人难以体会的落魄贵族的气息。这和他的身份很配。他的前世，应该是纳兰容若，那个身材轻盈柔弱，长着一双会说话的大眼睛的悱恻缠绵的江南才子。

但这个前世是纳兰容若的黄老邪要与前世是张翼德的刘海柱再战一场，他那羸弱的身躯是否能再抵挡一顿乱菜刀？黄老邪轻轻地摇了摇头，他想，这或许就叫暴殄天物吧。

黄老邪轻轻地推开了怀中的毛琴。他的心绪很乱，一如那已经化作缕缕烟雾丝的烟圈。毕竟，因为装逼导致死亡的案例不在少数。

“我办事，你放心。”黄老邪柔声说。

“嗯。”毛琴的眼中满是景仰。

黄老邪穿上他的黄军裤和军靴，推门走了出去。是的，黄老邪的格调就是与众不同，总是那么的别致。在1988年的时尚男女都已经开始穿牛仔裤的时候，他已经开始怀旧了。清晨的空气中，弥漫着20世纪80年代当地夏天清晨特有的气息，那是重工业城市每天早上从烟囱里冒出的滚滚浓烟的煤烟味和路边盛开的夏花香味的混合气味。黄老邪出门后深深地吸了一口，他是个感性的人，他觉察到这气味中有一种淡淡的哀伤，淡淡的离别。他回头望了一眼已经被他随手关上的门——那扇门内，美人仍在，香衾中，仍有他黄老邪的余温。

黄老邪发现，他好像已经悄悄地爱上了毛琴这个妖精般的女子。

黄老邪想到的第一个能帮助自己消除对刘海柱畏惧的人，就是土豆——那个已经被费四毁容的混子。

毁容后刚刚“整形”的土豆，格外的乖张暴戾。土豆和老五、黄老邪，同为李老棍子手下的三员大将，但老五在被李四敲掉了一嘴牙之后已经基本上退出江湖，土豆在伤好以后却是变本加厉。虽然李老棍子不同意他们去惹刘海柱，但土豆一心想为曾经被刘海柱砍了两刀的李老棍子报仇。

有共同敌人的人，就是朋友。赵山河、黄老邪、土豆三人的共同敌人就是刘海柱，所以，他们三人一拍即合。

据说，是黄老邪和土豆主动找的赵山河。他们谈定的战术是：如果只有刘海柱一个人或两三个人，就由赵山河自己和自己的兄弟搞定。如果事态发展严重，刘海柱叫来其他的帮手，那么黄老邪和土豆将出面。

事实证明，赵红兵等人能够成为大哥是偶然中的必然，他们的智商比黄老邪等人要高上不止一个档次。黄老邪、赵山河等人在预测未来事态的发展时，居然还心怀侥幸地认为事情可能不会闹大。他们真忘了，刘海柱是个什么样的人，而且忘了这个人有着什么样的朋友。

1988年7月的一天中午，烈日炎炎，东北的七月像是要下火一样，柏油路已经被太阳晒得有些化了。就是那个下火的中午，赵山河等人来到十四中的门口找到了刘海柱。刘海柱正独自一人专心地拿着五花扳子修自行车。

这天，也是黄老邪在几年里第一次踏上十四中的这条大街。以前，由于畏惧刘海柱，黄老邪已经几年不敢在这条街上走。今天，他冲冠一怒为毛琴。土豆和黄老邪距离赵山河和刘海柱约50米，远远地看着。

“你是刘海柱吗？”赵山河浑身上下带着一股杀气，身后站着三匹狼。

“找我什么事儿？”刘海柱继续专心地修着自行车，头都没抬。

“我是陈卫东的弟弟。”

“我问你找我什么事儿。”刘海柱依然没抬头。身经百战的老混子气质就是与众不同，面对气势汹汹的来犯者，很难有人做到这份从容与淡定。

“你的朋友打了我哥哥，还踹了我一脚。”打架不仅仅是打架技巧的较量，更是心理层面的较量。赵山河与刘海柱相比无疑要逊上一筹，刘海柱头不抬眼不睁地问话，赵山河已经开始不由自主地回答了，气势已经弱了几分。

“我问你找我有什么事儿。”刘海柱第三次重复了同一句话。

“是你的朋友打的，我来跟你要人。”赵山河给自己壮了壮气势。

“要人”这个词是黑道的常用术语，通常指当A团伙老大的手下得罪了B团伙后,B团伙的老大来逼A团伙的老大交出那个犯错的小弟的一种行为。通常，要人的一方势力相对较大，有仗势欺人之嫌。

“要人？”刘海柱终于放下手中的活儿，拿着大号五花扳子站了起来。赵山河依然看不见刘海柱的眼睛，只能看见他的胡子。

“嗯，那个人北京口音。如果你交人的话什么事儿都好商量，否则，被我们查到这个人，肯定有他好看！”

“你来跟我要人？”刘海柱觉得有点难以置信。

“你交还是不交？”赵山河的口气越来越硬。

“你那哥哥陈罗锅可比你聪明多了，他没教教你怎么做人？”在刘海柱眼中，赵山河只是个乳臭未干的黄毛小子。

“你交不交？”赵山河的嗓门越来越大了。

“混了这么多年，我就不知道什么叫交人！”刘海柱终于不耐烦了，提着五花扳子朝赵山河走去。

赵山河肯定能明显地感觉到，眼中这个装束怪异的人杀气腾腾，这一战在所难免。

“单挑还是群殴？”赵山河又发问了。

“挑你妈！”刘海柱发话的同时，手中的五花扳子朝赵山河砸了过去。

赵山河轻轻一闪，躲过了这劈头盖脸的一扳子，随后，他一拳打在了刘海柱的鼻子上。刘海柱鼻血直流。

10年前的刘海柱，是全市的单挑之王；10年后的赵山河，是全市现在的单挑之王。

老的单挑王虽没有系统地学过武术，但生平经历恶战无数，实战中的经验常人难以匹敌；新的单挑王每日勤练武艺，单挑极少失手，虽然经验稍逊，但身强体壮。

刘海柱极其聪明，他看见赵山河灵活地一闪，已经知道对方肯定是个练家子。

怎么对付练家子？贴身肉搏！扭打在一起，练家子就没任何优势了！

刘海柱出手也极快，鼻子上挨了一拳后，闪电般抓住了赵山河的脖领子，随后脚下一绊，赵山河一踉跄。

赵山河出手抓住刘海柱的手顺势一拉，刘海柱又顺势一推，两人全倒在了那已经被晒得化了的油漆马路上，扭打起来。

双方的一只手都在死死地抓住对方，滚打在一起的他俩只能用另一只手和膝盖击打对方。

刘海柱将手里的扳子砸向赵山河，而赵山河的拳头也雨点般地落在了刘海柱的脸上和身上。两分钟后，他们俩都气喘吁吁、满脸是血了。

赵山河身后的三只狼动都没动，不知道是他们畏惧刘海柱的威名，还是认为赵山河必将取得胜利。

这一架打了足足有七八分钟！

刘海柱确实是一只猛虎，但如今，这只猛虎也已经三十五六岁了。而赵山河这个20出头的小子，正像是当天打架时那灼热的太阳，正值正午。

终于，烈日下的刘海柱体力先支撑不住了，没有了还手之力。

此时的赵山河也被刘海柱打得头昏眼花，挥拳也是有气无力。

战斗停止，被扳子砸得头昏眼花并且满头是血的赵山河摇摇晃晃地站了起来，用手擦了擦嘴角的血；烈日下的刘海柱那消瘦的身躯蜷曲着，已经站不起来了。

“刘海柱，你再不交人，以后就别想在这里干了！”赵山河丢下一句话。

“操你妈！”刚刚从地上坐起来的刘海柱端正了一下斗笠，冷冷地回了一句。

赵山河没再答话，挥了挥手，带着三只狼走了。

四十五、Fight and die is death destroying death

浑身剧痛的刘海柱挣扎着坐在了马路牙子上。他的左眼角被打裂了，左眼里全是血水，一时间看不大清东西。

“柱子哥，没事儿吧？吃口西瓜，水分大，漱漱口。”自行车摊旁边一个西瓜摊的小贩，递给了刘海柱一个西瓜。刘海柱为人一向仗义，这个小贩虽然是夏天才到这里卖西瓜的，和刘海柱接触时间不长，但对刘海柱的侠义之风很是敬佩。

“没事儿。”刘海柱吃了一口西瓜，多少缓过来一点。毕竟，他虽然狼狈，但身上的伤都是皮肉之伤。

“柱子哥，我刚才看见你们俩在地上滚着打，真想拿西瓜刀砍那小子，但是我怕一动手，他后面的几个人就全上了。柱子哥，我带你去医院吧。”

“等会儿。”其实现在刘海柱依然是浑身剧痛，但他始终连哼都没哼一声。他想休息十几分钟再去医院，现在他的头还是晕晕乎乎的。

“那先进我这瓜棚凉快一会儿。”

“嗯。”

就在刘海柱休息的这十几分钟，等来了黄老邪。

原来，黄老邪和土豆带着几个兄弟，一直远远地看着赵山河和刘海柱的这场世纪之战，看得心惊肉跳，目瞪口呆。等路都走不稳的赵山河走到他们面前时，他们才缓过神来，赶紧把赵山河送往医院。

走到半路，黄老邪忽然想起来，似乎有一件重要的事儿还没做。

是的，的确有一件最重要的事儿没做。那就是，今天，黄老邪还没有装逼。他这样视装逼为生命的人，在今天这样的大场面中，不装装就走，他对得起谁？人生能装几回逼，此时不装何时装！如果错过了今天，以后很难再有面对鼎鼎大名的刘海柱的装逼机会，这有如世界杯决赛上射失必进球！先不说他不装逼是不是对得起自己，他首先就对不起毛琴，那个性感漂亮的女人，那个被他炉火纯青的装逼技巧俘虏的女人。

黄老邪决定，回头！回头去找刘海柱，装装逼。装完以后，无论是面对毛琴，还是对江湖中人，都可以有点吹牛逼的本钱。

毕竟，装逼和吹牛逼二者之间相辅相成，不可分割。

“土豆，你们送赵山河去医院吧！”黄老邪停下了脚步，对土豆等人说。

“老邪，干吗去？”

“我还有点事儿要办。”黄老邪微微一笑。其实他应该说的是，“我还有点儿逼要装。”

“嗯，你先走吧！”

黄老邪转身走向了刘海柱的自行车摊。

他万万没想到，自己今天这逼可装大了。他装了一辈子逼，就数这天教训最惨痛了。

“刘海柱，你还认识我吗？”得意扬扬的黄老邪来到西瓜棚前，走到了刘海柱的面前。

“黄鼠狼，滚你妈远点！”刘海柱最烦黄老邪。

“都被人干成这逼色了，你还得瑟呢？”黄老邪今天感觉特轻松。

“滚！”如果不是刘海柱一抬胳膊一抬腿都会引发全身剧痛，刘海柱早就起身揍黄老邪了。

“你知道今天我为什么来吗？”意气风发的黄老邪今天一副老大的派头，还给刘海柱来了个疑问句。

“你挨打没挨够啊？”刘海柱一说话嘴巴都疼。

“告诉你，赵山河是我弟弟。你要是明白，快把人交出来！我知道那天打人的是谁，不就是那姓申的嘛。”甭管人家赵山河愿意不愿意，黄老邪已经认赵山河当弟弟了。

“你是个 JB？”刘海柱火冒三丈。黄老邪烦他他还能忍受，但他忍受不了的是黄老邪居然还威胁小北京。

“操，你现在还敢装逼！”黄老邪这样的装逼犯最爱贼喊捉贼。

黄老邪话还没等说完，忽然觉得头皮一麻。他被刘海柱钢叉般的五指抓住了头发。刘海柱另一只手抄起的，是放在他面前方桌上的一把西瓜刀。

“嗷嗷”两声杀猪般的号叫后，黄老邪肩膀和后脑已经各中一刀。

挨了两刀的黄老邪，双手奋力抓住刘海柱抓他头发的手腕，猛地将头一抬，顺势一脚，踹在了刘海柱的肚子上。刘海柱剧痛之下，松开了抓住黄老邪的手。

黄老邪转身就跑。他有“畏柱症”，生平最怕刘海柱。本来刚才看到刘海柱伤成这样，他已经不怎么怕了，但他万万没想到，刘海柱这只病虎忽然又振作起来发了威。黄老邪吓得可不轻。

黄老邪玩命地跑。被黄老邪踹了一脚的刘海柱怒火中烧，已经忘记了身上的疼痛，穷追不舍。

时隔多年，当地的人们再次看到如下情景：一个浑身是血的猥琐男在前面亡命狂奔，不时发出"嗷嗷"的嘶吼，后面追着一个光着膀子、戴着斗笠、拿着西瓜刀的男人。

据说，那天黄老邪被追了近两公里，一共被西瓜刀切了 29 刀。而且还听说，黄老邪其实爆发力很强，百米速度不慢，但是没什么长劲；而刘海柱则恰恰相反，爆发力一般但是耐力惊人。当两个人大概跑到 300 米的时候，刘海柱追了上来，给黄老邪背部来了一刀。黄老邪惨叫一声，加快了步伐，拉开了几步；但再跑 70 米左右，刘海柱就又追了上来，又是一刀。就这样，一直给了黄老邪二十几刀，刘海柱才罢手。

这时的黄老邪，后背基本上已经被砍烂了，没一处好地方。他那件夏威夷风格的花衬衫，已经成了拖布头一样的红色条子。

不得不佩服黄老邪的抗击打能力，换了别人，即使不被砍倒在地，也会被自己流的血吓晕。

更不得不佩服刘海柱，换作别人，谁有这耐心和耐力，跑上两公里去追一个已经被吓破胆的对手？

此事过后，小北京还曾效仿黄老邪的笔法作七绝一首：

老邪独闯江湖路
谁都不惧也不怵
被追两次名声败
全是因为刘海柱

当天下午，三扁瓜得知刘海柱因为他的事儿而挂彩，便拿起他那把五连发，去了赵红兵的旅馆。

三扁瓜已经跟随刘海柱闯荡江湖多年，对亲如兄长的刘海柱有着极深的感情。这次事情因他而起，而且刘海柱又受如此重伤，三扁瓜这仇是非报不可了。虽然三扁瓜好色，又爱酒后闹事，但他绝对也是一条能豁得出去的汉子。否则，大侠刘海柱也不会和他相交这么久。

今天他来找赵红兵，就是想借摩托车，找到赵山河，废了他。

他手中的那把五连发，从未在他手中打响过。这次，他是铁了心地要打响。

“红兵，柱子哥今天和赵山河打起来了，柱子哥挂花了。”三扁瓜说。

“啥？刘哥有事儿吗？”一向沉稳的赵红兵也坐不住了。

“没啥大事儿。”三扁瓜。

“咱们找赵山河去！”赵红兵说着站了起来。

“不用了，咱们改天再去。”三扁瓜说。

“改天再去？”

“嗯，改天咱们准备一下再去。我今天来是跟你借摩托车，我去给柱子哥买点红花油去。”

“刘哥在哪儿住院呢？”赵红兵边问，边把摩托车钥匙扔给了三扁瓜。

“没住院，在医院处置了一下，回家了。”三扁瓜说。

“那一会儿等小申回来，我和他一起去看看刘哥吧。什么时候再找赵山河，听刘哥的。”

“嗯，那我先走了，晚上柱子哥家见。”

“嗯！”

三扁瓜说完，转身走了出去，这也是赵红兵最后一次见到三扁瓜。

“刚才三儿来干吗来了？”三扁瓜前脚出门，小北京后脚就回到了旅馆。

“三儿来借摩托，说是给刘哥买药去。刘哥今天和赵山河打起来了，受了点小伤。”赵红兵说。

“买药拿着枪干吗？”小北京进来时，看见正在启动摩托的三扁瓜在摩托车后面夹着个化纤袋子，里面明显就是枪。小北京心比较细，一下子就看了出来。

“他还带了枪？”赵红兵还真没看见三扁瓜拿了枪。

“是啊。”

“糟了，三扁瓜肯定是自己去找赵山河去了。咱们赶紧追他。”

赵红兵和小北京冲出旅馆时，三扁瓜已经没影了。

三扁瓜骑着摩托直接去了青原鹿，他断定赵山河一定在那里！他万万没想到的是，他没在青愿鹿找到赵山河，却遇到了正在这里跟陈卫东要黄老邪和赵山河住院押金的土豆。赵山河其实伤得比刘海柱还要重一些，而且需要住院，所以，只能让土豆来向他表哥要住院押金了。这时陈卫东还没有回来，土豆正在饭店的一楼焦急地等待着。

三扁瓜没有像小北京一样没有熄火就把摩托停在饭店的门口，而是习惯性地熄了火拔下了钥匙。事实证明，此举是个败笔。

三扁瓜拿起装着五连发猎枪的化纤袋子就进了青愿鹿。进去的时候，他的右手伸进了化纤袋子里，手指扣着枪的扳机。

“赵山河在吗？”三扁瓜进去就是一声怒喝。

在吧台边上坐着的土豆回过头来。四目相对，都在第一时间认出了对方，他俩都想起了去年在“紫月亮”门口的那场血战。

土豆马上站了起来，掏出他的沙喷子，并指向了三扁瓜。土豆知道，三扁瓜这就是来报仇的，他如果掏枪晚了肯定得挨崩。虽然三扁瓜没有拆下化纤袋子，但土豆知道里面肯定是一把枪。

同时，三扁瓜也把装在化纤袋子里的五连发猎枪指向了土豆。

两人端着枪越走越近，直至相距一米，双方的枪都指着对方的面门。

“操你妈，你还认识我吗？”土豆说。据说，土豆其实一直想找赵红兵和费四等人报仇，但是李老棍子一直拦着。今天仇人见面，分外眼红。

“傻逼滚远点，今天没你事儿！”三扁瓜说。

“拿着个破枪牛逼啥，谁没枪？”土豆毁容后，有点活腻了的意思。

“再说我崩了你！”三扁瓜说。

“我数三个数，咱们一起崩吧，你他妈的敢吗？”土豆想用这个吓唬住三扁瓜。

“犊子才不敢，你数吧！”三扁瓜。

两个人的手心都出汗了，双目都是直勾勾地盯着对方，都喘着粗气。如果两个人中有一个懦夫，扔下枪，那么两个人肯定都可以不死。

但遗憾的是，他俩都不是软蛋。——其实，人偶尔软蛋一下未必不是智慧的选择。

“3——”土豆喊完“3”，喉结咕噜了一下，咽了口唾沫。三扁瓜的喉结也跟着咕噜了一下。

“2——”二人的头上都滴下了豆大的汗珠，神经已经快绷断了。

“1——”

“轰”，两支枪只打响了一声，响的是三扁瓜的枪。土豆的枪，没能打响。

一枪正中头部，土豆倒下。

四十六、谢谢你们，终于抓到我了

时间在那一刻定格。

土豆死了，死相非常难看。据说他死的时候表情很错愕，至死还紧紧地抓着他的那把没能打响的喷子。

几秒钟前，这还是个鲜活的生命，叫嚣着与三扁瓜斗狠。如今，作茧自缚，这个鲜活的生命已经变成了一具僵硬的躯壳。

手里依然端着猎枪的三扁瓜，表情和土豆一样，满脸错愕。他今天是来干什么的？他是来废了赵山河的啊！可现在发生了什么？他枪杀了和他素无仇怨的土豆！他杀人了！

三扁瓜端着枪的手开始颤抖。据说，这是他拿了几年枪以来第一次开枪，就是这一枪，就杀了一个人。

可能，他俩都认为自己是条汉子，是个敢做惊天动地的大事的汉子。可在这件事过去以后的20年中，了解此事的混子每每提到这次枪战，对他俩的评价多数情况下都是三个字：俩虎逼！

关于“虎逼”这个词汇，二狗在前文中已经作过解释：虎逼虽然做事不考虑后果，但多数情况下也是讲义气、敢作敢为的。虎逼和汉子有一些不同，汉子是讲义气、有担当，又懂得适当的忍耐。虎逼多一点耐心、多一点头脑，就会成为一条汉子。如果三扁瓜懂得忍耐，杀的是赵山河或者陈卫东而不是土豆，那么他也会被人称之为“汉子”，而不是“虎逼”。

三扁瓜呆呆地站了六七秒后，拿起枪转身就向饭店外面跑。他知道，他不得不跑路了。

等他想开摩托车跑的时候，发现惊慌失措之下钥匙已经丢了。他扔下摩托开始跑，很快就消失在街的尽头。他开始了亡命天涯的生活。

这辆扔在青原鹿门口的摩托车，成了公安局破案的第一线索。这个摩托车在车管所登记的车主，是赵红兵。

据说，三扁瓜在亡命天涯期间，曾在长白山上吃野草、树根度日，还曾上过大兴安岭过着野人般的生活，也曾到过呼伦贝尔草原为当地的牧民打草，食不果腹，尝受了人世间最痛苦的折磨。

两年以后，在霍林河煤矿的一个小工地打杂的三扁瓜被捕。当警察给他戴上铿亮的手铐时，三扁瓜长长地舒了口气，表情前所未有的轻松，一脸微笑。

“谢谢你们，终于抓到我了。”三扁瓜对抓他的警察说，眼睛里流露出感激之情。

他过够了这样的日子。出现在他面前的三个穿着绿色警服的人民公安，对于他来说，是阎王爷，更是救苦救难的南海观世音菩萨。

这就是生不如死。

共和国有 960 万平方公里的国土，却没他的容身之所，没有一个地方能让他安稳地睡上哪怕 10 分钟。或许他曾经希望，那天在青原鹿被打死的是他，而不是土豆。

事发当天晚上，赵红兵被刑警队带走。原因有二：一是凶犯停在饭店门口的摩托车是他的；二是赵红兵与上次在医院的枪案有关。公安局不找他找谁？

几天后，刑警队锁定了凶犯，并且确认赵红兵与此事无关，将赵红兵释放。

赵红兵出来后的第二天，他的饭店里来了一个女人。这个女人就是高欢的妈妈。

“阿姨您来啦，小申去泡茶。”赵红兵赶紧招呼。

只见高欢的妈妈径直朝赵红兵走过来，“扑通”一下，给赵红兵跪了下去，双手抓住了赵红兵的腿。

“求求你，放过我女儿。”高欢的妈妈满脸是泪。

“您怎么了？”赵红兵被惊得不知所措，赶紧连拉带拽地将高欢的妈妈扶了起来。

“求求你，放过我女儿。我不想让我女儿将来守寡。”高欢的妈妈继续说，依然抽泣不止。

“阿姨您这是怎么了？我和高欢很好啊。”赵红兵依然不解。

“我知道你在外面的名声，我也知道你现在又和一起杀人案有关。你这样下去，我女儿肯定得守寡啊！我求求你，放过我女儿吧。”高欢的妈妈说着又要下跪。

赵红兵明白了，高欢的妈妈是知道了他的一些劣迹，想逼他和高欢分手。

“……我和高欢现在很好啊。”赵红兵从来没想过要与高欢分手，他一直以为，他们一定会白头偕老。

“你知道吗？你这样会害死我的女儿！”高欢的妈妈带着哭腔喊。

“那您说怎么办？”

“和我女儿分手，永远不要再和她联系。”

“那您为什么不问问高欢的意见？您也可以去说服她啊。”

“她不听我的话。如果你不和她分开，那我今天就死在这里。”高欢的妈妈已经泣不成声了。

“阿姨您冷静一下，休息一会儿。”赵红兵也动容了。他他能够理解高欢妈妈的所作所为，他知道，这一切都源自母亲对女儿真挚的爱。

“求求你了……”高欢的妈妈呜咽着，说不出别的话，只会说这句话。

“……我晚上就和高欢说分手的事儿，阿姨您放心吧。”赵红兵思考良久，轻声地说出了这句话。赵红兵此时心乱如麻，他真的放不下高欢，但又不得不同情眼前这个他的至爱的母亲。

“谢谢你了。”高欢的妈妈又跪了下去。

赵红兵再次扶起了高欢的妈妈：“阿姨您放心吧，晚上我给高欢打电话。”

“谢谢你了……”高欢的妈妈浑身颤抖着。

赵红兵和小北京两个人把高欢的妈妈送回了家。

可能在高欢妈妈的心中，赵红兵是个恶魔。

“你真的要和高欢分手？”在回来的路上，小北京轻声地问。

“嗯……”

“你舍得和高欢分手？”小北京有点急了。

“……或许我和高欢分手，对高欢真的有好处。”半晌，赵红兵说，“也许，高欢的妈妈说得对。”

小北京不再说话，递给了赵红兵一支烟。

当天，赵红兵给高欢的宿舍打了电话。

“什么时候放假？”赵红兵故做轻松。

“还有一个星期，很快就能见到你了。”电话那边的高欢兴高采烈。

“嗯，高欢，有件事儿想跟你说。”

“什么事儿？”

“……我们分手吧！”赵红兵鼓足勇气，憋出这一句话。

“你怎么开这样的玩笑？呵呵。”高欢仿佛听出赵红兵语气有点不对，她的声音有点颤抖，但也故做轻松。

“我没开玩笑，真的。”赵红兵狠下心又说了一句。

“为什么？告诉我为什么？”高欢的声音很轻。这个女孩子就是这样，越激动的时候表现得越冷静。

“我喜欢上了别人。”

“这不可能！”高欢说。

“我们分手吧，现在我不喜欢你了。”赵红兵强忍着在眼眶里打转的泪水，尽量使自己的声音不颤抖。

“我不相信！刚才你说的是骗我的，对吗？”高欢的声音颤抖了。

“没有，我不喜欢你了。你回来以后，我们也不要再联系了。”

“你……”

没等高欢说完，赵红兵挂掉了电话。他怕再听高欢说一句话，自己就会改变主意。

电话挂掉后，赵红兵肝肠寸断。

当晚，赵红兵和小北京二人喝了四瓶白酒，小北京人生中第一次醉酒。赵红兵当晚被送到医院——饮酒过量导致胃出血。

赵红兵和高欢再次见面时，已是6年之后。那时的高欢，已为人母。

赵红兵几天后从医院出院，回到饭店。他收到了高欢的一封信，信封上的字体依然隽秀。赵红兵没有拆开，把它放了起来。

他不敢看。

他什么大事儿都敢干，但他看不得心爱的女子心碎。这封信，分明就是高欢那颗碎了的心。

四十七、墨者红兵

赵红兵出院后得到的第一个消息，是李老棍子去找刘海柱麻烦了。

原来，李老棍子手下的三名得力干将老五、土豆、黄老邪，在过去的一年中被赵红兵和刘海柱等人逐个消灭，或者退隐或者重伤或者死亡，李老棍子的团伙已经接近崩溃。李老棍子再也坐不住了，他知道，如果再不动手，江湖中将再也没有自己的立足之地，生财之路会就此断掉。

李老棍子别无选择，只得以他在江湖中十余年的威望作为赌注，孤注一掷，与刘海柱拼死一战。此战如果得胜，江湖中，李老棍子的名气将会继续响当当。

李老棍子在修车摊找到了刘海柱。刘海柱极其敬业，伤还没好利索，就已经开始在十四中门口修车了。

"柱子，干活儿呢？"李老棍子双手揣兜，近视眼镜下的眼睛闪着寒光，但好像没有要打架的意思。

"嗯，啥事儿？"刘海柱放下手中的修车工具，站了起来。

"柱子，咱们俩认识有十来年了吧！恩恩怨怨也不少。但不管怎么说，我们曾是在一个号子里的'战友'。上次在'紫月亮'门口打架，你砍了我两刀，我后来找你麻烦了吗？我一直敬你是条汉子，换了别人，我早就去抄他的家了。但砍我的是你，这事儿过去也就过去了。这么多年，你听说谁砍我两刀就白砍了？也就是你。"李老棍子还说得挺真诚。

"老李，有事说事儿，别净整没用的。"刘海柱知道，李老棍子肯定不是来和他叙旧的。

"这么多年了，你那 JB 脾气还是没变，好好说两句话你就不会啊？"李老棍子被刘海柱抢白了一句，觉得很没面子。

"我说你有事儿说事儿，你想干啥直接说呗！"

"三扁瓜打死了土豆，你肯定知道吧。"

"知道，咋了？你还想也整死我是咋的？"

"人家土豆的妈这两天成天来找我，人家就这一个儿子，还被三扁瓜打死了，你说人家怎么活？现在三扁瓜也跑了，找谁说理去？"

"三扁瓜杀了人，那归警察管，你找我来说啥？"

"柱子，别扯淡，三扁瓜是你的兄弟，谁不知道？"

"那你到底啥 JB 意思，你倒是说啊，扯这半天犊子干啥玩意儿？"

"我的意思是，你现在小生意不错，手头也有几个钱儿，你的兄弟手头也有几个钱儿，你们一起凑 5 万块钱，给土豆他妈送去。咱们都是混社会的，这规矩你比我懂吧！"

"你是来'扎'钱的啊，老李。"刘海柱一听，火气上来了。

"那你说这事儿是不是这么个理儿？"

"那我要是不给呢？"

"那你就去给土豆偿命吧！"李老棍子虽然语气还挺平缓，但能听出明显火了。

"你他妈的一张口就是 5 万，让人活吗？"其实，刘海柱觉得应该给土豆他妈妈点补偿，但是李老棍子讹诈一样张口就是 5 万，刘海柱绝对不能给。刘海柱这人，向来吃软不吃硬。

"反正 5 万，一分钱也不能少。明天下午我在附属医院给黄老邪陪床，你把钱拿过来，顺便也跟老邪聊几句。你说说老邪怎么你了？又被你砍成那样！打狗也得看主人吧！"李老棍子的意思是，让刘海柱去医院送钱的同时，给黄老邪道个歉。

"滚远点！"刘海柱一听李老棍子提到黄老邪，就气不打一处来。

"你自己掂量着办吧。"李老棍子说完，转身就走了。

"滚！"

第二天上午，赵红兵自己一个人去找了刘海柱，小北京被赵红兵留在旅馆看门。

"刘哥，李老棍子找你来了？"

"嗯，跟我'扎'钱。"

"他怎么说？"

"让我下午去附属医院给他送钱去。"

"那你的意思是？"

“我手头倒是有几个钱，现在基本攒够了开汽修店的钱。但是李老棍子这么讹钱，我凭什么给他？”刘海柱凭着几年的辛苦，此时手头已经有了不少钱。

“嗯，他说没说你要是不给怎么样啊？”

“他说，我不给，他就让我偿命。”

“呵呵，真有意思，他们住在附属医院哪里啊？”

“309。”

“哦，知道了。”

赵红兵问完刘海柱，没再说话，转身走了。刘海柱也觉得很奇怪，以他对赵红兵的了解，赵红兵应该留下来陪他才是啊，怎么这次赵红兵就这么走了？

平时赵红兵都是住在旅馆的，很少回家。但那天他没有回旅馆，直接回了家。到家后，赵红兵从床下翻出了一把五六军刺。这把枪刺是当年在医院里和三虎子恶战时抢来的，他一直没有用过。即使是准备与李老棍子在河边恶战时，他也没掏出来过。

这天，赵红兵终于把这把枪刺拿了出来。作为一个老兵，赵红兵深知这件历史上堪称最恶毒的冷兵器的威力。只要他想杀人，这东西一定能一击致命。在某种条件下，它的威力要超过手枪。

打架从不抄家伙的赵红兵，那天为什么拿起了五六军刺？二狗想，或许在那几天，赵红兵有一些自暴自弃。赵红兵最大的缺点，就是把所有的东西都闷在心里，不愿意说出来，他的内心世界有多复杂，可能没有一个人能了解。就算是对小北京，赵红兵也不愿意吐露心事，尤其是说出让别人替他窝心的事。他不曾想象也不敢想象，没有高欢的生活是什么样的。他的委屈与愤懑需要宣泄。

二狗想，宣泄或许还在其次，重要的是，赵红兵是墨者，是上世纪 80 年代的墨者。墨者，侠也，上世纪 80 年代，墨者精神尚存，赵红兵这样的任侠之士不在少数，小北京、李四、刘海柱等都可以称为当代墨者。但到了 20 世纪 90 年代，就已经是张岳、李武这样匪气十足的江湖大哥的天下了。

墨家的本质就是以暴易暴。李老棍子是人中败类，赵红兵愿以暴易暴，除之而后快。“除天下之害”，是墨家的立足之本。

赵红兵和刘海柱等人并不像儒家学说所倡导的“君子之交淡如水”，而是兄弟之情烈如火，恰似当地20世纪80年代出产的70度原浆白酒。烈，烧喉，辣，但暖心。这就是墨者，这就是墨者间的友谊。

“死不还踵”、“以自苦为极”是墨家精神的真实写照，赵红兵等人尽皆重义气、轻生死之辈。“治乱世当用墨子，治盛世当用孟子”，上世纪80年代当地的乱世江湖，非墨者不可。

赵红兵知道，刘海柱现在是非常时期。刘海柱凭借其辛勤的汗水，已经即将浇灌出成功的花朵，而在这时，李老棍子却要巧取豪夺。赵红兵作为朋友，绝对不能袖手旁观。再者说，和李老棍子的恩怨，也有他赵红兵一份。

右手又被土豆打了一喷子的赵红兵，只剩下两个手指头可用，所以，他那天穿了件黑色的长袖衬衫，把枪刺塞进了左手的袖管里。

东北夏天的烈日十分毒辣，总能晒得人接近窒息。但那天，天公作美，下了一整天的细雨。中午，赵红兵缓步走在马路上，呼吸着细雨带来的清新空气，看着这个生于斯长于斯的城市，熟悉的一砖一瓦，他面无表情，步伐极慢，一步一步地接近附属医院——那里也是他三姐工作的地方。

或许他的心中，早已全都乱了，已经不知道自己究竟想的是高欢还是刘海柱。

中午十二点半，赵红兵走到了附属医院的三楼。从他家到附属医院大概有两公里，他足足走了一个多小时。

据说，那天李老棍子带了七八个兄弟，就等着刘海柱上门大战一场。但李老棍子约的是下午，赵红兵中午就过来了。赵红兵到时，病房内只有李老棍子、黄老邪和一个小兄弟。“在敌人没能完成集结之前给予痛击”，这样的战术，赵红兵懂，李老棍子却似乎不懂。

309的门响了，是赵红兵用右手仅剩的两根手指头敲的。

“谁呀？”

没人搭话。

黄老邪的小兄弟走上前去，拉开了病房的门。

病房的门刚刚打开，一把锈迹斑斑的枪刺架在了他的脖子上。持刀者是个帅哥，一个左手持刀、一脸倦容、面色苍白且毫无表情的帅哥。

“你是李老棍子的人吗？”

“是。”

“很好。”

“嗷……”小兄弟的腿上被赵红兵扎了一刀。

李老棍子见状冲了上来，手里攥着一把亮晃晃的军匕。

“嗷……”李老棍子的腿上也挨了一刀。

这时听见“嗵”的一声，黄老邪自己拔下输液器，跳楼了。

一个照面下来，李老棍子已自知不敌，再有几个回合，自己光流血也得流死，他也转身上了窗台。赵红兵几步跟上，又从后面刺了他的大腿根一刀。

李老棍子一阵剧痛，也跳了下去。

这时，挨刀的小兄弟站在了另一个窗台上，想向下跳，又好像不敢。

“你不用跳了，我不杀你。”面无表情的赵红兵幽幽地朝他说了一句，转身走了，左手提着那把滴血的五六军刺。

事后得知，跳楼的李老棍子摔断了双腿和手腕，而奇人黄老邪却毫发无损。

半小时后，警笛响起，警车赶到。

据说是一个护士报的案，这个护士认识赵红兵的三姐，也认识赵红兵。上世纪 80 年代，当地混子去医院补刀的事件太多，医院已经成了混子斗殴的主要场所。院长规定，一旦有斗殴，护士必须马上报案，对于警察的问话必须知无不言、言无不尽，否则，将给予处分。

一个小时后，警察去了赵红兵的家和他所经营的旅馆，没能找到人。

这时的赵红兵，正坐在当时市里的最高建筑——14 层的市宾馆楼顶上，呆呆地看着从他眼皮下经过的一辆又一辆警车。

他抬起头，呼了口气，看见了远方那座郁郁葱葱的南山，还有那条汹涌澎湃的大江。天下之大，已难有赵红兵容身之所。很快，他将被通缉。

对，赵红兵曾经说过，他活着是为了他的家人、高欢，他眷恋那滔滔的江水和那巍巍的南山。

如今，他已没有了高欢，不再敢去那滔滔的江水边嬉戏，也不再敢踏上那巍巍的南山。

他的一切，都在不到一个星期的时间内失去了。

四十八、诵一声南无阿弥陀佛，了胸中万千罪恶

赵红兵没有像三扁瓜一样逃进深山老林，他离开市区以后，径直去了距离市区十几公里的一座古寺。他知道，公安一时半会儿找不到这里来。这座古寺在新中国成立前香火极盛，但“破四旧”时遭到了破坏，“文革”后虽然重修了，但20世纪80年代很少有市民信仰佛教，所以仍然冷清得很。

他去这座古寺，并不是想出家，而是想清静一下。

赵红兵迈入正殿，一眼望见法相庄严的佛像，他不由自主地在佛像前拜倒，在蒲团之上跪拜良久。

“南无阿弥陀佛。”据说赵红兵一句诵毕，竟泪流满面。赵红兵后来说，他上次流泪，还是他母亲去世的时候。从那以后，无论遇到什么事，他都没哭过。

此刻，赵红兵胸中思绪如潮，复员后两年多来的一幕一幕，一股脑儿地涌上心头——

两年多以前的那个冬天，那个胸戴大红花的英俊的退伍解放军战士，带着一个三等功荣归故里，几个月后，因一时冲动失去工作；随后，为了些鸡毛蒜皮的小事儿与二虎、三虎子、路伟等人连番恶斗闯出了名气；认识高欢后和她私奔；为了战友小纪和李老棍子大打出手，确立了江湖地位……这一切，仅仅发生在两年多的时间里。

今天，他终于要被通缉了。

以前的他，是这样的乖张暴戾吗？军队培养他学习克敌之术，是让他用来打架斗殴的吗？他对得起父亲的谆谆教诲和复员时胸口的那朵大红花吗？他对得起牺牲在老山的三个同班战友吗？他的三个战友可是为了人民的安定与幸福牺牲的。当然，当年的赵红兵也和他们一样。如今，手中枪刺依然熟悉，但枪刺的刀尖，对准的已经不再是战场上的敌人。

这还是当年在老山前线那个愿为国捐躯，置生死于度外的赵红兵吗？

“去自首！”一个声音在赵红兵胸中呼喊。

赵红兵叩了三个头，转身离去。

赵红兵后来说，那一天，他重获新生。

当天晚上，赵红兵三姐走进自己家小区门口时，看到小区的暗处有一个

熟悉的身影朝她招手，她看到这个身影，禁不住流下泪来。她了解赵红兵，她知道，她的弟弟是个勇敢的人，是个敢正视现实的人，一定不会逃避的。逃避，只会让人在罪恶的道路上越走越远。

“三姐。”

“……”赵红兵的三姐小声呜咽着，说不出话。

“姐，我决定去自首。”

“……”赵红兵的三姐还是说不出话，抚摩着赵红兵的脸颊。

“爸还好吧？”

“还好，你回家让爸带你去自首吧！”赵红兵的三姐抽泣着，看着赵红兵的眼睛说。

“我明天晚上回去，明天我还有件事儿要办。”

“快去自首吧，你还有什么事儿要办？”赵红兵的三姐稳定下了自己的情绪。

“高欢放暑假了，明天早上就应该到家了。我想再看她一眼。”

“你去吧，红兵，我问过你三姐夫了，他说你立过军功，过往也无案底劣迹，量刑时能减刑。再说李老棍子也不是什么好人，你不会被重判的。”

“被重判我也要去自首，做了错事总要承担。三姐，答应我件事。”

“什么事？”

“如果高欢来问你，你就说我已经不喜欢她了。你也告诉小申、大伟他们，如果高欢问他们，你让他们也这样回答。”

“你要和高欢分手？”

“难道要让高欢等我出狱？要让人家一个大学生嫁给一个劳改犯？”

“你是好孩子，不是劳改犯。”抚摩着赵红兵脸颊的三姐说完这句话，眼泪又流了下来。

“姐，答应我，我走了。”赵红兵转身离去，消失在夜色中。

赵红兵的三姐木立良久，她还很难接受弟弟即将成为劳改犯这一事实。就在三年前，弟弟还是她的骄傲，他们全家的骄傲。

第二天清晨，赵红兵出现在高欢家门外约 30 米的一棵树下，他头戴草帽，遮住了脸。他在静静地等着高欢。他只想再看她一眼，别无奢求。从北京发往这座城市的火车，清晨就该到了。

终于，他远远地看到了高欢。

远远望去，以往神采飞扬的高欢似乎有些憔悴，下了 7 路公交车后，背着书包慢慢地走向家门。

她依然清瘦纤弱。一向昂首走路的她，这次低着头踢着小石子，若有所思。

赵红兵的一句“欢欢”在嗓子眼儿里打转了无数次，但始终没能喊出。

他不敢喊出，他想：如果喊了这一声，或许会耽误高欢一生的幸福。他希望高欢能忘掉自己，甚至能恨他。只有彻底地忘掉他，高欢才会幸福。

终于，高欢敲开门进了家，留给了赵红兵一个孤单的背影。

据赵红兵后来说，他永远也忘不了高欢的那个背影。那个背影，他曾在未来的 4 年多中回忆过无数次。

随后，赵红兵回家了。

全家人都在等着他。他的爸爸、哥哥、三个姐姐，都彻夜未眠，等他回家。

赵红兵刚进门，他的哥哥就冲上来给了他一通耳光，至少打了十七八下，才被赵红兵的三个姐姐拉住。

“哥，我错了。”赵红兵小声说。

赵红兵的哥哥哭了，泪水流过了满是胡楂儿的脸。

“红兵，跟我走吧！”一直木然地坐在椅子上的赵爷爷说话了，嗓子有点儿沙哑。

赵红兵没有流泪，跟着他的爸爸和哥哥去了公安局。赵红兵发现，他的爸爸已经老了，步履有些蹒跚。爸爸在他心中，一直是个铁骨铮铮的壮年汉子，那天他发现，其实他的爸爸早已老了。

赵红兵还回忆说，去派出所那天的路上，他还记得街边的收音机里放着《故乡的云》这首歌：

天边飘过故乡的云
它不停地向我召唤
当身边的微风轻轻吹起
有个声音在对我呼唤

归来吧，归来哟
浪迹天涯的游子
归来吧，归来哟
别再四处漂泊
踏着沉重的脚步
归乡路是那么漫长
当身边的微风轻轻吹起
吹来故乡泥土的芬芳
归来吧，归来哟
浪迹天涯的游子
归来吧，归来哟
我已厌倦漂泊
我已是满怀疲惫
眼里是酸楚的泪
那故乡的风那故乡的云
为我抹去创痕
我曾经豪情万丈
归来却空空的行囊
那故乡的风那故乡的云
为我抚平创伤

多年以后，赵红兵曾无数次在酒后提到那天去公安局自首的路上他听到的这首歌。他说，那时他想到家乡的风，望着家乡的云，听到“归来吧，归来哟”这句歌词，更加坚定了他回到“党和人民这边来”的信念。

大家都评价说：红兵的觉悟就是不一样，难怪能成为大哥。

次年，赵红兵被判有期徒刑4年零6个月。

二狗记得，赵爷爷曾在赵红兵入狱期间探望过他一次，并且给赵红兵带去了一本书，书的名字是《道德经》。赵爷爷可能希望，赵红兵通过看这本书，消除一些暴戾之气。

据说，父子二人对坐了15分钟，两个人加在一起只说了两句话。

“红兵，好自为之。”当时的赵爷爷已经患上了肝癌，但赵红兵尚不知情。

“爸，回去让二狗把我的吉他弦松一松，总绷着琴就坏了。”赵红兵故做轻松。

赵爷爷笑笑，没有答话。他明白儿子这句话的意思。他明白，这是儿子对他说：“爸，我出去一定好好做人。我热爱生活，我要好好生活。”

赵爷爷的这本《道德经》，最终成了赵红兵受用终生的财富，使其后来每每处于江湖的风口浪尖时，都胜似闲庭信步。关公有半部《春秋》，赵红兵有一部《道德经》。

1990年北京亚运会开幕那天，赵爷爷辞世。葬礼很隆重，但葬礼上没有赵红兵。社会上有人议论说，赵爷爷是被赵红兵气死的。

古典流氓时代就此终结。你可以说那个时代是美好的，你更可以说那个时代是血腥的，但你不得不承认，那个年代有值得怀念的东西。

那个年代太多美好的东西今天已不再有。

有谁还记得1988年的那个由赵红兵、小北京、刘海柱、李四、三扁瓜、黄老邪、李老棍子、陈卫东、赵山河、二虎等一干人组成的江湖吗？

1988年的江湖，是早已被大家遗忘的江湖。为了这个已被市民逐渐遗忘的江湖，二狗写下了篇文章，以纪念那个江湖，纪念那个20年前的别样的江湖。